郁子 立民 著

咱家有女初长成

青春风暴

天津出版传媒集团

百花文艺出版社

图书在版编目（ＣＩＰ）数据

咱家有女初长成. 青春风暴 / 郁子, 立民著. -- 天津：百花文艺出版社, 2024.1
ISBN 978-7-5306-8525-9

Ⅰ. ①咱… Ⅱ. ①郁… ②立… Ⅲ. ①纪实文学–作品集–中国–当代 Ⅳ. ①I25

中国国家版本馆 CIP 数据核字(2023)第 202788 号

咱家有女初长成:青春风暴
ZANJIA YOU NV CHUZHANGCHENG:
QINGCHUN FENGBAO

郁子 立民 著

出 版 人 : 薛印胜
责任编辑 : 朱佳瀛　装帧设计 : 丁莘苡
出版发行 : 百花文艺出版社
地址 : 天津市和平区西康路 35 号　邮编 : 300051
电话传真 : +86-22-23332651（发行部）
　　　　　　+86-22-23332656（总编室）
　　　　　　+86-22-23332478（邮购部）
网址 : http://www.baihuawenyi.com
印刷 : 天津新华印务有限公司
开本 : 900 毫米×1300 毫米　　1/32
字数 : 180 千字
印张 : 8.75
版次 : 2024 年 1 月第 1 版
印次 : 2024 年 1 月第 1 次印刷
定价 : 68.00元

如有印装质量问题,请与天津新华印务有限公司联系调换
地址 : 天津东丽开发区五经路 23 号
电话 : (022)58160306
邮编 : 300300

一枚钻石的每个切面须以最完美的角度组合，并共同折射光线，这枚钻石才能闪耀出绚丽璀璨的光彩；一支团队的领头人就如同钻石切割师，须精心打磨每名成员，使各司其职、各尽其能、团结协作、共同努力，这个团队方可放射出耀眼夺目的光芒。

——题记

序

  如果，一种体育项目，能够直接影响一座城市的性格、气质、意蕴、文化习俗，甚至市民的生活方式，那么，这座城市的细胞与血脉里，散发着的定是那种"历曲折、克艰难、求兴盛，逆转而生"的勃发气息。

  如果，一支团结协作的集体，能够永远地和一座城市联系在一起，那么，就有两种可能：一是其为这座城市留下了许多令后人不断传颂的精彩传奇，二是其为这座城市的繁荣发展做出了不可磨灭的重大贡献。

  人类的历史，是寻着人类的脚步前行的。而"顽强拼搏、坚持不懈、挑战强手、永不言败"作为生命中的意志力因子，同样催发了人类的精神成长。

  一座城市，正是有了这种精神守望而有了韧性、力量，也由此涌现出一批被大写的人与无数次"打不垮、拖不烂、努力去赢"的血脉偾张，我们相信，这座城市从而变得更加坚定、自信，富有激情和活力。

  "女排精神"是第一批纳入中国共产党人精神谱系的伟大精神。早在二十世纪八十年代，老一代中国女排便创造了辉煌成绩，也是从那个时候开始，中国女排精神开始被广泛学习。几十年过去了，中国女排队员不断更新换代，中国女排精神也在时间的沉浸中历久弥新，并渗透到各行各业，为人们带来鼓舞和激励。

  同样，《咱家有女初长成》(上部"追梦无悔"、下部"青春风暴")这部长达三十五万字的文学作品，留下的不是某个人的故事，而是一座城市几代排球人的足迹，是我们的思考、我们的追求、我们的愿望、我们的价值观和我们的铭记与镌刻。

心中有梦
你就让它插上翅膀
星光璀璨
你就让它有诗有歌有绽放

沐浴星月,追逐太阳
青春无悔,生命闪亮
我在这里开始飞翔

渴饮渤海,举击沧浪
我在这里种下希望

渴饮渤海,举击沧浪
我在这里豪迈成长

渴饮渤海,举击沧浪
我在这里扬帆起航

渴饮渤海,举击沧浪
冠军的旗帜高高飘扬

是为序。

郁子 立民

序　幕

早在一百多年前,凭借临近火车站与水旱码头之优势,津海解放路区域已成为当时北方的金融中心。中华人民共和国成立后,特别是党的十一届三中全会以来,历经二十多年的改革开放,解放路两侧接连拔地而起的写字楼和高层酒店,又为这块风水宝地注入了新的活力。

与过去象征外国资本势力的西洋建筑相比,如今幢幢楼宇代表着新兴产业,像信息技术、电子商务、快递物流、新能源、新材料……仿佛时代发展的写真集。至于演艺、模特经纪类公司,倒退几年还算稀罕物,眼下已多如牛毛,因此它们要想在津海长久立足,除了比拼实力,还得比拼知名度。

巴黎左岸总部便落户在解放北路最高建筑——金湾大厦之内。因是华北地区顶级模特公司,每日出入其间的自然是一些身段高挑、双腿颀长、高冷又性感的时装模特。

为备战明年年初举办的时尚华夏精英模特大赛,巴黎左岸近期招进了不少新人,然而公司高层渐渐发现,她们个个如同流水线上的标准件,缺乏优雅,更少有令人惊艳的艺术范儿。不行,还得再挑,再选!

2004 年国庆节后上班的第一天,一位高出普通模特许多的年轻女子走进巴黎左岸。她身着浅驼色风衣、黑色窄腿裤,戴着宽边墨镜,脚踏一双运动鞋,仪态轻盈随性,神情自信大方,一下便吸引住周边人的目光。

大堂经理觉得此美女颇为眼熟,蓦地反应过来:这不津海女排主攻手杨絮吗?当年,她做模特拍了个生发水广告,因产品质量不合格一度被弄得灰头土脸，之后就再没见她涉足娱乐圈。难道刚退役就重新杀回来？他忙拿起个装帧精美的记录本，满脸堆笑地迎上去，边打招呼边直言自己是资深球迷，津海女排的比赛场场不落。见对方提及排球，杨絮立感亲近许多。

谈话间，大堂经理询问杨絮来此目的。杨絮也不隐瞒，直截了当地说她打算参加精英模特大赛，是来同巴黎左岸签约的。大堂经理预祝其大获成功，趁势讨要签名，杨絮欣然应允。

没承想，身份一暴露，等她从里面出来时，大堂围观了不少人，大家纷纷凑近热络搭讪，继而递过各式各样小本子。好容易一一签完名，杨絮方得以抽身。

如今津海女排蒸蒸日上，作为曾经的主力之一，杨絮业已名声在外，加之人美条靓、身高出众，前脚刚退役，广告公司、影视公司便接踵而至。出于本心，段军极不愿妻子进入娱乐圈，他特别告诫杨絮，别忘了那次生发水广告惹来的麻烦。

"吃一堑长一智，我绝不再跟那种草台班子瞎惹惹了，但也不能一根筋。现在体育市场化是大势所趋，国外的不说，就说国内体育明星的广告代言多了去了！这也是现代体育人价值的体现。你放心，排球永远是我的最爱。"

段军深知杨絮不羁的个性，她认准的事谁也休想拗过来。既然拦不住，自己至少可替妻子把把关。他在网上查了巴黎左岸的资质，又向青训队队员梁胜男的三叔打听其运营情况，认定这是一家正规公司，方放心杨絮前去应聘。

前些日子，巴黎左岸先是打电话，随即派专人送来烫金邀请函，诚邀杨絮加盟公司，以特聘模特身份参加明年的精英赛。想当初在 T 台上，不少人曾嘲笑杨絮，除去个儿高并不具备模特必备素养。这么多年过去了，杨絮始终没别过来这股劲儿，暗暗发誓，有朝一日非要他们看看，我杨絮不仅球打得好,做模特也是一流。所以一见到邀请函,杨絮马上动了心。

为不使段军失落,杨絮让其陪同自己一起过来。但果真来到金湾大厦门口,段军却犹豫了,这种事最好还是杨絮自己做主,便让她一个人进去。

段军在外静静等待好一会儿,方看到杨絮春风满面地走出来。

"签了吗?"段军迎上去问。

"签啦!"杨絮压低声音道,"我十年前当模特的那点儿事,他们全门儿清。"

"网络时代什么也瞒不住。但电视台可让你做本届联赛的嘉宾解说,别光顾玩儿票,反把正事误了。"

"误不了!合同写得很明白,春节之后我才来公司报到。"

"好,那咱就到我们训练基地吃午饭。"

两人说着,骑车赶奔体工大队……

1

自从章志强成为冠军教练,总有人找他拉关系走门子。尤其到春节,各类邀请应接不暇,章志强将能婉拒的一概推掉,但电视台汪冲的聚会必须去。

依津海当地民俗:正月初一,一家人要在男方父母家过;初二是"姑爷节",全城姑爷都得陪着媳妇去看丈母娘、老丈人;破五"捏小人嘴",最好别出门。真正同好友走动的日子,只有初三和初四。由此,聚会时间遂定在初三中午,地点是津海著名老字号红旗饭庄。

准时抵达后,被服务员引领至二楼雅间,章志强发现餐桌上已摆得满满当当,蟹黄鱼翅、八卦鱼肚、玉兔烧肉、银鱼紫蟹火锅等,迎候他的是梁胜男三叔梁季兴,正儿八经打电话邀他过来的汪冲却不见踪影。

"电视台上午团拜,汪冲晚一点儿到,您先入席吧。"

章志强心想,不知这又写的哪家文章。

二人落座后,梁季兴满脸堆着笑:"章指,咱都老朋友了,也不跟您见外,大过年的,这是我给闺女的压岁钱。"说着从兜里掏出张津联卡。

看着梁季兴顺桌子推过来的卡,章志强全明白了。真是怕什么来什么,猜得不错的话,这份礼钉与他那乖宝侄女梁胜男有关。

碍于朋友面子,章志强没拂袖而去,但阴沉下脸问:"卡里是多少?"

"不多,才一万。"梁季兴一副拿不出手的羞涩。

"真大方,这还不多?"章志强咧咧嘴,却无一丝笑意。

"现在钱毛啊!商品房都翻几番了——"

"两码事!"章志强截语道,"以咱的交情,你一二百的意思意思,我不会拒绝。一万,说轻了是块烧红的热铁,说重了怕你承受不了,那叫行贿。"

"哎哟哎哟,言重了言重了。搁平时,我也不敢破您的例儿,这不是过年了吗?话说回来,眼下甭说官场,单论体育界,这太正常不过了!有些教练,漫说送一万,就是后面再加个零,也照样笑纳,眼皮都不带眨的。"

"那就离蹲班房不远了!我这人没太高境界,底线总还有。当长辈的望子成龙、望女成凤,这我都理解。可竞技体育讲的是真刀实枪,我们帮着将就材料,到了赛场赠等着丢脸吧。"

见梁季兴脸上有些挂不住,章志强缓了口气:"关于胜男的情况,我同青训教练一直保持着联系,知道她确实进步不小,只是个头儿偏矮,又死活非打主攻,所以比较难办。不过,孩子正处发育期,身高还会增长,一旦超过一米八,你就是不拉拉扯扯,一队也会要。"

"一米八?就她那根猴皮筋,再怎么抻也到不了。"

"以后还有机会,是金子早晚会发光。"说着,章志强站起身,"咱就到这儿,我家里还有事,回头见!"说罢大步走出雅间。

来到饭店外,章志强掏出手机,立马打给汪冲。汪冲听罢方才经过,气不打一处来:"章指您先挂,我问问那梁老三到底想干啥?"

原本梁、汪二人约好,同章志强吃个便饭,再议一议梁胜男的事。为此团拜尚未结束,汪冲就打算抽身去饭店,此时梁季兴却来电告知,章教练要晚到半小时,让他不必赶罗,汪冲这才没急着离开电视台。

"三爷,不带这么耍人的。这叫什么?弄得章指还以为是我给他下套呢。"

梁季兴连忙辩白道:"当着你的面送卡,我不是怕章教练抹不开面子吗?"

"怕他抹不开面子,就不怕把我卖了?照这么着,以后咱哥儿俩就断道儿了!"

电话那头,梁季兴一个劲儿地赔不是。二人闹个半红脸。

没有不透风的墙,此事很快传到梁伯成耳朵里,他也将三弟好一顿数落:"跟自己哥们儿都扯瞎话耍心眼儿,以后谁还敢跟你交朋友?也不拿脑子想想,章志强要同那些黑心教练一个样,女排能有现在的成绩?"

梁伯成所言极是。自入主津海女排那天起,章志强就给自己画了条红线。身正不怕影子斜,作为冠军队主帅,本已是众矢之的,只要稍有杂念,就会把队伍带歪,招来各方攻击不说,还将断送来之不易的大好事业。贪图眼前而牺牲长远,必是些没出息的蠢货。

闹哄哄的春节长假才结束,章志强一面集结队员训练,一面准备给球队输入新鲜血液,于是他到青训基地找段军。数周未见,段军不但一脸的胡子拉碴,说话也前言不搭后语。啥情况?

"你这是怎么了?"在章志强不断追问下,段军方道出实情。原来,杨絮正和他闹别扭,起因就是那个时尚华夏精英模特大赛。

春节一过,杨絮便按照合同到巴黎左岸整日排练,白天八个小时不算完,到家后接茬儿满屋走猫步。此外还化各种妆:日妆、晚妆、新娘妆、活力妆、烟熏妆……

最要命的是强行瘦身。杨絮打过主攻,体格自然比一般女人健硕,而模特必须是魔鬼身材,对三围有严格规定。为能达标,杨絮白天只吃些蔬菜水果,晚上还不吃晚饭,一个月下来竟整整减掉了十六公斤,真变成"细腰精"了。

公婆见儿媳走路经常打晃,心想女人这么瘦,且已三十出头,这往后怎能生孩子? 老两口暗地没少跟儿子叨咕,段军不胜其烦,但他也觉得,杨絮因打球落得满身伤病,退役后就应该好好调理,再这样拼命节食,身体坏了咋办?而娱乐圈最是纸醉金迷,杨絮若沉迷其中难以自拔,万一闹出啥绯闻,日子还过不过? 因此,段军明确让其退赛,杨絮不肯。一来二去,原本挺和睦的小两口争执不断。

段军不愿看到经历苦苦等待才得到的幸福出现裂痕,可如今二人两句不过准得吵。段军忍无可忍,索性以工作忙为由,住进青训基地。他也知道,夫妻俩老不见面,矛盾解决不了,隔阂还会加深。

听完前后经过,章志强先埋怨起段军来:"打认识到结婚,你俩至少也有十五年了,你咋还这么不了解她?杨絮真要那么浮躁,当初就不会回球队,也不至于把腿快练残了。依我看,她心高气盛,啥事都想拔尖儿,既然报名参加模特赛,就恨不得拿个好名次。她一定又像备战联赛时那么的不管不顾。"

"照您的意思,我是不是还得表扬她呀?"

"当然了! 夫妻间就得相互理解、相互支持,哪能老对着干? "

"她的路万一走偏了,我也鼓励支持?"段军反问。

"经过这么多年的摔打磕碰,你还认定杨絮会走偏? 话说回来,你俩真这么硬顶下去,又有啥结果? 你不如全力帮她完成夙愿,到时候,如果杨絮还不肯收心,咱再想别的辙。"

段军摇摇头:"算啦,不提这个了,咱还是说说怎么遴选后备球员吧。"

在段军看来,目前青训队内最冒尖的是童妍。对此章志强非常认可。

童妍的父亲曾是大级别举重运动员,母亲是武英级武术运动员。父母出众的运动基因,使童妍十岁时身高就超过一米七。当初军旅女篮上门要过她,但一想到独生女儿进了军旅队便不能常在身边,童妍父母便犹豫不决。

一天,童妍妈带女儿上街买东西,赶巧碰上中学的校友,方知校友正在新港二中心小学当排球教练。校友一眼就相中了童妍:"你闺女这么难得的身高,就让她跟我练排球吧。"

"实话说,我们两口子当运动员苦怕了,舍不得让孩子再受苦。"

"也难怪,现在又都是一个。但好歹排球是室内项目,不至于日晒风吹,再者,跟我练你还不放心吗?"就这么三说两说,四年级时童妍便转到了排球传统校。至此童妍才知道,妈妈的老校友敢情是新港地区女排的权威人物,倪鹃、常丽等津海名将都是由她亲手送到市体校的。

有幸遇见伯乐,童妍的球技突飞猛进,小学毕业后即被段军选进了青训队。三年培养下来,如今一米八七的她担纲副攻再好不过。

"还有谁能行?"章志强又问。

"打接应的赵子琳也可以,再就是章楠,她现在真有点儿孙红雁当年的模样,自由人位置足以挑大梁。"

"你先别替她拔高,任人唯亲乃大忌,很容易被人当靶子攻击。所以,对于章楠尤其得实事求是。"说起自己的闺女,章志强格外谨慎。

"不任人唯亲,也不能故意压制吧?"

"这问题我想了。公平起见,从现在起,你们搞个百天强化训练,之后进行模拟对抗赛,把业内专家、教练都请来,大伙儿不记名打分,我本人不参与。"

段军点点头:"凭实力择优录用,谁也无话可说。"

2

临走前,章志强再次嘱咐段军,切莫与杨絮闹僵。

段军吭哧着答应,明显是在敷衍,章志强更为这对小夫妻的关系担忧了。按说他应该再找杨絮谈谈,可自己是男教练,主动调解女球员的夫妻感情纠葛总有些不便,还得烦请韩珍援手。这批队员都是老韩指的贴心小棉袄,由老太太出面调解,说深说浅谁都不往心里去。

章志强遂打过去电话,将事情原委一五一十告诉韩珍。韩珍听罢长叹口气:"真如你所说,我这也管得太宽了吧?都说清官难断家务事,最终效果如何,我只能尽力而为。"

虽退休多年,韩珍仍时刻关注着津海女排,一撂下电话,便立即打车赶往巴黎左岸。

一走进公司排练大厅,她就看到数十名模特正绕圈疾走,高跟鞋撞击着木制地板。晃眼的激光灯,震耳欲聋的劲爆音乐,一切都让人目眩耳鸣。韩珍直冒虚汗心发慌,好不容易辨别出杨絮,抬手便将其唤到厅外。

见到老教练,杨絮的眼泪吧嗒吧嗒直往下掉,她将满腹委屈倾诉出来:"我当初拍广告、做模特灰头土脸,受尽奚落,可很多学体育的都能在娱乐圈混得风生水起,我怎么就不行?高跟鞋看着漂亮,对模特来说其实就是脚镣,从脚趾到脚脖子磨得都是伤。我这么努力付出,段军却一点儿都不理解!"

当初津海女排白手起家,戴颖、杨絮两个顶梁柱立下了汗马功劳,所以韩珍尤为偏爱她们,而今见杨絮如此不易还遭丈夫冷遇,她便觉得段军太过不近人情,于是回家后在电话里把段军好一通臭骂。

韩珍哪里想到,自己的做法适得其反,更刺激了段军,结果冷战变为热战。段军当晚就对杨絮怒道："这本是咱俩的私事,天大的问题也应自行解决,你干吗搬出韩指压我?"

杨絮觉得自己比窦娥还冤,她不过向韩指诉诉苦,段军至于这么小题大做?杨絮也来了脾气,小两口直吵了大半宿。

韩珍好心办坏事,心里堵成大疙瘩:"现在的年轻人,个个都刺猬脑袋,合着我帮倒忙了?"

"段军是嫌您拉偏架呗。"女儿郑佩玲笑道。

"就算是我护犊子,他有气也该朝我撒呀!"

"本来是人家小两口的事,您多余跟着掺和。"

"反正也到这地步了,我更不能撒手不管了。"韩珍也来劲儿了。

郑佩玲认真说道:"夫妻矛盾,说大就大,说小就小。关键得看二人间的感情基础牢不牢靠,再就是看生活志趣和目标是否一致。"

"你们当教授的只会空讲大道理。帮你妈摆平这麻烦,也让我领教一下理论如何与实际相结合。"

"您还真上心呀。那要不,我就试试?"

"当然了,你去给他们来点儿真格的。"

在津海美院任教多年,郑佩玲也处理过学生间的感情问题,但那毕竟都是学生,是否能给成年夫妇对症下药就难说了。当天下午,郑佩玲打去电话,以不容推托的口吻,让段军到咖啡厅等她。

段军赶到后,郑佩玲开口便代母亲向其致歉。段军连连摆手道:"别别,韩指还不是为了我们好。都怪我犯浑,惹得老太太着急上火的。"

"我妈那辈人同咱之间有着深深的代沟,如果现在让她教我那帮奇葩学生,还不天天气成半残。"

郑佩玲这一番褒贬过后,氛围很快轻松下来。继而她讲述了自己当年赴意学习,之后又因不满西方文化风气而回国的经历。

"一个人,如提前预知自己的选择,那不成神仙了?凡事都是这样,不到最后难知结果。所以杨絮做的是对是错，现在就下结论，是否过早？"

段军涩涩一笑："我说不过您，但问题是——"

郑佩玲抢话道："问题是你还想不想同她和好如初？"

"百分之百地想。"

"这不就结了。这样，我给你出个道儿，但丑话说前头，不成可不许埋怨。"

…………

虽当面接受了郑佩玲所提建议，但事到临头，段军还是拉不下男子汉的脸面，磨叽了两天才给杨絮发条短信，内容也没按郑佩玲说的来，只是写道："咱先暂时搁置分歧，你全力备战模特赛，我抓紧搞百日集训，剩下的忙过这段时间再说。"

冷冰冰的几句话，杨絮看后失望至极。他这是在回避矛盾！但模特赛即将开始，排练刻不容缓，她已无暇为此分心。

五一黄金周后，时尚华夏精英模特大赛正式揭幕，华北赛区的比赛被安排在津海商务中心凯达利演艺迪吧举行。经多日初赛、复赛筛选，杨絮在内的多名选手脱颖而出，进入决赛阶段。

入选者集中在瑞泉会馆，进行新一轮更严格、更职业化的突击训练。通过两轮选拔，决赛选手的水准都很接近，训练也多侧重舞台表演和个性展示。见其他选手个个身材火辣、年轻靓丽，年过三十的杨絮并不心虚胆怯，她有十几年的全国联赛历练，于万众瞩目下，无数次与诸多国手激烈角逐，眼前这种小阵仗不算事。遗憾的是，本周模特大赛决赛刚好与越南宁平第六届亚俱杯撞车，女排众姐妹无法前往决赛现场，她身边也没有球迷前来打气助威。

杨絮还是希望得到老公的支持与祝愿，可段军竟连个电话都没有，这让她很是寒心。杨絮也曾想主动与之联系，可几次抄起手机，犹豫良久，最后都轻轻放下了。

决赛当晚，选手们全忙着练站姿和台步，杨絮却随意地叉腰、弓背、屈腿，三道弯地往那儿一站。

"絮姐，你不紧张吗？"身旁有人问。

"反正也拿不了冠军，我就是过来玩玩。"杨絮这话半真半假，当初的心气膨胀到爆，此刻已淡得所剩无几。

正候场时，有个服务人员捧来一大束鲜花，直接交到杨絮手上。

"谁送的？"

"不清楚，估计是您的铁粉儿吧。"

杨絮端详着这束鲜花，九支黄灿灿的向日葵搭配着两种叫不上名的小花。这啥意思？想起旁边的名模精通各种花语，杨絮忙跑去问询。名模一见欣喜道："漂亮！送花人还是个内行！因为向日葵一直追随太阳，积极向上，用来象征获得成功，还有默默爱恋的意思；紫色的小花叫桔梗，代表真诚不渝的爱；浅黄泛绿的叫黄莺花，象征美好新生活的开始。不用说，送花人一定是你老公。"

段军？他还有这份心？杨絮正疑惑不已，包内手机振动起来，她掏出一看竟是段军连发的三条短信："那花，喜欢吗？""预祝决赛夺魁！""注意画油画的。"

杨絮疾步走到幕边，向演艺大厅内张望，见 T 台右侧果然有几名美院学生，正支起画架准备现场习作，段军居然站在一旁向她挥着手臂。

杨絮又惊又喜，她不知段军今天的态度和表现多亏了韩珍母女。

自从咖啡厅谈话后，郑佩玲以为万事大吉。但韩珍并不放心，抽空就向青训组其他教练打听，得知段军与杨絮仍没冰释前嫌，便唠叨女儿再想办法。

郑佩玲也是没辙，驱车赶到青训基地，将段军叫到大门外，劈头质问："上次你可是拍着胸脯向我做的保证，怎么扭脸就变卦了？"

段军涨红着脸，半天才道："您教的那些话……我说不出口。"

郑佩玲冷哼道："少来这套。当初死皮赖脸缠着人家时，什么甜言蜜语都不嫌肉麻,如今天仙似的大美女追到手,又端起架子来了?你让杨絮情何以堪!"

"她情何以堪?怎么不说我追了那么多年呢?"

见段军开始犯浑,郑佩琦气愤道:"爱情没有先来后到,更不分时间长短。懂爱的人不会失去自我,只会让自己变得更好。你不就是怕杨絮进入娱乐圈后心大了,飞远了?你再固执下去,我也不管了,到时候,你就是哭倒长城也没用!"

郑佩琦说罢,甩手便走,弄得段军心里发了毛。他万万不能失去杨絮,这样想着,他决定主动服软。

3

模特比赛用时不长,每名选手的时装展示、泳装展示、晚礼服展示等项目加起来也就三五分钟。如此短暂的时间内既要吸引观众关注,还要得到评委一致认可,绝非易事。杨絮抱定一个原则:要像打排球比赛那样心无旁骛。故而她不带一点儿矫揉造作,所有规定环节都走得从容淡定。两届全国女排联赛冠军的底蕴,更让她充满自信,表现得大气又亮眼。

不同于排球赛场,输赢一目了然在记分牌上,模特赛全凭评委个人对 T 台上的选手从身材、气质、肢体协调性、形体表现力、音乐感知力、镜前魅力等多角度进行主观评判。这期间,几十名选手都直挺挺站在台上,静候最终结果。

总算熬到公布获奖名单了,众多分类的"最佳"相继有主,杨絮始终没听见自己的名字。接着前三名中的季军、亚军也花落旁人。正当杨絮彻底没了指望时,主持人高声念道:"本届模特精英赛冠军为 32 号选手——杨絮!"

观众席上的段军第一个站起来叫好，杨絮却没反应过来。身旁的选手忙推推她说："快上去领奖呀！"意识到冠军果真是自己时，杨絮仍僵立不动，眼中的泪水却不听话地夺眶而出……

直至到家，杨絮心中仍五味杂陈。段军关上大门，一把将她抱起，热烈地祝贺道："我老婆果然厉害，现在已是艺体双料冠军啦！"

杨絮假意沉着脸："放手！别以为送把破花就能饶了你，咱俩的账可得慢慢算！"

"对对对！我欠老婆的，这辈子都还不完！"

一场风波看似平息了，但段军的内心深处还埋藏着隐忧。

也不怪他多想，自模特大赛夺冠后，夫妻俩的二人世界就被各路媒体和广告商们相继打破，有的经纪公司干脆提着现金找上门来。经反复甄选，杨絮最终应下几项美容、塑身广告。她的形象由此在电视台及闹市广告牌上频繁出现，这一来，她本人愈加红得发紫。

妻子成了大明星，主抓青训的段军却不堪其扰，为此他关掉手机，换了部小灵通，只与单位同事和亲友保持联系。

津海女排以全胜战绩首夺亚俱杯。7月初，百日集训一结束，经与其他教练商议，段军将手下青少球员分为A、B两队，计划通过模拟对抗赛来决定谁有资格入选成人女排。

章楠虽被分在A队，但与之搭档的除"小矬子"梁胜男外，大多是些二流球员，而像副攻童妍、接应赵子琳等强手均被归入B队。实力如此悬殊，这仗没法打，真不知段指安的什么心，章楠有些不服。她本打算去找父亲，转念一想，自己既然是章志强的闺女，再大困难也得自己顶，否则，去了也是一通剋。章楠将A队成员召唤到一起，共同商议对策。但队友们大都自惭形秽，认定此役必输无疑。

没等章楠开口，梁胜男先不服了："嘛叫'不怕神一样的对手，就怕猪一样的队友'，还没交手就尿裤子，真没劲！章楠，这场球咱姐儿俩包了，你负责防守,我负责进攻,看她B队能咋地。"

梁胜男勇气可嘉,但她也不想想,竞技体育是靠实力说话的。对抗双方水平相差太大,仅凭不服不忿的虎劲儿,到了儿也是嘴把式。

翌日上午,模拟赛拉开战幕。开局后,B队迅速呈现碾压之势,不仅童妍、赵子琳双星闪耀,其余几个位置也频频下球。由于是内部演练,众教练双手环抱只管观战,不设技术暂停,因此A队没有调整机会,处处被动不说,还被对方一点儿面子不留地打了个6:25。

梁胜男急赤白脸地告诉二传,无论好球坏球全往4号位上扔。她自己也豁出去了,不惜气力一次次起跳大力扣杀。别看梁胜男个子矮,弹跳力、爆发力却相当出色,抡圆胳膊攥紧拳头泼命往下狠搊,B队球员还真就很难防守。怎奈梁胜男的身高是个坑,对面一米八七的童妍或吊或扣,球都能从她手指尖上划过。

也不光梁胜男,整个A队的网口争夺全处于下风。前排成了漏勺,后防压力便成倍增加。令人想不到的是,这反倒成全了自由人章楠。日常训练中她便以绝佳的防守著称,她上场后始终不歇气地来回奔跑,一会儿滚翻,一会儿鱼跃,救起不少即将落地的死球。

章楠出色的表现,被一旁观战的章志强看在眼里,特别是其标志性的鱼跃防守更令人百看不厌。章志强欣喜之余越发感谢段军,这孩子技术上的长足进步,作风上的顽强坚韧,实在与青训教练的悉心指导分不开。然而章楠扑救的球再多,也无法转化为得分,随后两局A队依旧落败,但已不像首局输得那么难看。应该说,梁、章仅凭二人之力,将全场比赛拖长了将近半个小时。

这之后,教练组请受邀前来的专家对这场比赛表现突出的选手进行评议。大家普遍认为:童妍的球技较为成熟;章楠也堪当重任;赵子琳的攻守虽全面,但临场应变与林庭相比还差距甚远,仍需继续磨炼;至于梁胜男,其敢打敢拼的作风得到众人一致认可,但说来说去,身高不足是她最大的短板。

最终进行了无记名打分,童妍、章楠高票胜出,由此津海女排副攻和自由人位置上各添一员小将。

女儿成功入选,章志强高兴的同时,心中暗增一份重压。他严肃地对章楠讲:"日后的训练、比赛,咱们之间我是教练,你是球员,这种关系中断不能掺进父女私情。如果今后你球技停滞不前或者不思进取,我照样弃用,没商量。"章楠连连点头。

当年10月,津海女排勇夺第十届全运会金牌。继而,经国家排管中心审议,球队中又有几名球员入选国家队,成为国手或准国手,这使得球员们飘飘然。也难怪如此,放眼国内联赛,没有哪支队伍不曾败在津海队手下。

全运会闭幕仅两周,紧接着便是2005—2006赛季全国女排联赛。津海队延续良好状态,首战主场3:0击溃姑苏队,由于全体球员骄傲情绪再次潜滋暗长,第二场竟1:3败给老对手军旅队。心态尚未稳定的津海队,接下来又客场2:3负于之前轻松拿下的姑苏队。

赛后,在分析连续失利的原因时,徐国祥首先发言:"这两场虽说我们一传到位率不高,但两个主攻发挥得还可以,几点高球也都渡过了。"

"那又怎样?赢下比赛了吗?"章志强噎了一句。

"当时倪鹃受到一些干扰,导致她越心急越一传接不到位,越接不到位,反过来还得自己打。这个位置是比较难,她比林庭多了一传,自产自销,这个影响就很大。"赵亮解释道。

陆鸣跟着附和道:"攻守需要平衡,如果你一传不好,反过来你一板子打死,对比赛影响就没那么大。"

章志强剜了陆鸣一眼,冷脸讽刺道:"那为何不先定心接好一传?接好了,有更多进攻点,大家才能共同突破卡轮。照你们的说法,不如劝排协设个新式排球比赛,规定所有球队一传都不过三米线,津海队和辽沈队一准进决赛。"

教练与队员都这个态度,苗头不对呀。章志强返津后集中整顿队风,连倪鹃、林庭这样的主力照样狠批。随后的比赛发挥还算正常,津海队以小组第一晋级,复赛阶段六战六捷,半决赛主客场均3∶0轻松取胜。距四连冠仅一步之遥,大伙儿这才长舒了口气。

因10月召开了全运会,本届女排联赛开幕比往年顺延一个月,待半决赛结束已是农历腊月二十三。按照组委会规定,各队休假两周,待过完春节,再进行决赛赛程,仍采取三场两胜制。

正月初八首轮决赛就要开打,又是客场,章志强哪有心思过年?他要抓紧这几日假期,认真研究对手。

本赛季,军旅队表现越来越糟,居然没进四强,最终辽沈队与津海队争冠。辽沈女排可是支老牌劲旅,杀入决赛不足奇,尤其该队现任主帅是年近七旬的功勋教练——金宗越。

金宗越可谓中国排坛重量级人物,最早就在比赛中使用过单脚背飞。二十世纪八十年代执教辽沈女排时,金教练先后演练出二十四套战术,并带领球队赢得全国大赛五连冠,直至九十年代中期才退居二线。1998年辽沈女排陷入低谷,金教练二度出山,仅用几个月时间就将球队重新带入甲A行列,之后正式退休。时隔七年,受辽沈省体育局邀请,金老爷子再次出山并对外宣称,辽沈女排今年参赛目标就是要夺回阔别十三年的冠军!

4

金宗越敢公开这样讲,自有实打实的底气。

在他的管理调教下,辽沈女排人才济济。主攻方面已有两大国手,如今更出个一米九的新星穆亦蕾,绰号"巨雷",其重炮强攻比当年姑苏队老将茅菊兰那枚"重磅炸弹"的攻击更有威力。穆亦蕾年仅十七岁击球就有如此劲道,真是后生可畏。

另外,该队主力副攻背快速度只有零点三秒,被誉为"世界第一快攻",乃当今最全面的副攻,没有之一!她先打二传,后打接应,最后才改打副攻,基本功扎实,不仅进攻犀利,一传防守的质量也非常高。放眼当下女子排坛,能接一传的副攻几乎绝迹。该队接应为国家队替补,长于机动进攻,扣球猛,击点高。其二传、自由人也是国手级水平。

对方实力如此,仍没引起津海队球员足够重视,毕竟刚结束不久的全运会上辽沈队以 1:3 败北。任你攻击力再强,还是打不破我的铜墙铁壁。就连章志强都认定,只要发挥好自身特点,对方想赢下比赛也非易事,倒是队员们的身体令人担忧。因全运会太拼了,不少队员老伤有不同程度的复发,几位核心队员现在是边打球边调养身体。但近期赛事一个跟着一个,哪容她们得空治疗休养?等打完决赛再说吧。

春节长假尚未结束,津海女排便乘车抵达辽阳,两天适应性训练后,2 月 5 日下午四时,便与辽沈女排展开了首轮对决。

比赛一开始,津海队就打得不顺,被对方强力发球连续破掉一传,组织不出流畅的快攻,23:25,先丢一局。经局间调整,津海队利用高质量发球,遏止住辽沈队的进击势头,场面逐步扭转,以其人之道连下两城,大比分 2:1。

尽管津海队胜利在望,然三局拼下来,场上多名主力因伤病明显体力不支。先是戴颖的腰、谭晓岚的膝盖,继而孙红雁的手腕也出现了毛病。咬牙往下顶还能继续打,只是很难再像以往那样高水平发挥,紧接着孙红雁居然直接垫飞一传。章志强让陆月洁后撤接一传渡轮,但她的游离骨剧痛,严重影响踝关节活动,一传质量并不高。

所谓"强弩之末,势不能穿鲁缟",何况坚硬如钢板的辽沈队绝非薄丝轻纱,见津海队攻防节奏慢下来,辽沈队队员立即反扑,且不知疲倦地多次组织高点强攻。津海队堪堪吃力,局势失控,瞬间便以 15:25 败下阵来。

　　己方形势不妙,章志强马上用陈静姝、童妍等人轮番换下几位老将。直至决胜局对方率先交换场地后,津海队才一点点追上比分,但对方气势正盛,津海队再怎么拼也无法反超,终以 14:16 惜败。

　　输球了,谁的情绪都不好,章志强适时安慰大家:"没关系,下面两轮都是咱的主场,到时捞回来就是了。"话虽如此,他也明白,如果还延续目前这种低迷状态,下周六日实难保证两连胜。

　　向来善变的章志强打算全面起用新人,却遭到其他教练的质疑。

　　"不同于之前战军旅队,那次先一分在手,现在可没退路,输不起的是咱们。"

　　"决赛中经验和心态最重要,千斤重压下,小队员们承受得了吗?"

　　"让人在家门口把冠军夺走,跟上头怎么交代?不能冒这个险,咱还是'保'字当头。"

　　…………

　　助教们的话令章志强犹豫起来,他也觉得,首场失利是因伤病和体能,并非技战术问题,只要养精蓄锐以逸待劳,胜算还在手上。

　　如果是以前,章志强一定会在最短时间内拿出最优方案。但此时他也背上了怕输球的包袱,希望依仗久经沙场的这些老将,再为津海女排拿下第四冠。六天后,津海队主场迎战辽沈队,首发中仅尹倩一名新人,余者还是几个老搭档:二传戴颖,接应林庭,主攻倪鹃,副攻谭晓岚、陆月洁,自由人孙红雁。

　　对津海队这套豪华阵容,辽沈队老帅早就烂熟于心。从全运会到全国联赛,多次交锋中,金宗越已摸准了对手罩门,于是命球员利用身高、力度之优势,与津海队争抢网口,每个回合都要速战速决,就像"乒乓女王"邓亚萍那样,三板就解决战斗。

首局,辽沈队凭借强攻和拦网先拿 2 分,之后进一步确立领先地位,将比赛带入自己的节奏。尤其"巨雷"穆亦蕾极具进攻力的重炮轰击,连"不死鸟"孙红雁都犯怵。赛前孙红雁右手旧伤复发,一直采取保守治疗,这种情形下,要想接起穆亦蕾的扣球很是费力。眼见处境被动,局促间章志强也找不到破解之策,仅用时二十分钟,津海队便以 18∶25 的比分先失一局。

第二局,辽沈队气势不减,穆亦蕾的大力跳发让津海队一传吃尽苦头,分差很快拉开。章志强几次调动,难见成效,那些百试不爽的技战术相继失灵。25∶23,辽沈队再下一城。

大比分 0∶2,津海队的卫冕之路已是荆棘遍布,严峻的形势令章志强心情异常沉重。为挽回颓势,他指示队员先力保一传,再多用背快、背错来晃对方;出手要果断,对手就是欺负她们普遍个儿矮,网口拼不过,线路上就要多变化。

一旦被逼入绝境,津海队总能激发出旺盛的斗志。而辽沈队因前两局赢得太顺,精神出现懈怠,想不到对方反击如此迅猛,一时间应对失措,阵脚大乱。津海队几名老将抓住战机连得 8 分,成功实现反超。这下本土球迷也振奋起来,纷纷卖力地为自家队员擂鼓奏乐、摇旗呐喊。

辽沈队球员到底没有打冠军赛的经验,一旦受挫就像黄河决堤一泻千里,迅速败退至 14∶21。还得说金宗越稳健老到,二次暂停时他对大家讲:"别着急,能撑上就撑上,不行再打下局嘛。只要拖得住,她们的体能就顶不住了。"老帅的话让球员慌乱的心平稳下来,继续以强攻和拦网阻挠对手。津海队手握四个局点时,居然又被辽沈队追至 23∶24。章志强即刻用常丽换下尹倩,常丽不负众望,4 号位重扣得手,为津海队艰难扳回一局。

尽管已累到气喘吁吁,津海队队员仍满怀信心,相信自己已找到过去赢球时的感觉,再加把劲儿就会把对手彻底击垮。章志强则叮嘱大家悠着点儿劲儿,即便拿下后两局,明天还要进行生死战。

经过多年磨合,津海队老将们已与教练相当默契,哪怕一个眼神、一个手势也能理解透彻。第四局大家以巧破千斤,用发球和快球打乱对手部署。很快辽沈队失误激增,章法全无。津海队乘势扩大战果,差距一度高达10分,最终以25:18拿下第四局,将总局分拉至2:2平。

此刻,现场和电视机前的球迷都在期待津海队再次上演精彩大逆转,章志强也觉得十拿九稳了。孰料,决胜局辽沈队非但没有崩盘,反掀起一波进攻狂潮。鏖战四局后,她们仍牛犊似的精力充沛,轰下的球个个劲道十足。听着那咣咣的砸地板声,解说汪冲心里一紧一紧的,禁不住"好家伙""哎哟嚯"连声地发出惊叫。津海队老将们早已力不从心,全凭意志力苦苦硬撑到13平。

这时,金宗越叫了最后一次暂停,胸有成竹道:"现在是津海队的弱轮,别急于求成!接好一传,再打好一攻,稳稳当当咱准能拿下!"

双方回到场上,比分交替上升至15平。辽沈队凭借穆亦蕾的强攻,再次夺得赛点,跟着她的跳发又正压底线,津海队未及反应,便已丢掉了决胜局。看着辽沈队球员狂喜地抱在一起,津海队姑娘们无奈咽下这枚苦果……

5

家门口输球,不光球队上下难过无比,众球迷更是唉声叹气。原本有人已提前预订好酒馆,准备赛后欢庆一番,没想到却等来一场窝囊的败仗。本来就不痛快,再被不醒事的人恶心几句,火上浇油,几拨球迷瞬间就会发生摩擦或冲突。

津海女排的铁粉儿来自社会各行各业,大家因球结缘,由啦啦队逐渐发展成球迷协会,凡有津海女排的比赛,那是穆桂英挂帅——阵阵落不下。球迷人数成千上万,层次修养自然千差万别,正所谓"人上一百,形形色色"。

以小山子为首的这拨球迷,早先都是足球迷,可惜近几年中国足球表现不佳,反观中国女排蒸蒸日上。再造辉煌的雅典奥运会上,家乡三位姑娘被列入"黄金一代";津海女排也特别提气,去年加冕了全国女排联赛三冠王。

"那倒霉的足球,是王八炕蹦子——没嘛劲了。咱以后只给女排加油。"小山子的提议得到一致赞同,众人便在比赛前把足球场上用过的大喇叭、小号带到了人民体育馆。在已有的敲锣打鼓基础上,高分贝乐器的加入岂止闹腾,所有人的耳膜都快被震爆了。

隔行如隔山,刚刚"叛变",小山子一行欠缺专业水准,呐喊助威总喊不到点儿上。主裁判吹完哨,球员正准备发球,那些上不道的排球迷还在使劲嚷嚷。

决胜局上,津海女排形势岌岌可危,小山子喊劈了嗓子也无济于事。眼见"巨雷"穆亦雷每记重扣都落地有声,他急得直跺脚:"咱球队咋就没这么个有劲儿的前锋?"前排有个白胖子回头,满脸不屑地挖苦道:"还前锋?那叫主攻!就这大外行,还跑这儿起哄架秧子?"小山子不服不忿道:"哪儿那么多废话?你是太平洋警察呀,管得倒挺宽!"

二人由斗嘴升级为动武,直至馆内保安赶来,才将他俩喝止住。

走出体育馆时天还没全黑,一旁的川都路两侧,大大小小的中西各式酒馆星罗棋布。但那天是津海女排生死之役,一些没买着票的球迷包下了周围的几个馆子,边喝酒边看直播,此刻尚未离去。小山子一干人从北寻到南，走到五岔路口的抗震纪念碑时，总算看见有家酒馆还有空座。

"哥儿几个就这儿了。"小山子迈步正要往里走，把门侍者却深施一礼，并提醒其门楣上挂着"客满"的牌子。

"里面不还有座吗？"小山子问。

"人家提前已预订了，过会儿就来。"侍者说。

"那你在门外摆两张桌子，我们在外面凑合一下。"

"对不住，我们惹不起城管。"

"得，今儿算皱巴透了！"

小山子刚要率众离开，却见另一伙人由体育馆方向直奔酒馆而来，打头的正是那个白胖子。冤家路窄，小山子无名火起，一横膀子拦住对方去路："嚯，又跑这儿噎瑟来了？"

闻此，白胖子立时怒道："你是谁孩子？就没家大人管管？屎壳郎打喷嚏——满嘴喷粪！要不是你这外国鸡瞎搅和，津海女排也不至于输。"

二位一戗上话，两边同伴也上前帮腔，双方几十个大老爷们儿越吵越凶。

其实津海人向来讲究一打三分低，嘴茬子厉害，却不轻易动武。

此刻围观的人越来越多，已经堵塞了川都路。一些看热闹的还不嫌事大："别光狗掀帘子——全凭嘴啊，便道那儿不有砖头吗？打呀！"这么一煽呼，两边真可能动起手来。

这时，人群外传来一阵刺耳的汽车喇叭声。两个中年男子从一辆汽车里下来，走在前头的正是电视台解说汪冲。

刚才现场解说时，汪冲也感到输得有些憋屈，从转播席出来，便想找个地方排解一下。好友梁季兴招呼他去喝酒，结果体育馆周边皆已客满，二人开车行至川都路路口时，正碰上这场乱子。

汪冲忙上前询问究竟，围观者便七嘴八舌说了个大概其。

"就为这点儿事打架？"汪冲道。

"可不呗,您面子大,受累给劝劝。"

劝架也是门技术活儿,搞不好反引火上身。但两边都是球迷,起了纠纷,汪冲不能甩手不管。

汪冲分开人群挤到酒馆前:"诸位消消气,我说两句行吗?"

两伙人都认识汪解说,尤其他那富有磁性的嗓音,乍一听特像央视金牌解说宋世雄。白胖子这边都是资深球迷,一见汪解说,仿佛原告见到法官,可劲儿向他申诉。

小山子见状抢步上前道:"你们是恶人先告状。"

汪冲摆手道:"我又不是裁判,到底哪边对,我说了也不算数。没错,自家球队输了,谁心里能舒服?发多大牢骚都没关系,一旦大打出手,外地媒体必借题黑咱们。冠军已然丢了,回头排协再把咱'最佳赛区'给撸了,那就太不划算啦。津海爷们儿最懂理懂面儿,可别犯傻,让外人笑掉大牙。"

小山子问:"您的话句句在点儿,可这事到了儿怎么结?"

梁季兴在旁笑道:"还能怎么结,不打不成交呀。大家都是津海的排球迷,这样吧,今晚我做东,咱大伙儿一起去鹏天阁海鲜城,包下一整层。你们两方化干戈为玉帛,往后全是朋友。"

"出手够大方的,您了哪位呀?"白胖子上下打量着梁季兴。

汪冲连忙予以介绍。得知对方乃津海巨商梁伯成的三弟,白胖子舌头吐出老长:"我说呢,二巴巴的能有这台面?"众人闻此也都带有几分受宠若惊。

别以为梁三爷钱多胀得难受,他哪是跑来充大头,完全是从中又瞄到了一个商机。如今,津海排球迷已发展到数以万计,若以此为端,梁家出手将那些零散的球迷团体组织起来,这就等于自此做了不花钱的长年广告。

梁季兴把组建球迷协会的想法告诉大哥,梁伯成倍加赞赏:"做生意就是做人,人做得有多大,生意就能有多大。老三,球迷协会的事你放手去干,我全力支持。"

得汪冲等媒体人协助,梁季兴八方联络撮合,由初春直折腾到进伏,津海女排球迷总会终于成立。梁季兴被公推为会长,但"梁会长"听上去既土又太小家子气,于是大家便尊称其为"梁董"。

为使总会更具专业性和权威性,梁董想拉汪冲当顾问,后者电视台业务太忙,实在无暇分身,便举荐了三位奥运冠军的父亲。梁季兴觉得颇有道理,当初孙红雁父亲无论找工作还是买房,自己都出过力,如今自己的忙,孙父当然会帮。孙父又陪着梁季兴登门拜访了林庭的父亲林旭东和谭晓岚的父亲谭凯。诚邀之下,二人相继答应。

事情进展异常顺利,今年立秋又是个周末,于是梁季兴选定这天,在沽上会馆召开首届津海市球迷联谊活动。除球迷总会下属各分会代表外,不少社会名流也来捧场,更有体育局部分领导应邀出席。热热闹闹一上午,梁董备下高档自助餐,来宾随意享用。餐后水果自然是西瓜,这叫"咬秋",寓意抓住良机,获取大丰收。

为了本次活动圆满成功,众多球迷甘当志愿者。张罗得最欢的当数热心肠的小山子。此时客人大多散去,却见白胖子还抱着块西瓜紧劲儿地啃。

小山子见状上前逗道:"差不离啦! 这么吃,你这身肥膘哪辈子下去?"

"吃块西瓜也碍你眼?"白胖子抹抹嘴,正往外走,却被一个面带怒色之人拦住去路,定睛打量,竟是孙红雁的父亲。

"还记得我吗?"

"不记谁,也得记您孙师傅。"

见大伙儿不明白咋回事,孙父遂将当初之事简述一番。

两年前,孙父刚开始学着养花玩鸟,曾蹬车到估衣街附近转转,得知自平房改造后,估衣街已变成小商品批发市场。旁边小树林内倒是有零星卖鸟的,其中一笼里的黄雀叫得特好听,孙父正在讨价还价,白胖子过来翘行市。两人争着要,价钱自然压不下去。孙父一狠心,掏出三张百元大票。

可鸟买回家后,却变得不爱叫唤了,偶尔两嗓子也是难听的单音。这咋回事?第二天,孙父带着黄雀去沈阳道,对自己老板念叨这事。老板找来位养鸟行家一看,竟哑然失笑:"孙爷,这鸟是雌的,十块钱都不值。"

孙父觉得很窝火,明明亲耳听到鸟叫,对方到底用啥花活涮了自己?后来数次路过鸟市,他还刻意踅摸几眼,却再未见着那两人,孰料竟在球迷联谊会遇见了白胖子。大庭广众之下,孙父没急于声张,等到活动结束,才将其拦住。

6

孙父对白胖子道:"三百块不算嘛,你得给我亮个底。"

"敢情你还是一骗子,真给咱球迷丢份儿!快老实交代!"小山子在旁怒斥。

白胖子面红耳赤:"我谁都没骗,全是我那发小侯七干的。他会口技,学起鸟叫来跟真的一样。"

"那你干吗给他当托儿?"小山子继续逼问。

"怪我太馋。吃了人家嘴短,那次他正缺帮手,结果把我拽上了。"

小山子气道:"你就记着吃!说,侯七住哪儿?"

原来如此,孙父心中一笑:"得啦!事都过去了。"

白胖子道:"我那发小也不是啥大奸大恶,他卖传呼机赔个净手,后来才玩邪门歪道蒙俩钱。这两年倒腾山寨手机,又抖起来了。"

"倒买倒卖,更得查!"小山子道。

"你是公安,还是工商?"孙父好奇地问小山子。

白胖子笑道:"他呀,综合执法!"

"你是城管?"孙父曾在沈阳道的地摊上见过不少摊贩同城管斗智斗勇,"挺好的小伙儿,咋干这个?"

听孙父的口气就知他对城管成见很深,小山子对此无可奈何。

小山子是家中小儿子,高中毕业后,顶替父亲到拖拉机厂当保全工。当时是二十世纪九十年代初期,多数国企开始走下坡路,但小山子爸仍固执地认为,"津拖"这样上万人的大工厂绝不会垮。哪料三年后厂子便濒临倒闭,小山子被迫下岗,所幸大姐夫在市政局工作,烦人托窍总算把小山子办进了刚成立的城管大队。

当时人们对城管还知之甚少,此前管理沿街摊贩的多是各地方单位组建的城建监察。

其实改革开放之初,小商小贩作为社会经济的必要补充,受到的鼓励远大于管束。进入二十世纪九十年代后,大量职工下岗,为生计所迫,他们便纷纷加入摆摊大军。而当时中国的城镇化建设也驶上快车道,像津海这种工商业重镇,正努力向世界大都市迈进,就不得不对摆摊严加限制。但摊贩们都擅长打游击,来去高度灵活,管起来相当麻烦。不同部门下辖的监察人员则是多头管理,相互扯皮,负责市政的领导极为头疼,决定将行政处罚权集中委托给一个部门,于是"城管"在1997年应运而生,全称为"城市管理综合行政执法监察局"。小山子便是第一代城管,管理范围包括市容卫生、园林绿化、违章乱建和无照经营等。

由于"什么都管",且办事效率和力度大幅提高,城管便被交予了更多事务,职责范围不断扩大,难免会得罪更多人。城管与小贩的追逐一直是各种媒体上的热门话题,他们在民众间的口碑也不咋地。

"我们也不愿跟摊贩过不去,眼睁睁靠说服教育不管用啊!可只要一动横,'欺凌弱势群体'的大帽就给你扣上。"小山子辩白道,"你想想,要没城管,那些占路的、扰民的、卖假货的、贴小广告的、乱丢垃圾的都谁管?"

"行啦!人嘴两张皮,反正都是理。"孙父说罢,转身刚要走,蓦地想起一事,"能帮个忙吗?我一个老同事,下岗后在外摆摊卖货。前不久三轮车被城管没收了,你能不能受累垫个话儿? 这人也是球迷,但凡手头富余,准去买球票。"

"铁粉儿的忙哪能不帮,他在哪片儿?"小山子问。

"就在阜阳道。"孙父又描述了老同事的基本情况:此人姓赵,夫妻双双下岗,靠打零工好容易熬到儿子当上司机,按说日子有望缓起来,偏偏不争气的儿子因酒驾撞死了人,入狱服刑,儿媳妇也走了。更严重的是,老伴急性脑出血,基本丧失劳动能力,因此老赵不能长期外出工作,只能在街边摆个小摊。

听孙父介绍完,小山子当天下午就赶往阜阳道,向城管田队长一询问,老赵的三轮车仍扣在队里。

"可怜之人必有可恨之处。"田队长说,"这主儿无照经营,屡教不改,还打一枪换一个地方,能逮着他就不易。"

"他也确有难处,就从宽对待呗。"

"这回给你面儿,但得跟他讲,再有下次,我可不客气!"田队长随即命下属通知老赵领车。

身为城管,小山子当然知道,自2002年起,全市各区开始大搞"退路进厅",今年更要求杜绝各类占道摆摊设点的违法行为,田队长哪能不按令行事?但老赵情况特殊,小山子还没琢磨出解决的办法,老赵便打来电话,说三轮车又被扣了。这次事发地点在柳庄桥。

柳庄桥是为缓解西河与东沽两区往来交通压力,专门给非机动车和行人修建的，尤其在上下班时间，人流量相当大。许多小贩看到商机，每天定点在此摆摊，本来不算宽的桥面被他们一挤占，便经常堵塞。

老赵以为此处法不责众，也骑着三轮车来卖"过街鞋"。没想到，田队长率队从桥的两端实行夹击，摊贩们无路可逃，只能乖乖就擒。见又有老赵，田队长不容分说地连车带货全部查扣。老赵欲哭无泪，只得再次哀求小山子施救。

这回田队长断然不肯给面儿。见没任何通融余地，小山子边劝说边拉着老赵离开城管大队。他决心帮人帮到底，便带老赵去找梁董。

梁季兴很理解老赵的疾苦："要不，你到总会干物业，每天做俩钟头卫生，月薪一千块。"

"一千块？不够挑费呀。"

梁季兴稍加思忖："今年联赛就要开打了，我趸批矿泉水，由你转卖给协会的球迷。到时把本儿还我，赚的归你。"

"梁董，还是您点子多。"小山子也来了灵感，"我有个远房亲戚在北戴河，找他弄点儿当地贝壳、海螺做的小玩意儿，跟矿泉水搭着卖。"

老赵感激涕零，于是便在赛前将梁季兴与小山子提供的商品向球迷配套兜售，销量相当不错，其中以海螺壳的喇叭最受欢迎。这东西个头儿不大，方便携带，吹出的声音又响，与原有乐器的声音裹在一起，赛场气氛越发热烈。

城管小山子义助摊贩老赵，此事在球迷间传为美谈，连孙红雁父亲也对小山子刮目相看。而梁季兴通过此事，更为总会树立起扶危济困的良好形象。

球迷总会搞得风生水起，也带动着本赛季津海的球市越发火爆。

与此同时，津海女排也完成了几年来最重要的一次人员调整。而这次大换血的起因，还得从上赛季惜败辽沈女排讲起。

四连冠梦碎主场，津海女排将冠军奖杯拱手送人，简直无脸见家乡父老。

为给球队打气，待观众退去后，凌副市长刻意走进场内。他没说一句批评的话，只和蔼地一一与队员握手："比赛输了没关系，但津海女排的拼搏精神和技术风格不能丢，回去后要抓紧总结，找差距、寻根源，明年再拼回来！"

市领导越是好言宽慰，章志强越深感愧疚，胸中是万般化不开的揪心难受。

转天恰逢正月十五，他白天待在家中闷闷不乐，一直不曾进食。晚上楼外鞭炮声震耳欲聋，在爱人的劝导下，他勉强吃了俩元宵，立时觉得胃里堵得慌。

"黏面不好消化，出去遛遛？"爱人体谅道。

章志强点点头，刚站起，忽地淌出鼻血来，随即头顶生疼，顿感天旋地转……

时隔多年，偏头痛的毛病再次发作，虽不像上次那么严重，但也让章志强在医院躺了半个月。治疗期间，他借机反省，诸多困惑倏然解开。待徐国祥三人前来探望时，他便很有心得地对几位助教讲：

"这些天我反复琢磨，从当初的袁指到后来的程指，他们都是赛前对困难准备得特别充分。临场突发情况，即使你想出招来，队员也未必接受得了。赛前一定要把每个环节的困难都想到了，临场才会有某种扭转的可能。另外，还有对方临场发挥的问题，这要看自身的临场气质和临场状态，并不是说做了准备就一定奏效。体育比赛还要有很强的执行能力，队员能否在场上贯彻教练指令和做好自我心理调节等，也都很重要。

"做教练的就应该提前多做几个方案，多一份准备就多一份保险。与辽沈女排的争冠赛，我这个主教练没能经受住考验，更没在赛前组织大家做好应对困难的准备；不仅没有主动应对，还盼着'无逆转，不津海'的奇迹发生,结果却两度落空。

"这些年,咱的套路打法已被各个对手研究透了,必须得下决心变革了,尤其要大胆起用新人。在新老交替方面,辽沈女排做得比我们好,以穆亦蕾为首的年轻队员都成长得很快,而咱的主力还是五六年前的老班底。老队员虽有诸多优势,但除了体能跟不上,还容易犯经验主义的错误。拳怕少壮是竞技场永恒的规律。一架运转多年的机体突然大换血肯定会不适,但是不换,就是坐以待毙。津海女排该出现新拐点了!"

7

出院后,章志强消瘦了许多,眼中却有了神采。以前似乎天不怕地不怕的他已省悟到,在不断累加的成绩面前,自己与全体队员也需不断地磨砺成长,但唯要坚守的,是行动的踏实和内心的笃定。

排球是一种团体性竞技运动,想要取得斐然成绩,必须拥有紧密默契的团队协作能力和足够出彩的个人能力。章志强想,接下来就要对津海女排的人员构成进行全面更新和升级改造了。

首先得把队内几位伤病严重又年龄偏大的老将撤出主力阵容。但津海女排能有今日,她们都居功至伟,尤其队长戴颖。要替换这些立下过汗马功劳的元勋,真有些难以启齿。

还未等章志强开口,戴颖已递上退役申请,并直白地讲:"我得退下来了,特别是这两年,体能明显跟不上。之前全靠咬牙硬挺着,后面的联赛怕是很难坚持。而且只要有我在,您就不会尽情放手让陈静姝施展。长江后浪推前浪,无论什么职业,人总有退下来的那一天,这个,我必须面对。"

戴颖做表率,另外两位老队员也主动请退。老将们如此顾大局识大体,令章志强深受感动,他率全队为三人举行了隆重的退役仪式。关于今后的安置，体育局提供了较好的去向，不管是在下属单位当教练、搞行政，还是到中学做体育老师，都没问题。至于戴颖，章志强无论如何也不肯放手，诚邀其留在队里任助教。

戴颖口头应下，实则另有打算。她觉得自己实战经验丰富，但还欠缺把这些经验总结为理论的能力，这些年虽在国内联赛上纵横驰骋，但毕竟天地太小，视野狭窄。她认为章指之所以能力这么强，与他当初赴欧洲执教分不开。还有郎指导，已带两家意大利俱乐部夺得过意大利联赛和超级杯双料冠军，去年又出任了美国女排主帅。由此可以看出，许多出色的人不一定比你聪明，但一定比你更加自律，更加努力。不逼自己一把，命运就会逼你一辈子。

得知戴颖的真实想法后，作为过来人，章志强特别理解，希望她历练成熟后，再回津海女排效力。倒是戴颖的爸妈听说女儿想出国，不确定这种事是否靠谱，便暗地向老教练韩珍探问。

韩珍欣然赞道："好啊！这孩子出息啦！敢出去见世面、学能耐，说明她有主见、有志向，当父母的应该大力支持。别担心，体育人才国际化是今后的趋势，我是没赶上这个好时候，这不，到现在还窝在家里当土老鳖。这就叫呀，有什么样的世界观，就会看见什么样的世界；只有认识了世界有多大，将来才会用多大的视野看世界。"

闻此戴颖父母转忧为喜："想当年，如果不是您到我家硬把小颖拽回球队，她这辈子也就算完了。我俩都没啥文化，没想过闺女能成为全国冠军，如今她又要留学海外，多亏教练们的辛苦栽培！"

戴颖退役，二传的位置自然由陈静姝顶上。按年龄排序，陆月洁是老大，但是由于副攻要有三轮不在场上，她担当队长不合适，因此改换主攻手常丽走马上任。

人员调整后，接下来的训练就与以往不同了。模拟对抗中，陈静姝、尹倩、童妍、章楠等一干小将出现在主力阵容中，技战术设计也多次进行了革新。就这样,津海女排新老交替基本完成。

训练进入正轨,章志强抽空去找段军,商讨改进青训事宜,希望多发掘出一些好苗子。针对球队现状,章志强认为副攻快球和高质量的小球串联特色还不能丢,而这种战术的成败关键在于二传,所以要加大力度培养优秀的二传后备人才。

段军还异常兴奋地报告了个特大新闻:"梁胜男长个儿啦!这半年竹竿似的往上蹿,眼瞅着就过一米八了。瞧行市,还能长!"

闻此,章志强哈哈大笑:"这宝贝儿成猴皮筋儿啦! 将来说不定真能创造奇迹。"

"还有那个赵子琳,进步也不小,我看够入队条件。"

"多多益善。今年队里特别需要新人,能上的都上!"

说完正事,二人转而闲聊起来。

那次段军去医院探病,章志强发现他还是萎靡不振,但当着杨絮的面,没好意思多问,今天见其又两眼通红,便想弄清缘由。

段军颇有些难为情,嗫嚅着说:"我让食堂的宁师傅给坑苦了。"

杨絮自娱乐圈走红后买了辆帕萨特,段军更变成了"嘀咕神"。一天午饭时,宁师傅过来搭讪,可劲儿夸段军好福气,媳妇漂亮又能挣钱。段军极不舒服,听宁师傅口气,自己成吃软饭的了。

宁师傅嘟啷嘟啷还没完没了:"多少人羡慕你呀。要像我家里那位的模样,劫道的都不怕。杨絮可不一样,你是捧着怕摔了,含着怕化了,到外面就怕出事。其实两口子之间,无论哪个,一旦发达了自会生出很多想法。因为婚姻到底得两个人共同经营,而不是一个人安居乐业,一个人努力打拼! 我给你出一偏方吧。人要当真亏了心,夜里一准睡不踏实。你不妨偷偷盯着,如果杨絮每天倒头便睡,在外面指定没有事。"

这种无厘头的良方,即使不算搬弄是非,也是乱嚼舌根,但心绪不宁、疑神疑鬼的段军偏就信了。杨絮近来多在外应酬,回家草草洗漱后往床上一躺，便酣然入梦。可段军非得认定她是真睡后才敢合眼。这么一折腾，杨絮没咋地，段军反而快患上失眠症了。

"活该!"章志强听罢气乐了，"一个大男人，熬鹰似的盯着自己老婆，也够丢份儿的。杨絮不已向你保证，只做一年模特，之后就不续签了吗?"

"没错，这话她说了不下十遍。可眼下她火成这样，哪舍得轻易退?"

"甭瞎寻思。闭眼难见三春景，出水才看两腿泥，合同到期我们再看。"

如今杨絮已成为镁光灯下的超级名模，巴黎左岸生怕这棵摇钱树被挖走，合同尚未期满，公司经理就可劲儿提升薪酬，希望与之长期合作。

临近3月末，津海商贸中心春季服装展刚一结束，杨絮便通过媒体公开宣布自己将于本月底告别T台。

杨絮一语石破天惊，大家目瞪口呆。见众多娱乐记者想方设法探寻幕后真相，杨絮坦诚地对他们讲："娱乐圈的这段经历，仿佛风花雪月的一场梦，我体验过了。以后我或许当体育节目主持人，或许做排球教练，我还是希望能回到曾经挥洒过青春汗水的运动场上!"

话说到这份儿上，管他外人怎么想，与杨絮携手十几年的段军，此刻彻底恍然大悟:当年残存杨絮心底的遗憾与失落，如今全部得以补偿，自此她可以高昂头颅。挫折坎坷也好，策马扬鞭也罢，总之他要与妻子实实在在活他个风正一帆悬。

杨絮二度回归，体育局非常高兴，于是安排其出任青少队领队。

人逢喜事精神爽，段军感觉身上有使不完的劲儿。这之后，他与杨絮开着帕萨特，跑遍全市各所排球传统校和业余体校，不到一个月时间，就挑选出陶梦、来响、李丹妮三个颇具潜力的二传苗子。翻阅个人简历时，段军才得知李丹妮竟是李和平的女儿。

当年李和平下海失意，一度为还债疲于奔命，根本无暇照管孩子。出乎意料的是,女儿完美继承了他的排球基因,不仅身高出众,与小伙伴玩球时还特有手感。李和平毕竟是行家,发现闺女的排球天赋后,很快将李丹妮转入同光里小学。不出两年,这孩子便成了校队的主力二传。

获悉此事,一直为其离职惋惜不已的章志强大喜过望。经段军联系,章志强同李和平通了次电话,耐心劝导说:"老李呀,说到底,你就跟排球有缘。当初的事不提了,如今丹妮进了青少队,你这当父亲的总该为闺女做点儿牺牲了吧?"

见李和平仍游移不决,章志强接着道:"之前你说不想沾我们双冠王的光,眼下咱女排正处于转型期,我这里困难不少,你怎么也得雪中送炭吧?"

这些年李和平一直在外瞎折腾,也没混出什么名堂来,既然人家这么抬举自己,再不就坡下驴,就轴过头了。

当然,把一个下海多年的人重新调回体制内可不是件小事。要走的程序极其复杂,不仅需要体育局点头,还需人事局、财政局等多个部门盖一溜儿章。幸好市里对女排工作全力支持,章志强的报告递上去,也就俩来月便得到了批复。

水流千遭归大海,多年打游飞的李和平就这样出任了津海女排助教。

8

帮手越来越多,章志强细化分工,主队、副攻、二传及接应都交由专人负责训练,自己则总揽全局。随着梁胜男等众小将的相继入队,津海女排面貌焕然一新。

转眼就到了5月下旬,第七届亚俱杯即将点燃战火。津海女排是上届冠军,自动获得参赛资格。因备战世锦赛,谭晓岚、林庭、孙红雁、倪鹃四位国手全在国家女排集训，陆月洁又在治疗踝关节旧伤，除队长常丽这位老将外，首发阵容全靠年轻选手挑大梁。这也正好是检验此次"大换血"效果的好机会。

亚俱杯全称为"亚洲女排俱乐部锦标赛"，创立于1999年，每年均在五六月份举行（除2003年因故取消），今年的承办城市是马尼拉。

津海女排第一次来马尼拉，出发前，章志强虽做足了功课，但也异常紧张。此番带着一群不谙世事的小丫头，不能有丝毫的闪失。除了与领队、助教排班轮流看管，他更勒令队员平时不准离开宾馆半步，只要发现有谁私自外出，回去立即开除。这样的严防死守，憋闷得年轻队员嗷嗷直叫，好在她们平安度过了赛前的适应性训练阶段。

2006年5月24日，第七届亚俱杯揭幕，来自不同国家和地区的七支联赛冠军队伍在此角逐。大赛实行单循环制，积分最高者获得冠军。

在队长常丽的率领下，生龙活虎的津海女排年轻球员表现神勇，以六战六捷仅失一局的优异成绩成功卫冕。主攻常丽荣膺本届亚俱杯的"最有价值球员"，副攻南亚芳当选"最佳拦网"，接应赵子琳当选"最佳进攻"。陈静妹虽未得奖，但其娴熟稳健的二传技术，让她足以接替戴颖，担纲球队的灵魂。

众小将首秀如此亮眼，这让章志强及教练组成员倍感欣喜和振奋。

球打得再棒，她们也还是群贪玩的孩子。赛事一完，梁胜男便跑来恳求教练组带大伙儿到城里转转。起初，章志强严词拒绝，但架不住队员软磨硬泡，他转念一想：孩子们在赛场如此卖力，战绩这么好，又难得来趟马尼拉，若逛次街都不允许，未免太不近人情；反正班机也是明儿上午的，干脆放半天假。

话虽如此，但安全的弦儿不能放松。为防止意外，章志强命诸助教每人负责看管两名队员。赶巧下榻旅馆的华裔经理也是个球迷，通过亚俱杯喜欢上了冠军津海女排，便主动提出免费为球队当导游。

临行前，导游给大家恶补了几句常用本地话，之后各种叮嘱，尤其提示身上的钱要分开放，大额的藏起来，掏钱时只拿零钱；如遇儿童乞讨，绝不要给，否则会引来一大群，将难以脱身……

因时间有限，导游先带球队转了黎刹公园、卡撒马尼拉博物馆、市政厅及著名的马尼拉大教堂，而后前往唐人街。

马尼拉的唐人街是以石块铺成的狭窄街道，两旁遍布华人商店，大都挂着中文招牌。铺面之上多为小巧玲珑的骑楼，颇有几分老广州的味道，中国人来此感觉非常亲切。听导游说，整个马尼拉治安环境最好的街区就是唐人街，章志强方答应大家分散活动一小时。队员仨一群俩一伙地闲逛购物，助教们则尾随其后。

开心不已的梁胜男不仅向大伙儿现趸现卖网上扒来的各种当地信息，见到当地人还大充其能地上前挥手喊叫"酷目斯达"，也就是菲律宾他加禄语"你好"的意思。负责照管活跃分子梁胜男的是徐国祥，他算是受了洋罪，连跑带颠儿寸步不敢离开。

可徐国祥慢悠悠的性子和步调如何跟得住四下乱窜的梁胜男？他只在一家小店多看了两眼工艺品，再抬头，那宝贝儿就没影儿了。徐国祥登时脸色煞白，忙边找寻边给主帅打电话。章志强深知梁胜男大咧随性，万一她跑丢了，甚至被劫匪绑了票，那不崴大泥了？于是他也瞬间急出一身汗，正准备撒开人去找，队长常丽打进电话，告知梁胜男正跟她在一起。

原来，梁胜男事先从网上查得，唐人街往前是马尼拉另一繁华所在——黎刹尔路，便想偷着过去瞧瞧，结果被把守街口的常丽堵个正着。徐国祥快步赶到，指着梁胜男连声责备。后者仍嘻哈笑着："您放心，我这人方向感特强，从小就会认道。七岁那年，自个儿就打滨江道走回黑牛城道了。"见梁胜男这副嬉皮笑脸的样子，徐国祥火气直冒："这可不是在咱中国！菲律宾可以随便买卖武器，万一撞上俩持枪劫匪，你就傻眼了。"

押着梁胜男返回宾馆，徐国祥可劲儿冲章志强抱怨："我宁可带十个陈静姝,也不带一个'梁大胆儿',我这老胳膊老腿的,哪追得上她!"

章志强仔细一想也是后怕,遂当众狠批了梁胜男。终归是没出事,但由于章志强的这次松口,以后球队再出国进行比赛交流,半天逛街就成了惯例,这也给日后发生在泰国的那场大乱子种下了祸因。

津海女排手捧亚俱杯冠军奖杯凯旋,在体育局举行的庆功会上,章志强特别感谢了抓青训的教练,强调如果没有源源不断的后备人才,津海女排不可能有今日的长盛不衰。

会后,脸上乐开花的段军悄声告诉章志强:"杨絮怀孕了!"

好消息接连不断,章志强也格外愉悦。偏在这时,林庭的一个电话让他迅即皱紧了眉头。

原来,谭晓岚膝伤突然加重,大量积液使其两个膝盖红肿发亮,只能用针管将积液抽净后再进行训练。为避免病情发展,谭晓岚不得不每晚去队医那儿进行按摩和理疗。

"怎么严重到这个份儿上?"

"她训练太玩命,又对自己特狠,有点儿小伤也不在乎。现在左腿又出现新伤,疼得实在受不了就去打封闭针。为世锦赛练兵,近期频繁参加各种比赛,她总得不到休息……"

林庭一边讲述一边叹气,章志强举着手机也感喟不已。前些时候,陆月洁因脚伤与世锦赛大名单失之交臂。眼下谭晓岚膝伤发作,孙红雁、林庭状态也在下滑,想来伤病才是职业运动员的天敌。可要取得好成绩必须苦练,而苦练就容易导致伤病,甚至可能毁掉一个人之前所有的努力。如果这种循环不打破,许多优秀运动员只能被迫缩短自己的运动寿命。

中国女排出征世锦赛的十二名选手中,除辽沈队穆亦蕾等三人较年轻外,其余都是雅典奥运会那批伤病缠身的老将。在这些老将中,谭晓岚年纪最小却伤情最重,作为副攻位置的顶梁柱,如果她当真因伤缺阵,其影响远远超过雅典奥运会上黄薇薇的伤退,因为当时谭晓岚能顶上。不过事已至此,再强撑下去,谭晓岚极可能残废。为将来着想,她就得停训治疗,万不能再耽搁。

"是啊,队医也要求立即手术。"说到这儿,林庭又找补道,"章指,您先别告诉她爸,晓岚不想让家里知道。"

"闺女都这样了,父母怎可不知情?"

几乎与此同时,国家队将消息通知了谭凯。后者撂下电话,急忙赶赴北京,了解到女儿双膝髌骨软组织损伤严重后,也同意给她抓紧手术。当日下午,谭晓岚进行了关节镜微创手术。据主治医师讲,手术很成功。因患者膝盖附近的韧带、十字韧带、肌肉组织都健康完整,只要做好术后调养,很快就会康复如初。谭凯闻此,依然心神难安,特向单位请了长假照顾女儿。

看父亲焦虑的样子,谭晓岚反而宽慰道:"您别老愁眉苦脸的,运动员小伤小病很正常。我还年轻,养两天保准没事。"

果然,不出一个礼拜,谭晓岚就能下地了。谭凯在旁守护,盯着女儿进行恢复性练习。起初,谭晓岚负重蹬腿一组只能做两个,半月后已做到一组十个,又逐渐增加了其他器械和水下运动,直至跑步不成问题,她才开始重新随队训练。

谭凯总算稍稍放下心,不厌其烦多次叮咛后才返回津海。

9

林旭东和孙红雁的父亲也挂念着自己闺女,于是转天晚上,老哥儿仨又到孙家聚会。但这回气氛略显沉重,谭凯唉声连连:"今年晓岚正好二十四岁,这本命年不顺啊!"

"你就是迷信！我家林庭腰椎韧带劳损,红雁呢,不也右手拇指掌板断裂吗？"林旭东反驳道。

"那些都不至于影响比赛。晓岚可不行,即便好利索了,世锦赛上程教练也不敢让她首发出场,万一膝伤再犯,北京奥运会她就彻底没戏啦！"

孙父担忧道："你们看,中国队伤兵满营,新人发挥又不稳定。前不久瑞士精英赛,赢个意大利队都费那么大劲儿,决赛拼到快吐血,还是没干过巴西队。"

"别小瞧意大利队,人家的托古特、皮奇尼尼这次是没去！"林旭东分析道,"巴西队更甭提,队员球商超高,杰奎琳、法比亚娜能攻善守,谢拉要速度有速度,要力度有力度,滞空时间还长,指哪儿打哪儿,根本没法防！"

谭凯抢过话头："可不！谢拉举起胳膊就像长臂猿,咱如果不出奇兵,光靠那'七仙女'打到底,四成胜算也没有！"

几位球员家长都担心的问题,中国女排主帅程教练岂能看不出？但巧妇难为无米之炊,雅典奥运会夺冠至今,中国女排始终未能攒出理想的后备梯队,只得靠原班人马继续往下打。而近来欧美女排发展迅猛,以巴西女排为代表的弹跳高、进攻凶猛且后排防守出众的新球风,死死压制着中国女排快速多变的整体配合,以致我们各项技术指标均处于劣势,唯凭丰富经验和顽强意志与对手拉锯抗衡。

对此,国家体育总局也有较清晰的认识,给中国队出征世锦赛锁定的目标只是冲进前四。无奈球队抵达日本后,小组赛、复赛相继失利,无缘四强。决赛在老牌劲旅俄罗斯队与新贵巴西队间进行,俄罗斯队"双娃"组合雄风犹存,历经两个小时苦战,最终3:2击败巴西队。

半个多月的世锦赛看下来,章志强异常郁闷："俄罗斯队还能最后疯狂一把,我们却连疯狂的本钱都没了。"

赵亮更极其不满："打不赢巴西队、俄罗斯队情有可原,可同德国队、荷兰队那两场实在说不过去！"

徐国祥叹道："要是谭晓岚没受伤，绝不至于如此！"

"可她——不对呀！"章志强蓦地说道，"手术已过去三个月，谭晓岚也该恢复正常了，现在还不能上场，会不会误诊了啊？"

"也许汲取黄薇薇的教训，程教练没敢让晓岚冒险。"徐国祥道，"马上就打亚运会了，回头再看看怎么个情形。"

章志强无奈地点点头。毕竟谭晓岚身在国家队，地方队不能干预过多。可万一谭晓岚明年年初还不见好，他想着也别等上边走程序，必须带她出国治疗。

世锦赛结束，众国手便回归各自省市队，新赛季全国女排联赛逐渐进入高潮。根据津海女排现状，章志强早已制定好两套用兵战略：遇弱旅，小将扛旗；逢强手，以老带新。北区十四轮比赛，大多球队实力不强，唯辽沈女排能构成威胁。

每一支排球队伍就如同结构精密的机器，任何部位上的零件出现故障，哪怕微不足道的细小隐患，都会直接或间接影响到整体的正常运转。反之，每个人水平都很突出，但缺乏整体配合与相互保护，那么进攻也将组织不好。

说到辽沈女排，业界普遍认可这支实力派球队，同时又指出这是支优缺点同样突出的球队。单论主攻线，球队拥有穆亦蕾等四门重炮，攻击力在国内无队能出其右；也恰因过多偏重重炮手，故而常将攻守平衡且出手如电的副攻晾在一边；四名水平相当的主攻令教练在排兵布阵上难于取舍，权衡不好的话会造成内部矛盾；此外，队员场上发挥起伏不定，打顺了谁也拦不住，打不顺又谁都能输。

至于被众人寄予厚望的穆亦蕾，刚有点儿名气就尾巴翘老高，自身诸多毛病也不想法儿克服，像遇到一传差就情绪波动、对失误缺乏控制力等，尤其体重大幅超标更导致转身慢、弹跳滞空水平下降、伤病风险增加。她刚参加完世锦赛便意外扭伤脚踝，被迫做了手术，因此赛季后半程战斗力锐减。

对于辽沈队的短板，津海队只要应对得当，还是很有胜算的。

天遂人愿，津海队、辽沈队分别击败南区的军旅队和姑苏队，之后携手晋级的两队便在津海人民体育馆进行了首轮决赛。穆亦蕾脚伤初愈，没现身首发，其余三员猛将悉数登场，凭超强火力，上来便展开全面进攻。津海队年轻队员按照教练先前部署与之周旋，第一局虽然落败，仍不紧不慢摆出与之死磕五局的架势。如今两队体能充沛，综合实力又相差无几，真正比拼的还是心理素质。

回看这一年来，津海队潜心演练防反技术，牢固防御体系，而这批小将手法更巧更灵，常靠拍拍吊吊就能下球。辽沈队见前三板很难吃掉津海队，还总被对手奇袭，自失开始增多且越打越急，不知不觉赛场节奏就被长于持续作战的津海队逐渐把控了。战至第二局后半段，辽沈队攻防杂乱，连续一传不到位。辽沈队新帅坐不住了，叫了两次暂停，反复换人调整，仍没多大起色。津海队乘势进击，取得首胜。

赛后，陆鸣打趣道："这辽沈队去年还是初生牛犊，仅一年工夫，就成了三斧子半的程咬金。若还是金老师掌印，绝不会这样有前劲没后劲。"

说起那位金老师，因年事已高，上届联赛夺冠后他便交出了教鞭，同时力荐自己的副手接任。哪知辽沈女排去年首次夺冠打破了历史纪录，全队上下充斥着骄娇二气，自大成风。新帅接手后球队并未乘胜前进，加之新帅对球队缺乏及时有效的管控，以致队伍越发难带。

针对辽沈队的情形，津海队教练组研究了其几场比赛，颇有心得。

章志强抛砖引玉道："辽沈队的强势在于网口，包括进攻和拦网，相对薄弱的是一传、防守和串联，我们要抓住这一点。"

徐国祥顺着这个思路讲道："她们不缺进攻好的队员，缺的是一个能在后排帮着同伴防球、在串联的时候起到作用的人。这个球队没有支撑。"

闻此,陆鸣乐了:"她们串联那么差,反击又多以高球为主,只有这样她们才有机会拦网。所以,就算咱进攻这一板质量欠一点儿,打一打拍吊过渡就行。说句玩笑话,不用太费劲扣球,把球扔过去,就跟往后排扔个炸弹似的。"

"既如此,咱的球就多穿插些拍吊或打点打线,她们在原位防守时起球还可以,在移动过程中就不行了。"赵亮补充道。

"其实辽沈队也希望高快结合,但前提是必须要在训练中有所付出。下场比赛,我们以发球带动防反,相信到了关键时刻,她们的心理就先扛不住了。到时,我们冠军底蕴的优势就会起到大作用!"章志强成竹在胸。

10

3月中旬,津海队与辽沈队二度交锋。此次津海队采用新老组合:主二传陈静姝,接应林庭,大主攻常丽,小主攻尹倩,副攻是童妍和陆月洁,自由人为章楠。全队精神饱满,斗志高昂,开局便掌握场上主动权。一传不到位时,陈静姝就将球转移给常丽、尹倩打,有了好球,她又迅速组织前快背快加拦网,所以多个位置都有得分。此外,通过前几场比赛,章志强发现辽沈队过多防范跳发球,却接不好上手飘球。故而,他指令队员多以上手飘球找人。

这招真奏效,对方一传果然漏洞百出。津海队一路保持领先,很快赢得首局。之后,眼见自己被压着打,翻盘乏术的辽沈队不得不打出最后王牌——穆亦蕾。"巨雷"登场后,辽沈队颓势有所改观,但僵持时间一长,受脚伤影响,穆亦蕾扣球威力大打折扣,津海队很快拿下第二局。

连丢两局,辽沈队全体蒙圈,毫无还手之力。第三局没费什么气力,津海队已占6分优势。

现场解说汪冲摇头感叹:"辽沈队主场作战,想不到,竟没任何阶段让人兴奋,几乎始终处于懵懂状态。"

第三局战至 24∶19,津海队冠军即将到手,辽沈队直到此时才如梦初醒般发起抵抗。这边,津海队小将们略一松懈,倏忽间辽沈队便连夺 5 分。

竞技比赛常常瞬息万变,容不得一丝走神溜号的懈怠。

24 平!决赛打到这会儿总算有点儿刺激了。可惜,悬念持续不久,刚被章志强换上场的尹倩于 4 号位得手,接着林庭的发球令辽沈队一传冲网,陈静姝看准机会,打了个探头。26∶24!主场决赛被对手零封,辽沈队一蹶不振,自此退出联赛三甲之列,而津海队第四次登上联赛冠军宝座,章志强再次当选"最佳教练",陈静姝当选"最受欢迎球员"。

五年四冠自然值得祝贺,更可喜的是,一批各个位置都挑起大梁的小将迅速成长,她们朝气蓬勃、锐不可当,她们是新生力量,她们是津海女排的明天。始终关心津海女排发展的凌副市长为此欣然题写下八字横幅——精神永续,青春无敌!

联赛收官,根据年轻球员表现,国家排管中心公布了最新一届国家二队集训名单,津海女排三人入选,包括二传陈静姝、主攻尹倩,以及自由人章楠。

本赛季,章楠几乎场场首发,不但得到了充分锻炼,而且展示了苦训的成果。面对穆亦蕾这样的强力主攻,章楠承受住了一传和防守的重型轰炸,足以替代老将孙红雁,成为津海队新的"不死鸟"。国家二队是人才储备库,诸多国手都是从那里被提拔的,女儿能够入选,章志强感到由衷高兴。

全队欢天喜地之际,唯独谭晓岚在一旁暗自悲泣。考虑到她的膝伤,章志强始终命其静心休养,整个赛季并没派她出战。要强的谭晓岚觉得自己成了"半残废",这副样子,岂不被剔除出国家女排?可膝盖就是不争气,运动量稍一大便痛楚难当。为尽快恢复状态,谭晓岚冒险去练跑步机,想不到,竟导致伤情陡然恶化。

得知消息后,章志强直接向体育局反映。局领导高度重视,经商讨决定,由津海女排出资送谭晓岚出国诊治。

女儿的现状让谭凯忧心如焚。见父亲整日愁眉苦脸,谭晓岚心中不忍,便假装乐观地宽慰父亲:"别说我这点儿小伤,黄薇薇伤成那样,到美国接受治疗后,现在不照样打球?我保证积极配合治疗,回来后再养半年,赶上新赛季联赛没问题。明年我还得参加北京奥运会呢。"

"闺女,咱但愿如此吧。"

谭凯向负责护送的徐国祥及耿大夫反复托付,徐、耿二人很能理解他的心情,一个劲儿好言安抚。

翌日,谭晓岚在助教、队医的陪同下乘飞机抵达德国,来到著名的慕尼黑大学附属医院。经过一系列精密检查,主治医生——骨科专家施奈德博士对谭晓岚膝伤的严重程度大为吃惊——因常年超负荷训练、征战,谭晓岚膝盖两块骨头间的软骨磨损严重。他还说,消失的软骨永远不可能再生。

闻此,徐国祥吓呆了,愕然良久才询问还有什么方法可以补救。施奈德博士明确指出,必须即刻手术,否则,患者将终身残疾,甚至彻底瘫痪。

"从手术到康复,整个过程多长时间?"徐国祥追问。

"治疗需要两个月,康复期嘛,至少一年。即使痊愈,也不许从事任何体育比赛。换言之,她的运动生涯就此结束了。"

徐国祥痛惜不已,这样的结果,他怎么对一心想参加北京奥运会的晓岚说呀?一旦了解到真相,晓岚铁定会放弃这个手术。除非能将她的运动寿命延长至打完北京奥运会,否则,一切免谈!

"即便保守治疗,以她目前的状况也没法参加奥运会。"耿大夫道,

"一旦错过救治时机，这孩子后半生就全毁啦！千万别——"

"但不实话实说，将来不仅落埋怨，还得担责任。不行，得让志强拿主意。"徐国祥打断耿大夫的话，立即打越洋电话，让章志强定夺。

从事体育工作几十年，头次听说如此严重的伤情，章志强的心像堵着块石头，沉吟许久才道："事太大，别说你，咱当教练的谁能越俎代庖？即便局里，也得征求她家人意见。那谭凯把闺女看得比命都重要，给晓岚动手术，必须经他点头！"

撂下徐国祥电话，章志强马上向体育局反映，局领导当即将相关情况详尽告知谭晓岚父母。谭凯犹如五雷轰顶，实在难以接受，谭母在一旁掩面而泣。

如果手术的话，谭晓岚便丢掉了北京奥运会的参赛机会。对此，谭凯举棋不定，谭母则态度坚决，就算诱惑大过天，也不能拿女儿的身体换。夫妻俩差点儿吵翻。最终谭凯冷静下来，觉得两害相权取其轻，现实面前，不认头也不行。

将谭家同意手术的消息电告徐国祥后，章志强又叮嘱他说话虚着点儿，多绕几个弯。徐国祥与耿大夫一番商议，这才去见谭晓岚，只告诉她此次治疗耗时两个月，没提后续康复期，更没敢提膝盖软骨磨掉的事。

谭晓岚也未多想，只盼着尽早根治痼疾，明年代表中国女排再战奥运。因其认真配合，手术及术后护理都非常顺利。

一次查房时，施奈德博士欣然道："你的腿算是保住啦。若能平稳度过康复期，将来能像正常人一样生活。"翻译也没多想，就直译了过来。

"什么康复期？"谭晓岚惊疑不解。

在旁的耿大夫忙朝翻译使眼色，一边设法岔开话头，一边赶紧把德国医生请出病房。

耿大夫的举动让谭晓岚感觉到了不妙，她拽住徐助教不停追问。后者不得不告诉她康复期还需一年。谭晓岚听罢，顿时哇哇大哭起来："早知这样,我死也不做! 起码还能在国家队打个替补。我还不到二十五岁,怎就连俩奥运周期都赶不上!"看着她伤心的样子,徐国祥和耿大夫也鼻翼发酸,几乎落泪。

事已至此,飞回中国后,谭晓岚只得在家继续养伤。

没法参加训练、比赛,谭晓岚却可以品尝妈妈精心做的饭菜,爸爸的陪伴更是帮她度过这段艰难日子的"维生素"。谭凯还专门为女儿制定了一份详尽的恢复计划——每天三个小时的肌肉力量和关节活动练习。尽管希望极其渺茫,父女俩还是积极努力,期待能有奇迹发生。

教练和队友们也经常抽时间来谭家探望,每次谭晓岚都拄着拐迎送大家。见她上下楼都困难,章志强很不是滋味。

这个在雅典奥运会决赛中独得 25 分的泼辣姑娘,这个凭借连续十个大力跳发震惊世界排坛的姑娘,这个在网前无数次大声喊着"三点三点"后瞬间飞身暴扣的姑娘,难道真的就此远离排坛了? 她还这么年轻,谁能料想得到,从雅典和平友谊体育场横空出世到现在,属于这个姑娘的高光时刻仅有短暂的两年。命运呀,你总是爱捉弄人,对于不肯屈服者,也太刻薄不公了。

11

消息传到北京,程教练也打过来电话询问,章志强没有隐瞒。程教练连声叹惋,并深深自责:"我们在医疗保健方面做得很不够! 堂堂国家女排连个专业康复师都没有。好多优秀运动员过早伤退,她们的年纪在国外正是当打之年啊! 本来队里人员力量就捉襟见肘,谭晓岚又伤成这样,无异雪上加霜呀。"

"既如此,不破不立,您干脆来个彻底改革。"章志强提议道。

程教练轻声叹道:"我也这么想,但做起来谈何容易。我不像你们地方队教练,大都自己说了算。等哪天你坐到这个位子上,就知道国家队主帅多难干了。除了要顾及方方面面关系,还有好多时候都身不由己。至于一些大事,更没权拍板。比如,咱们以东道主身份直接获得了北京奥运会参赛资格,国际排联便建议咱们别跟其他国家再竞争奥运会入场券了,其实就是不让中国女排参加今年的世界杯。我能怎么办?听上边的呗。最终协调无果,只得选择放弃。"

不能参加国际赛事,国手们只好集中精力备战奥运会。为给国家女排腾出更多练兵时间,国家排协将本赛季女排联赛提前到9月底开战,每周一轮比赛也改为每周两轮,大幅压缩赛季进度,这样至12月下旬联赛便能收官。津海女排则依旧按照自己的节奏训练,为加强进攻力,又引进辽沈女排一名主攻。

令人想不到的是,球队极正常的引援计划,却无形中刺激了梁胜男。虽说升入一队已有段日子,但她这个替补并没有存在感。眼下主攻位置,老有倪鹃、常丽,小有尹倩,论资历论水平她都排不上,所以成了聋子的耳朵——摆设。如今还要添一位强力主攻,不知教练们是咋想的。

这天,实在憋不住的梁胜男"当当当"直接敲响了主教练办公室的门。

其实,教练组认为梁胜男更适合打接应,只是她自己非坚持主攻不可。近来林庭腰伤加重,队里担心谭晓岚悲剧重演,欲减轻其比赛负担,因此章志强更希望梁胜男能赶快转型。

"我不干!接应就不是正经活儿!"梁胜男倔强地说道。

"荒唐!"章志强气道,"练了十年球,还说外行话?当今排坛,接应叫边攻,是和主攻同样重要的得分点。巴西的谢拉、意大利的托古特不都是接应?"

"那是欧美,在咱中国还是主攻为王!"

二人争执半天也没个结果。章志强叫来徐国祥,向他说起梁胜男拒不配合的态度。徐国祥一听来了气:"当初就感觉她有些另类,另类的人如果没有过人的本领,往往就会很悲催……"

　　"话也不能说得这么难听,平心而论,梁胜男进攻、扣球一点儿都不吃亏,吃亏的是拦网。若不是眼下接应位置缺人手,无论是比赛气质,还是打球的狠劲儿,津海女排还真需要这样的主攻手。"

　　那边,同样气呼呼的梁胜男已经看出,在一队,自己很难短时间内熬出头,就跑去向三叔抱怨。

　　侄女所处现状实在尴尬,如何帮她尽快走出窘境?而今,身为球迷总会会长,梁季兴在津海排球界也算有了一定话语权,用不着再低三下四求章志强,于是他直接去见体工大队领导。

　　好的球市离不开主场球迷,体工大队对球迷总会相当看重,也很给梁董面子。汲取上次教训,此番梁季兴没搞送礼行贿那套,改用弱势外交博取同情。

　　"领导,我侄女胜男已经十八岁了,个头儿一米八四,技术、力量也不错。只要市队给点儿阳光,她一准灿烂。"

　　体工大队领导曾看过青训队的模拟对抗赛,梁胜男的神勇表现给他留下了较深印象。了解完具体情况,他觉得让这孩子长期坐板凳确实不利于长足进步,遂打电话给教练组,希望能再重新考虑一下人员安排。

　　梁董直接走"上层路线"借体工大队领导来压自己,这让章志强很不悦。既然梁胜男一条道儿走到黑,死活不肯改打接应,那么强拧的瓜不甜,不妨将她暂时转到急需人手的球队,也不至于耽误一棵好苗子。

　　对此决定,梁季兴很是担忧:"她一没名二没气的,哪支球队看得上?"

　　"'不倒翁'俞双坪现正执教燕京女排,队里大多是刚出道的新人。我跟俞指私交不错,之前为补谭晓岚的缺,刚从他那儿引进了一名副攻,反之,我推荐的小球员他能不收?"章志强补充说。

梁季兴噃噃牙花子："燕京女排可在 B 组，也就相当于足球的甲 B 呀！"

"当初津海女排还是从乙级队打上来的呢。"章志强又道，"起步低更能磨炼意志品质，对胜男这样的富家子弟未必是坏事。"

梁季兴再三掂量，觉得事到如今，这也不失为一条变通之路，便去征询侄女意见。哪知梁胜男像支短芯炮仗，沾着火星瞬间爆响。梁三爷才说了一半，她立马蹿了起来："没门！"

梁季兴赶紧劝解："别急呀！你好好寻思寻思，章指所说也有一定道理，管他是 A 是 B 呢，只要有球打，就能为以后积攒经验和人气。"

"甭拿这套说辞糊弄人！说白了，不就嫌我个儿矮、技术糙吗？想把我当破烂儿往外扔，门儿都没有！"梁胜男愤然一挥手，"猪八戒摔耙子——不伺候啦！"

不等梁季兴再开口，梁胜男就掉头朝宿舍方向飞奔而去。等梁三爷呼哧带喘追到侄女所住宿舍楼，梁胜男早已收拾好行李，背着包跑个无影无踪了。

梁季兴不敢向大哥汇报，也未立即告知章志强，自己先开车在周边兜了好几圈，并没寻着侄女的踪迹。他估摸梁胜男可能回家了，电话打过去，那边压根没见人。眼看天已擦黑，这小祖宗到底去哪儿啦？

闻听闺女失踪，梁母登时慌了神，慌忙招呼亲朋好友四下寻找，同时催促在外应酬的丈夫火速返回。梁伯成可比老婆沉得住气："干吗着急忙慌，咱家那野丫头打小就爱在外边疯，津海治安又好，能出什么事？"一听这话，梁母可不干了："你也配当爸爸！闺女丢了都不急！胜宝是你儿子，难道胜男就不是你亲骨肉？告诉你，今晚不回来找闺女，咱这日子就别过了！"梁伯成被吵得耳根发麻，只得撂下手头生意，驱车往回赶。刚到大门口，他恰巧遇上章志强。

获悉梁胜男负气出走,章志强惊诧之余,更后悔自己处事粗暴简单。当时他既没顾及梁胜男的感受,也没考虑这孩子的性格,万一因此引发不良后果,自己难辞其咎。

想到这儿,章志强连忙叫来梁胜男的几个室友,询问她平日喜欢去什么地方,继而大家分头去找,结果一无所获。偏此时,情绪冲动的梁母又言辞激烈地将电话打到体工大队。梁伯成可是津海知名企业家,如果他的女儿出了问题,定将引起社会反响。体工大队领导甚感头疼,随即指令章志强,无论如何,先将家长安抚住,同时竭尽全力,务必把孩子找到。

章志强遂急奔至梁家讲明原委。见章志强急得满头大汗,梁伯成通情达理点了点头:"章指,您不必自责,您为胜男这样安排也算用心良苦。老实讲,是我对闺女疏于管教,才养成她这样的臭脾气,犯起性子不顺南不顺北。不过,这孩子是只顺毛驴,只要咱们反复讲道理,她会想明白的。"

"那是后话,眼下得赶快找人。您估摸这孩子会去哪儿?"章志强问。

"以往也有玩疯的时候,可夜不归宿还是头一回。"梁伯成道,"路上我咨询了一位心理医生,据他说,叛逆期的孩子有时为了宣泄不满,会故意做些家长、老师严令禁止的事。"

章志强心想,这下难办了。对运动员来讲,规矩实在太多,仅忌口的东西就能拉出一大串清单,除烟、酒和碳酸饮料,什么动物内脏、炒货、火腿、肉松、卤菜、腌菜等都不许随便入口,至于日常行为上的约束就更不胜枚举。天晓得,这位梁大小姐要打破哪条禁忌。

当晚,章志强和梁家人将津海的网吧、歌舞厅、夜总会、KTV等可提供通宵服务的地方几乎转个遍,嘴唇起泡了,车胎磨薄了,直至天光放亮,仍未找见梁胜男。这下,就连不太在意的梁伯成也不再淡定。

正准备报警,保姆突然打来电话,说梁胜男刚刚从后门溜达进院子,再由外墙旋梯转上二楼,到了自己房间倒头便睡。大伙儿这才长出一口气。

"什么破孩子呀,瞧把她惯的这身臭毛病。"梁伯成恼怒道。

"你呀,平时从来不重视闺女,现在起啥劲?"梁母黑着脸,"今天,敢碰孩子一手指头,我跟你没完!总自吹擅长摆平公关危机,闺女这回就交给你。真把问题解决了,那算你能;解决不了,再赚十亿八亿也没用!"

梁伯成自知亏欠女儿,又让老婆当众将了一军,只得将此事大包大揽下来。有道是,清官难断家务事,一旁的章志强不便多嘴,只能叮嘱梁伯成一定耐心开导,千万别激化矛盾。

"章指放心,我以柔克刚,保证绝不对孩子动粗。"

12

打完包票,梁伯成返回家,拿了本金庸的《鹿鼎记》,在梁胜男房间门口一坐,直等到女儿睡到自然醒。

他强压住火气,哼笑一声:"行啊,越来越出息啦,都敢整宿不着家了。宝贝儿,昨晚哪儿疯去了?"

"管呢!"梁胜男对老爹向来没好气。

"问一声都不行?"

"打游戏。"

"吃啥东西了?"

"烧烤。"

梁胜男真没说瞎话,自体工大队跑出来,她一气儿跑出十几里地,劲儿也泄了,肚子也饿了,随便找了家路边烧烤,羊肉串、大腰子敞开造,管他啥高油高脂的,先痛快痛快嘴再说。难得这么肆无忌惮一回,只吃烤串都不过瘾,她还要了两瓶啤酒。

酒足饭饱后,梁胜男想起小时候最爱玩的街机,于是寻摸到一家游戏厅,《街霸》《魂斗罗》《极品飞车》《超级马力欧兄弟》……整整玩了一宿。

梁伯成、章志强几个寻遍各类娱乐场所,就是没想到,这位梁大小姐竟会去玩电子游戏。

"还打不打排球?"梁伯成接茬儿问。

"不打啦!"梁胜男戗道。

"有啥想法?"

"没想法。"

梁伯成的忍耐快到极限了,把书一扔:"你就当一寄生虫也行,反正你爸能挣,咱家就是不缺钱,你打着滚地胡造,我都供得起。可我瞧不起你!这样混一辈子算怎么回事,你对得起你自个儿吗?"

"那我出国。"梁胜男脱口而出,"章指就去过意大利,戴颖姐现在还在美国,我咋不能到外边见见世面?"

梁伯成哭笑不得:"人家都事业有成,才出去深造呢。你连市队主力还没打上。再说,你那英文水平,也就刚认全二十六个字母。当然,想学外语是好事,不管考托福、雅思,爸都能找顶尖的老师教你。可你自小就喜欢体育,又苦练这么多年,真扔脖子后头不可惜吗?"

梁胜男思虑片刻,一拍床沿:"那就转型!刘翔,跳高改跨栏;佟文,铅球改柔道;晓岚姐不也由标枪改的排球吗?都成世界冠军了!"

梁伯成叹了口气:"行,随你便。想转个啥?"

"网球呗!那在欧美叫'贵族运动'!网球服贼漂亮,穿上甭提多帅啦!听说李娜复出这两年牛得很!都打进温网八强了。就我这臂力,这体能,练成喽,不次于她。"梁胜男显得信心十足。

梁伯成无可奈何,心说:真没辙,这疯丫头想一出是一出。反正眼下她没心思打排球,尝试一下转型也好。等撞着南墙,就知道回头了。

津海的网球水平也在国内居于领先地位，且拥有世界一流的网球馆。梁伯成特意为女儿高薪聘请了球馆公认的名牌教练孟教练。

孟教练拿过全国男单冠军，打过八年国际职业联赛，ATP 排名曾进入前一百五十名，退役没多久，无论球技、实战经验都没的说，外形还又帅又酷。头次见面梁胜男就差点儿被迷晕了，此后对孟教练言听计从，训练特别积极，不怕苦，不叫累。

然而，干文体的光凭感兴趣和认头吃苦远远不够，真要有所造诣，必须具备一定的天赋。

梁胜男心气再高，无奈不是打网球的料。最基本的接发球、打斜角和抽反手，与她谙熟的排球技法格格不入，练起来要多别扭有多别扭，挥舞着拍子一个劲儿空使蛮力，根本没个准头。尽管网球跟排球都重视步法移动，但本质上却有天壤之别，什么上步、滑步、交叉步、分腿垫步完全是另一套讲究。尤其网球只能走和跑，不允许蹦蹦跳跳，让梁胜男觉着特别拧巴憋闷，找不到淋漓酣畅的快感。

两个多月下来，孟教练也彻底泄气了，教梁胜男打网球简直活受罪，自己别为了多赚一点儿教练费，白白耽误孩子的前程。于是他直截了当对梁胜男讲："隔行如隔山，你还是乖乖回去打排球吧。"

"我……要不再试段时间？"其实梁胜男也有些犯怵，却又不肯轻易退缩。

"一般的年轻人确实有大把时间挥霍，可咱当运动员的挥霍不起，黄金期就这么几年，过去了再也回不来！这些日子我瞧明白了，你是个练体育的好苗子，但得选对了路。你排球基础相当不错，咱市女排又是联赛冠军，这样的条件和机遇上哪儿找去？听话，你好好练排球，将来一定有大出息……"

虽说网球没练好，梁胜男对孟教练还是挺崇拜的，对他的话也非常信服。既如此，转型网球就只能以失败告终了。

从网球馆回家的路上,梁胜男一直眼望着车窗外沉默不语,梁伯成也没说话。车子驶过人民体育馆时,梁胜男竟罕见地流下泪来。

"想回去打排球?"梁伯成趁机问。

梁胜男用力点点头:"您跟章指说说,就让我回队呗。"

"不,我觉得转会更好,那样就能打上主攻。"

"去B组?太掉价,我不干!"梁胜男又来了拧劲儿。

"听爸说,你别不爱听,以你现在的方方面面,想在津海女排打主攻还真不够格。不如出去好好锤炼两年,再杀他个回马枪!"

"能成吗?"梁胜男犯起嘀咕,"万一出去后回不来咋办?"

"这话说得就没出息,不蒸馒头争口气,有本事你就用实际行动来证明自己的不可或缺!"

好说歹说,梁胜男勉强认头了,梁季兴带着侄女向章志强致歉,队里象征性地给梁胜男来了个口头警告处理。接下来就得抓紧办转会的事,但本赛季已赛程过半,燕京女排还能收新人吗?

"没问题。"章志强笑道,"前两天'不倒翁'还跟我通电话,为手底下缺主攻挠头呢。胜男现在过去,正好解他的燃眉之急。"

就这样,梁胜男转会燕京女排便定下来了。叔侄俩离开体工大队,回家收拾行囊,启程赴京。

一路上,见心存憋屈的梁胜男始终绷着个脸,梁季兴继续好言开导。此时汽车正开在较僻静的路段上,对面忽地蹿出辆自行车,晃晃悠悠便朝他们撞来。梁季兴忙踩刹车,大奔猛地停住。

明明没碰到对方,骑车人却咣地横向栽倒,高声惨叫起来,梁季兴立马意识到:坏了,遇到碰瓷儿的了。近来这种事越来越多,碰瓷儿的花样也不断翻新。这人准是见自己开着豪车,打算讹一笔。

梁季兴正在想如何应对,憋着一肚子火的梁胜男已怒不可遏。她从副驾驶位置跳下车,扯开嗓门儿吼道:"装蒜是吧?再不滚起来,别怪姑奶奶不客气!"说着一把薅住贴在汽车前轮上的人的脖领,用力往外拽。那人半死不活地"哎哟"着,紧抱住车轱辘不放手。

梁胜男更来气了,抢拳就打。她每天扣球上千次,手上力道可想而知。不过几下,碰瓷儿的脸也肿了,眼也青了,若非梁季兴及时喝止,下一处倒霉的就是他的鼻梁骨。

"你们也太不讲理了,撞完人还要蛮横!哎哟,疼死我啦!"对方尖声哀叫。

知道今天碰上滚刀肉了,梁季兴让侄女回到车上,而后对碰瓷儿的道:"不老不小的,干点儿嘛不好,非跑马路上当癫皮狗!说吧,你想怎么了?"

"你们打坏我了,得上医院拍片子。"

"老子没工夫伺候你!"梁季兴随手从钱包里抽出十几张百元钞票,在对方眼前一晃,"够了吧?"

"不够,拍张片子少说也得——"

"要不是打你的是我侄女,这点儿钱我都不给。就算等交警来,也是你逆行在先。到医院检查,我照单赔。若是明白事的,赶快拿钱走人。"

"再加五百。"

"二百!多一张都没有。要不我现在报警?"

碰瓷儿的最忌讳报警,瞅着梁季兴又添了两百元,他一轱辘爬起,接过钞票,蹬上自行车飞也似的跑了。

"凭啥给他钱?"梁胜男气恼道。

"还不怪你这暴脾气!做事一向不动脑子,出门在外让你爸怎么放心?"

"就他,心思都在我弟身上,还不放心我?"

"瞧你这话说的,就不知你爸其实特在意你?"

说这话时,梁季兴很是底气不足。大哥的确太重男轻女,虽说偶尔也关心胜男的事,大多时候都是撒手放羊,否则,侄女转会的事也不至于他来跑前跑后。

梁季兴重新启动汽车,却发现仪表盘显示"胎压严重不足",忙下车细看,只见左前胎已瘪大半。难怪那碰瓷儿的没数钱就跑,敢情是嫌讹得太少,竟偷着把轮胎扎了个眼儿。真是缺德带冒烟儿!

13

送走侄女,梁季兴返回球迷总会,心里别提多别扭,可劲儿生气。赶巧小山子过来替朋友淘换球票,他见梁董脸色难看,忙问究竟。

听梁季兴讲完,小山子气得七窍生烟:"这种人就得给他拿拿龙(方言,意为整治),后边的事就交给我了。"

"咱好鞋不踩臭狗屎,别把事闹大。"

"放心吧,也就得楞得楞(方言,意为修理)他。"

当城管多年,小山子对世面情形门清儿。为进退自如,碰瓷儿的通常在熟悉的路段使坏,区域不会太大。如是惯犯,也有案底。小山子跑到事发地周边派出所,那一带的碰瓷儿老手大多在册。根据梁季兴的描述,小山子很快确定了目标。

这碰瓷儿的就是一个游手好闲的无赖,早先还可以在家啃老,自从爹妈先后故去,他没了依靠,又不愿出去工作,把老婆气得带上孩子跑了。落到这步田地,他便渐渐干起碰瓷儿这不地道的营生。其中两次车主报了警,民警认定他是故意碰瓷儿,予以严厉训诫。

小山子觉得自己不便出面,便找来白胖子和侯七,让他俩解决此事。

三天后,还是那个路段,一辆红色法拉利又在此中招。车主是位少妇,怕麻烦缠身,对方没嘘唬几声便同意花钱私了。眼见碰瓷儿的就要得逞,这时从岔路口疾步奔出一胖一瘦,两人过来就把他的胳膊扯住。

"二姨父,不在家好好待着,咋又跑出来了?"

"你们谁呀?"碰瓷儿的惊诧地问。

"又不认人了,准没吃药!"瘦子假装焦急道。

"说不准一会儿还乱踢乱咬呢,赶紧把嘴堵上!"胖子在一旁道。

"对对!"瘦子手脚特麻利,说话时已掏出条毛巾来,而后对女车主及围观者道,"不好意思,这主儿脑子有病,家人没注意,跑出来了。"

碰瓷儿的自知被人算计,又嚷不出声,只得拼命挣扎。

"行啦,甭在这儿寒碜人了,赶紧弄走!"胖子道。

二人将碰瓷儿的强行带离,两旁围观的谁也不过来阻止。

到了街巷拐弯处,一辆白色依维柯货车停在那里。碰瓷儿的还没看清车牌,眼睛就被黑布蒙上了,整个人被塞进车里。

车子开出一段距离后突然停下,碰瓷儿的忽地听到一人提高嗓门儿道:"介绍信明天才能开?"另一个也急道:"没民政局介绍信,人家安定医院不收啊。"

闻此,碰瓷儿的吓得脉都没了。那安定医院可不是好待的地方,谁送的病人,谁才有权往外领。若真被弄到那里去,直系亲属都捞不出来。这招实在太损了。

他正惶恐万分时,却听那二人小声商议着什么,继而二人打开货车后门,拖死狗般把他丢在地上。其中一人骂道:"怎么这么臊气,敢情这小子尿裤啦?"另一人回道:"自找的。这回便宜他,下次再出来碰瓷儿,非送安定医院不可!"

之后听到发动机声响起,估摸车子已驶远,碰瓷儿的才竭力挣脱绑绳,扯下蒙眼布,从路牌得知自己身处临近郊区的西窑洼,离家少说也得三十里地。

获知白胖子、侯七惩治碰瓷儿人的经过,梁季兴乐不可支。他将此事转告侄女,梁胜男也笑得肚子疼。梁季兴问她到燕京女排的感觉如何。梁胜男兴奋异常,说自己已进首发阵容,爽翻了,本届联赛定能打出好成绩。梁季兴撂下电话,仰起头连拜了三拜,谢天谢地,转会这步棋算走对了。

真应了那句老话:"树挪死,人挪活。"在燕京队小试牛刀后,梁胜男不久就被南部队教练看中,转年便被调过去,为该队夺取联赛 B 组冠军立下了汗马功劳,更在排坛上闯出了自己的名号。

这种打不上主力的球员到其他队都能独当一面,可见当时津海女排阵容何其强大。2007—2008 赛季全国联赛津海队又过关斩将,十八场循环赛十六胜两负,稳居榜首,在与积分第二的军旅队争冠时三战三胜,第五次荣获联赛总冠军。

这个赛季赛程短且不跨年,原本是想为北京奥运会让路,想不到却侥幸避开了 2008 年年初那场罕见的雪灾。

元旦才过,低温、雨雪、冰冻便在中国南方地区持续不断,最终波及二十个省(自治区、直辖市),上亿人不同程度受到影响,房屋倒塌、损坏,农作物冻毁,直接经济损失超过一千五百亿元。至 2 月下旬,灾区生活才逐步恢复正常。

2008 年是万众期盼的奥运年,却以这种极端方式开启。许多人都默默祈祷,但愿此次灾祸过后,中国人将迎来万事顺遂。

怎料,2008 年 5 月 12 日下午两点二十八分, 四川省汶川县及周边几个县天塌地陷,一场破坏力巨大的里氏 8.0 级地震突然来袭。它持续时间长,震中烈度高达 11 度,加上余震不断,共计造成近七万人遇难,直接经济损失超过八千亿元。

大灾面前,在党和政府的领导下,全国人民迅速行动起来,万众一心投入抗震救灾。成千上万的医护人员、战士和志愿者从废墟中拯救生命,数百亿的社会捐赠涌向灾区。中国人民不屈不挠、团结自救的精神，令人动容。

经历了南方雪灾、汶川地震，中国都扛过来了。全世界都把目光盯向了北京，似乎在问：在接连遭受两场空前天灾后，这个东方文明大国还有能力和激情举办好这一届国际盛会吗？

不少西方媒体猜测，中国极有可能申请推迟甚至取消本届奥运会。出乎他们预料的是，无论灾情多么严重，北京奥运会各项赛前准备工作都有条不紊地进行。只不过为了悼念地震遇难者，火炬接力活动暂停了三天。

8月1日上午八点，奥运圣火火种准时抵达津海。随着火炬点燃，现场上万民众齐声高呼"祝福北京、祝福奥运"。欢快热烈的气氛达到顶点时，津海火炬接力传递活动正式启动。

按照奥组委相关规定，津海市经过严格筛选，推举出了二百多名火炬手与护跑手。他们分别来自社会各阶层，大多为所在行业佼佼者。数次夺取全国女排联赛冠军、为本市赢得巨大荣誉的津海女排有五人入选，包括主教练章志强、老队长戴颖以及三位雅典奥运会冠军——林庭、孙红雁和谭晓岚。

其中最令人关注的还是谭晓岚。她在家休养一年有余，虽已行动自如，最终还是没能进入国家女排集训大名单。体育局领导一直挂念着这位夺冠功臣，委派她担任火炬手，又特意安排其在第三棒。前两棒火炬手分别为全国劳动模范和著名教育专家。谭晓岚明白，能紧随如此重量级人物之后，是体育局领导对自己的认可与褒奖，无缘北京奥运会的失落多少得到些补偿。

跑完规定路段，谭晓岚将祥云火炬递给下一棒。这时，沿线观看的市民纷纷向她挥手致意，不少球迷近前讨要签名，更连声表达对其高超球技的赞佩和喜爱。谭晓岚感动不已，遂与大家合影留念。

不仅是谭晓岚，津海女排五人都成为沿途市民追逐热捧的对象。凡他们现身之处，掌声和呼喊声不断。

章志强为最后一棒火炬手，负责点燃市中心的圣火盆，这种荣幸与兴奋令他点燃圣火盆时双手微微颤抖。仪式刚一结束，等候多时的众球迷便蜂拥着将其团团围住。章志强耐心地回应每一位球迷，直至所有人都心满意足才挥手离开。

此次火炬在津海的传递路线是由凌副市长亲自设定的。他说："百年奥运，津海人民期盼了太久，我们在全力保证安全有序的同时，还要将奥林匹克理想、津海的风采展现出来，让人民群众把自己对奥运会的热情释放出来。"之后，凌副市长与相关部门制定了周密的火炬传递方案，涉及每一个细节。在如此精心的安排下，奥运圣火共穿越了市内六区二十五条主要街道、七座干线桥梁，途径各个极具古今风貌的地标建筑，让津海这座有着六百年历史的文化名城焕发出新时代的光芒。

14

8月6日，圣火顺利运抵首都北京。8月8日晚八点，可容纳九万多人的国家体育场——鸟巢座无虚席，在此中国为全世界奉献了一场无与伦比、美轮美奂的奥运会开幕式。惊艳的色彩、绚烂的图案、唯美的影像，古老文化与现代文明扑面而来。实物与特效结合的前卫尝试，将一幅波澜壮阔的历史画卷呈现在眼前，深深震撼了现场及电视机前的亿万观众。

开幕式后的十六天赛程也精彩异常，一项项纪录不断被打破，一个个奇迹相继诞生。身为东道主，中国体育代表团各项比赛成绩优异，每天都在摘金夺银,不到十天便有三十五枚金牌入账,超过上届雅典奥运会获得的金牌总数。此外,场馆设施、赛事保障、志愿服务等方面,中国组织者的表现也让各国运动员纷纷竖起了大拇指。

在天时地利俱备的北京奥运会赛场,国人无不期望"三大球"有出色表现,但近年来除了女足水平急速下滑,女排现状也不容乐观。尽管吸纳了陈静姝等年轻选手,可"巨雷"穆亦蕾还不成熟,老队员大面积暴发伤病,新老球员配合又欠默契,可以说,程教练手中既无王牌也无奇兵。为充实队伍,做过腿骨大手术的黄薇薇不得不重新披挂上阵。

虽说存在诸多不利因素,向来以顽强坚韧著称的中国女排姑娘仍力拼每一场、每一分,小组赛艰难拿下第三名。四分之一决赛,面对俄罗斯队的强力发球和高点攻拦,中国队沉着应战,利用其求胜心切频繁出现自失的机会,酣畅淋漓地零封对手,成功晋级四强。

半决赛,中国队遭遇头号劲敌巴西队。正处鼎盛时期的巴西队兵强马壮、攻防兼备、技术全面,在当今排坛一路通杀。与之交锋,中国队几无胜算,只能全力拼搏,但毕竟实力太过悬殊,终以 0:3 惨败。

幸好经验丰富的程教练及时调整球员心态,在同古巴队的季军争夺战中,全队背水一战,奋勇拼杀,最终 3:1 摘得铜牌。单项评奖中,"不死鸟"孙红雁荣获"最佳垫球"称号,"喀秋莎"朱苏娅获得"最佳接发球"称号。

在被压得喘不过气的情况下,取得如此战绩实属不易,虽未能夺冠奏响国歌,五星红旗还是高高升起在北京奥运会排球场上。赛后接受记者采访时,程教练几度哽咽,队长马昆更是泪如雨下,黄薇薇则无限感慨地讲:"这是一枚泣血的铜镶玉。"

北京奥运会圆满落幕,中国体育代表团首次位列金牌榜第一。相形之下,未能延续雅典奥运会辉煌的中国女排,不说遭遇滑铁卢,但也暗淡无光。不过大家对程教练还是很宽容的,毕竟女排的实力有目共睹,相信姑娘们会在接下来的世界杯和奥运会中再次夺冠。北京奥运会结束不久,队内老球员十之八九选择退役,程教练也随之主动卸任。

"黄金一代"的起落浮沉,令章志强陷入反思。当初,程教练已经意识到队伍需要年轻化,为备战北京奥运会,还特别提拔了一批新秀,却未达到预期效果。除去整体技战术缺乏变革,也有时间仓促、新老球员缺乏磨合等原因。联想到目前津海女排的现状,后备梯队培育工作更得提早抓。据段军反映,由于近两年生活水平大幅提高,津海肯吃苦练球的孩子越来越少,过去下到各传统校至少能发现二十个球员,现在却缩减了一半。照此趋势,将来青训队伍恐怕要"断烟火"。未雨绸缪,就得借鉴军旅女排经验,到外埠开辟"才路"。

章志强将此想法说与助教、领队,虽得到普遍认可,可也有人提出质疑:"中国那么大,总不能漫无边际海里摸针吧?再说,与军旅女排情况不同,津海只是个直辖市,在其他地区找苗子,是否有挖别人墙脚之嫌?"

"发掘人才怎么能是挖墙脚呢?至于海里摸针嘛,我们只把目标锁定在北方一些个人身体条件较好、排球基础却相对薄弱的省市,比如北江省,当地虽没出色的专业队,却未必没好材料。之前就有北江的球员到咱这儿试训,何不下决心蹚开这条路?"

闻此,赵亮一拍大腿:"章指说得对。当初我下海时,曾在北江鹤城待过一段日子,发现那地方有不少高妹,比咱同龄的队员猛一头还多。基层也有排球学校,但北江没设省队,孩子们没有全国联赛打,真是太可惜了。"

陆鸣笑道:"说得这么邪乎,又这么惜才识人,你就受累跑趟腿呗。"

"跑腿倒没啥,就不知局里能不能批。"赵亮道。

章志强道:"咱先把这事的具体规划做详细了,回头我再向上级请示。"

对津海女排的发展,体育局始终非常重视。翌日,体育局及体工大队就教练组提交的异地选才申请展开商讨，大家都认为此法切实可行，于是上报到市里。

按说，此项目与市委、市政府近来出台的"引进人才指导思想"完全吻合。不过，挑选的新苗子都是十来岁的小女孩，将来成才与否尚未可知，该不该让她们享受同等优惠政策？想把外省市的人调入津海，牵扯到人事、财政、公安等方方面面，值不值得为一帮毛丫头费这么大的周章？各部门之间意见不统一，项目就无法启动。体育局领导只得又去找凌副市长，详陈异地选才的重要性和必要性。凌副市长是真给女排作劲，经他多次协调，这事最终获得批准。凌副市长还特意与北江省相关部门打招呼，恳请对方予以鼎力支持。

各路关节总算都被打通，体工大队赶忙告知排球队，异地选才项目方付诸实施。这下赵亮高兴坏了，两天来不停给鹤城的表弟打电话，摸清那边大致情况后，表示这事包在自己身上。见赵亮抢着干活儿，章志强遂将此项工作交由他全权负责，同时派主抓青训的段军予以协助。

此番赵亮表现积极，自有其小心思。在教练组里论水平论能力，他都排行在后。特别是分工细化以来，徐国祥抓副攻，陆鸣抓二传，李和平抓主攻，而他只是个打补丁的。章志强指导接应时，他就帮着盯自由人；等章志强指导自由人了，他又去盯接应。局里不少同事私下说，他这个"天王"，充其量是给"四大"凑个数。对此，赵亮心知肚明，越发想通过北上北江，给球队多挖回几个宝贝，尽早摆脱自己不尴不尬的地位。

本来就是公对公的事，拿着介绍信也能办，再加上人头熟，办起事自然更顺当。赵亮果真不虚此行，一趟就挖来四五棵优质新苗。章志强大喜过望，遂将此法推而广之。

就在津海女排四处挖新苗时，新一届的全国女排联赛又开始了。本赛季罕见地没更改赛制，只将上届的每周两轮次比赛，恢复为正常的每周一轮次。而国内排坛格局也没有太多变化，津海队依旧保持着 A 组积分榜首，眼下唯一的对手只剩老牌劲旅沪上队。

决赛首轮对决在沪上东惠体育中心举行。占据主场之利的沪上队全线进攻并连连得手，没容津海队喘息，便以大比分 3：0 取胜。加上两场循环赛，沪上队已三胜津海队，联赛冠军似乎唾手可得。

翌日第二轮比赛前，沪上队队员的球衣上都醒目地缀着五颗星，彰显着五冠王必夺第六冠的决心。孰料，此招反刺激起津海队队员血拼到底的冲劲儿。大家越挫越勇，发扣拦防每个环节都完成得无懈可击，态势很快发生逆转，反是沪上队年轻队员表现得慌乱无措，连丢两局，第四局虽竭力翻盘，但关键球总是把握不住，以 23：25 落败。久经沙场的津海队，让缺乏经验的沪上队吞咽苦果。

15

此役过后，章志强已把准了对手的脉，沪上队几名小将锐勇有余沉毅不足，既在主场受挫，必心生焦躁。第三轮返回津海主场，津海队只要开局顺利，就出不了意外。

果然，回到主场后，津海队首局先声夺人，沪上队立马乱了阵脚，第二局竟输掉 12 分，之后拼尽全力仍以大比分 1：3 告负。

这两届的联赛决赛采取四场三胜制，如果打平，则计算局分和小分，分数高者为冠军；若小分也相等，就再加赛一场。目前津海队不单总比分 2：1，小分也净胜 20 分，因此第四场只要赢下两局，即可六度封王。而年轻气盛的沪上队队员明知挽回败局几无可能，也不想让对手轻易登顶。于是，双方又一番龙争虎斗，给球迷送上了精彩激烈的五局大战。

前两局 1：1 打平，眼见第三局津海队 15：8 领先，沪上队泼命死扛，将分数一点点追上。偏这时,裁判出现严重误判,将沪上队扣在网带的一个球判成津海队打手出界,沪上队取胜。但接下来的第四局,津海队再没给对手任何机会,25∶19锁定冠军。

局间休息时,立马有铁杆球迷给章志强发来短信,祝贺球队喜夺第六冠的同时还特别提醒道:"决胜局就别跟沪上队拼了,让队员们省点儿体力。就算打个0∶15,冠军照样是咱的。"

章志强看着短信笑了,心道:球迷是好意,可竞技体育彰显的是荣誉和职业道德。在自家主场以败仗夺冠,天下哪有这道理?放下手机,他以惯常的口吻命令大家道:"这是本赛季最后一场最后一局,家乡父老面前,必须给我拿下!让对手和球迷都心服口服,咱津海人不玩那个里格楞!"

既然冠亚军座次已定,没了包袱的沪上队彻底放手一搏。第五局津海队打得很艰苦,幸有主帅强力督战,大家才未松懈,终以15∶13险胜。至此,津海女排成为全国女排甲级联赛中首支两次荣获三连冠的球队。

体育局举行的庆功会,凌副市长再次莅临。发言时,他动情地表示,今年"两会"结束后,自己就将退居二线,但仍会一如既往地关心女排。

这些年若没有凌副市长鼎力支持,球队不可能有今天的成绩。知其即将卸任,大家心存感念依依不舍,从教练到队员都相继表态,绝不辜负老市长的期望,要让津海女排的辉煌代代传承下去。

自家球队晋升六冠王后,球迷总会这边再次大搞庆贺。宴席上,小山子又喝大了,他余兴未尽,立马赶到爸妈家,打算跟老爸接茬儿聊聊这场球。

老爸也是个排球迷,可这两天明明有决赛,他老人家竟破天荒地没看电视直播,一个人闷在卧房许久不见动静。小山子妈不知出了什么情况,正准备给孩子打电话,小山子就跑来了。他推开里间屋门一看,老爸正呆坐在床头,见到儿子时的表情也很木讷。

"爸,您怎么啦? 是不是哪儿不舒服? "

小山子爸摆摆手, 示意儿子把门关上, 之后才压低声音颤颤地说: "我要是对你说了,你可不许往外讲。这次,老爸我被黑社会洗了钱了。"

小山子身子一震:"您不会接着什么公安局、检察院的电话了吧? "

"可不是呗,我……"

原来,就在周五早上,小山子爸接到一通自称北京市公安局的电话,对方口气严厉地表示小山子爸的银行存款账号已被犯罪组织盗取,现正用于洗黑钱,如不主动配合,会随时面临被捕的风险;若想自证清白,只有接受资金调查。对方还反复强调,其间所有操作必须由他本人独自完成,不得让任何亲友知晓。

犯歹的不吃,犯法的不做,小山子爸这等老实规矩了一辈子的普通人,哪经得起这种恐吓,于是乖乖按对方指令行事。当天下午,小山子爸背着老伴儿,带上身份证和银行卡,来到附近一家银行,在陌生电话的操控下,将卡上所有存款统统转入了对方提供的所谓公证账户内。

"您一共转了多少钱? "

"八万多,都是这些年攒下的退休金。"

"完了!"小山子一跺脚,"我的糊涂爸呀! 这叫电信诈骗,懂吗? "

老爸仍坚信"警方"的账户绝对安全,说对方承诺当天就会把这笔钱打回原账户。小山子见劝说不动,拽上老爸来到银行 ATM 机前,一查不仅钱没打回一分,再拨打对方电话也一律关机,老头儿这才傻了眼。

小山子爸哪里晓得,千禧年以来,随着科技飞速发展,民众的通讯工具越来越现代化,不法分子开始借助手机、网络或固定电话实施非接触式诈骗,其手段五花八门,针对的多是信息闭塞又胆小怕事的老年人。

事已至此,小山子立即带老爸去报案。派出所民警听完来龙去脉,连连摇头:"最近这类案子特别多,别说七八万,就是上百万的也有好几起。"

"那还能追回来吗？"小山子爸焦急地问。

"我们肯定竭尽全力。但骗子诈骗用的电话号码、账户信息全是假的,且都不记名。有些还是团伙跨境犯罪,他们组织严密,查起来相当困难。"

看样子是没啥希望了,老头儿只觉眼前发黑,就要栽倒,幸被小山子一把扶住。待回到家,小山子爸便一头倒在床上,犯了老毛病。小山子妈平时省吃俭用,听闻被骗走大几万元,又气又心疼地抹起了眼泪。

眼见父母如此难受,小山子窝火归窝火,但谁也不知骗子在哪儿、长啥模样,有气也没处去撒!

转过天,小山子找到侯七和白胖子,问他俩有啥好办法。

侯七气道:"我们当时好歹还讲究个盗亦有道,顶多使用土办法,弄个小打小闹。现在这帮货们玩的是高科技,且丧尽天良,专骗老头儿老太太!"

"你能不能提供点儿线索?"小山子问。

侯七直摆手:"没戏。干这路活儿的大都不在本地作案。电话里说他在北京,没准是从菲律宾打的。"

白胖子提议道:"要不,咱给你老爸搞次募捐,咋样?"

"这招不灵!别说外人,我们亲兄弟几个打算凑钱把窟窿堵上,他都不干。"

侯七又道:"得想法儿让老爷子找个事做,好转移下注意力。"

"对,先让他换换脑子!"小山子立即来到球迷总会,见到梁季兴又一番念叨。当时孙红雁父亲也在,听罢小山子述说,一拍大腿:"就让老爷子跟着我。"

在沈阳道练摊儿这些年,孙父已摸清这里的行情门道,早就想出来单干。刚好津海鼓楼大力开辟文玩市场,他已提前在那儿租下一间店铺。

"这不,我正想找梁董的弟兄过去给我打打下手,正好,就你老爸了。"

"可他都快七十岁了,能行吗?"

"文玩行不分老幼,有兴趣就能进。你老爸没事赏赏玉、盘盘核桃,运气好时再捡个漏儿,开心啦,再别扭的事很快也就忘了。"

"那我先谢谢您啦!"小山子欢天喜地赶回去,将好消息转告老爸。

16

在球迷总会做物业的老赵闻听此讯也跑来求孙父:"我那小子不是酒驾撞人了嘛,前些天才给放出来。这回彻底老实了,酒也戒了,您能顺手带带他吗?"

老赵转行前也在缝纫机厂工作,又同为球迷,孙父怎好拒绝,遂点头应允。见老赵千恩万谢地走了,梁季兴提醒孙父:"做买卖不是搞慈善,别什么人都往里划拉。选帮手一定要少而精。"孙父却道:"谁没个马高镫短的?我也是苦熬苦掖过来的。人有了难处,能帮一把就帮一把。"梁季兴颇为感慨:"孙师傅真不愧是老津海,厚道啊!等你的店开张,我多叫些朋友去捧场。"

孙父回到家,将球迷总会的事讲述一番。孙红雁道:"小山子可是粉丝中的铁粉儿。他家摊上这飞来横祸,我们女排也该有所表示。"孙父道:"小山子说了,他爸不接受捐款,得换个方式。"

以往出现类似情形,孙红雁只要告诉林庭,她肯定有办法。但眼下林庭腰伤复发,正住院治疗,不便打扰,于是孙红雁去找其他老队员商议。

"既然不收钱,那就给点儿精神安慰。"倪鹃灵机一动,"老爷子不是喜欢看球吗?咱买面锦旗,写上'最好球迷家庭',五好家庭再添一好。完了让大伙儿都签上名,我陪着你这位奥运冠军送过去,就说感谢他家对津海女排的支持。"

"哈,就你们俩?这露脸的好事凭嘛落下我?"陆月洁当即响应。

"那就再加上把'无声手枪',咱面子就更大了。"倪鹃开心道。

"还有我哪,嫌我不够格?"常丽打趣道。

倪鹃笑道:"这你也争,好,也算你一个。"

就这样,津海女排四位功勋宿将周末亲自登门,将上绣黄字的锦旗交到小山子爸手中。老爷子乐得合不拢嘴,顿感无限荣耀,小山子妈在一旁也喜欢得不行。

这事传到体工大队,章志强连声夸赞:"做得好啊!套用个老说法,津海女排和球迷就像是鱼和水。咱心里装着球迷,球迷就会更加关心爱戴咱!"

本届全国女排联赛结束不久,国家女排教练组就做出重大调整。国家体育总局及排管中心最终选定曾带领沪上女排四夺联赛冠军的魏兵为国家队主教练。少壮派魏兵一上台就将队伍进行大换血,麾下球员多为八五后、九〇后,1981 年出生的倪鹃俨然已是队中老大姐。除此,津海女排的陈静姝、尹倩、章楠三人也同时进入国家女排新一届集训大名单。

得知女儿章楠终于成了国手,章志强既脸上有光又感慨良多。但队中四名主力若一起随国家女排出征,津海女排这边可就闹起了人荒。为球队六冠伟业立下功勋的几位老将中,孙红雁在北京奥运会结束后便功成身退,谭晓岚与前队长戴颖选择到国外留学,陆月洁也面临退役,林庭又腰伤未愈。章志强在地方队拼杀二十多年,在缺兵少将的条件下,如今竟不知拿什么应对即将开赛的第十届亚俱杯。

上届在越南举办的亚俱杯,津海女排虽阵容不整,但在林庭领军下成功夺冠。从领导到队员自然希望今年仍能卫冕,可现在连首发阵容都配不齐,章志强只得一面极力挽留住陆月洁,同时命老将常丽继续扛旗。就这,还缺少个主攻手。

"不用这么犯愁,那个'挂锤庄庄主'不还闲着呢吗?"陆鸣打镲(方言,意为开玩笑)道。

闻此,章志强险些笑喷了,知道陆鸣所说的是梁胜男。

这两年,转会出去的梁胜男在 B 组联赛中可谓大放异彩,上赛季,仅凭自己挥拳暴扣,便帮助南部女排豪取十连胜。《隋唐英雄传》中"挂锤庄庄主"梁师泰就擅使大锤,所以陆鸣戏称梁胜男"梁大锤"。

梁胜男这柄大锤确非浪得虚名,其进攻实力正可解球队燃眉之急。由此,津海女排总算拼凑出七名主力和三名替补,章志强就是带着这样的残阵匆匆奔赴佛统府。

佛统府位于泰国中部,距首都曼谷百余里。泰方希望通过多举办些国际性赛事带动当地旅游业,因此本届亚俱杯承办地直接被安排在佛统府。

本届亚俱杯除东道主泰国 Federbrau 队,还有包括津海队在内的九支亚洲球队参赛。大多数球队实力不俗,七拼八凑、实力骤减的津海队漫说夺冠,能打进四强就算不虚此行。而常丽在比赛中又意外拉伤腹肌,更让队内雪上加霜。危机之下,多亏"梁大锤"一路蛮不讲理地前扣后杀,直砸得对手人仰马翻。加上新老副攻童妍、陆月洁的助战,津海队方得以小组出线。之后,津海队四分之一决赛大胜伊朗 Saipa Tehran 队,半决赛再胜哈萨克斯坦 Zhetyssu Almaty 队。

艰难打进决赛,津海队与东道主泰国 Federbrau 队狭路相逢,战况极其胶着,前四局战成 2∶2。亚俱杯赛程总共八天时间,想拿到冠军就得打满七场,不歇气地连续作战。眼见满身伤病的老将实在蹦不动了,章志强只好顶上三名替补,但仅靠梁胜男、童妍二人支撑,根本组织不起像样的进攻,津海队很快便以 7∶15 丢掉决胜局。

虽说 2∶3 憾负,但这个亚军对于津海女排来说也是难能可贵。梁胜男更凭一路神勇表现,荣获本届亚俱杯"最佳得分"称号。

队员已尽其所能,按惯例要放半天假,让大家逛逛街放松放松。从佛统府返回曼谷后,章志强便开始安排午后出行计划。曼谷社会治安较好,但谨慎起见,他仍指派领队、助教分管队员。徐国祥有言在先,他坚决不负责梁胜男。陆鸣、赵亮两人早眼疾手快地认领了听话队员,只剩下最让人头疼的梁胜男,结果这宝贝儿就落在了李和平头上。

临行前,章志强将梁胜男叫到跟前,好话歹话反复告诫,见梁胜男不住点头,这才放大伙儿出发。

曼谷是世界著名旅游城市,好玩的地方多,值得观赏的寺庙更多。沿湄南河东岸一路向南,相继就有玉佛寺、卧佛寺和金佛寺,过了河还有郑王庙。

据导游讲,参观泰国寺庙时,男人不准穿短裤,女人不可穿短裙,更不能随意同僧侣搭话;递东西用右手,不能用左手;进庙必须脱鞋,帽子、墨镜也得摘掉。大家起初当作笑话听,可到了庙门口一看,本地人个个装束整齐、神情庄重,每座殿宇前果真放着各式各样的鞋子。

来到大皇宫,此处建筑最具泰国风情,白墙、红顶、金塔尖,到处镶玉镂金,绚丽夺目。见宫前白衣白帽、皮肤黝黑的卫兵形象很有趣,梁胜男主动上前,双手合十,学着泰国人的语调"萨瓦迪卡""萨瓦迪卡"连声打招呼,之后又要求合影留念。卫兵欣然接受,这下引得其他队员也过来依次拍照。

从大皇宫出来,往东不远就是闻名遐迩的四面佛。在曼谷,几乎没人不拜四面佛的。其实全泰国供奉四面佛的地方不止一处,唯独曼谷市中心十字路口的这尊四面佛最负盛名。导游继而介绍起拜佛的方式,正说得起劲,天色骤然变暗,铜钱大小的雨点儿旋即噼里啪啦砸下来。

导游赶紧召唤大伙儿前往街对面的中央世界购物中心避雨。购物中心相当气派敞亮,而当时津海尚未有同等规模的购物广场,相比之下,见者羡慕不已。

正目不暇接四下张望,李和平忽然大声惊呼:"谁看见梁胜男和来响了?"大伙儿吓得一激灵,纷纷左右踅摸,还真没发现那二人的影儿。章志强忙上前问询,李和平说刚才雨来得急,他带着俩孩子往商城跑,进门时拥挤混乱,以为她们跟在身后,待站定才发觉人已不知去向。

此时,外面已雨过天晴。抽风的天气,没它捣乱,人也丢不了。可现在怪啥也没用,只能分头去找。只是这一带每日客流量至少也得五十万,茫茫人海,到哪儿去找?大家想不明白,一转眼的工夫,梁胜男两人怎就跑丢了?

17

原来,上赛季联赛时,梁胜男曾与替补二传来响同时转会南部女排。来响平时就是个"蔫土匪",遇上梁胜男这"贼大胆",二人正对把子,此次外出逛街,姐儿俩自然携手同行。

正玩得兴致勃勃,来响悄声对梁胜男道:"可惜呀,这次章指没安排咱看人妖。但不看人妖,就不算来过泰国。"

梁胜男一听,马上来了精神:"这还不容易,我在网上查过,离这儿不远有个地方叫芭堤雅,街边净是露天人妖表演。"

在泰国,芭堤雅人妖表演确实首屈一指,但那座娱乐之城并不在四面佛附近,距曼谷郊区还有三百多里,开车怎么也得俩小时。

来响信了梁胜男的话:"去芭堤雅,章指肯定不允许。要不,咱俩偷偷打一晃,速去速回?"

"你没见李指臭贼似的盯着咱,怕是不好脱身啊。"

"先把路线搞清楚,回头再找机会。"来响撺掇道。

梁胜男觉得有道理,趁导游介绍四面佛掌故时,就向当地一个开嘟嘟车的打听起来。

所谓嘟嘟车,即搞客运的三轮摩托车,在津海俗称"狗骑兔子"。像曼谷这种国际旅游城市,出租车再多也供不应求,于是数以千计的三轮摩托车常出没于街头道边拉客。凭直觉,梁胜男认定这个开嘟嘟车的比较憨厚可靠,就用半生不熟的英语连带着比画询问芭堤雅人妖表演。后者大抵懂了她的意思,更瞧出她对本地情况一无所知,便诈称芭堤雅距此仅两个街区,车费只需五十泰铢,按5:1的汇率只相当于十元人民币,几分钟就可来回。

梁胜男到哪儿都爱跟人瞎搭咯(方言,意为聊天),对此李和平见怪不怪,心想又没远离自己视线,也就没太在意。谁料突逢暴雨,梁胜男与来响趁乱跑到路边,一下钻进那辆嘟嘟车里。别看嘟嘟车个头儿不大,速度能超过一百二十迈,没等梁、来两人坐稳当,就噌地蹿了出去,很快驶出了中心街区……

转眼天就黑了,俩女孩依然毫无下落,津海女排彻底乱了营。章志强后悔收了队员手机,否则俩孩子万一遇到急事还能上报,倘若她们有个三长两短,这该如何是好?章志强不敢往下想,直接联系了大使馆,请求协助搜寻,而后又与另三位助教兵分四路,接茬儿满世界找。

徐国祥没头苍蝇似的转到暹罗广场,在喧嚣声中忽听到熟悉的津海口音,循声望去,见几个中年人簇拥着一位老者。那老者身量不高却声若洪钟。徐国祥越瞅越眼熟,蓦地想起,这不是石城中学的钱副校长吗?当初,林庭的老同学周浩民曾就读于那座津海名校,还带林庭和孙红雁乔装混进名校蹭过钱副校长的课,结果惹出一场风波。后来,钱副校长多次到体工大队给林庭等人辅导功课。这些事过去十几年了,没想到二人竟在此邂逅。

钱副校长虽年过六旬,但眼神好,记忆力也强,未及徐国祥开口,便认出他来:"你是津海女排的徐教练吧?"

徐国祥走上前,边与之握手边答:"是我。钱老好,我带队来打亚俱杯,您老这是来泰国旅游?"

"咱都是闲不住的人,哪还有时间旅游?"

钱副校长介绍说,随着我国国力增强,世界影响力提升,国家鼓励有条件的大学、中学将优质教育理念和中华传统文化辐射至海外。津海石城中学领风气之先,两年前便在曼谷创办了全球首家孔丘学堂,为确保办学项目顺利推进,特请他这位教育专家前来坐镇。

没聊上两句,钱副校长看出徐国祥神情焦灼,忙探问究竟。徐国祥便讲了球员失踪的事。钱副校长听罢也不无忧虑,想了想道:"这样吧,我带你去见一位当地大和尚,此人可谓手眼通天,他要肯出面帮忙,这事或许还有办法。"

徐国祥知道钱副校长不会跟他开玩笑,因为泰国是世界闻名的"黄袍佛国"。这里的高级僧侣不但享有极高待遇,更与政府要员乃至王室保持着密切关系。津海石城中学在曼谷开办孔丘学堂之初,泰方的头号校董就是这位在泰国盛誉空前的高僧——大德蓬猜法师。

蓬猜法师佛学精深,弟子门徒遍布泰国中南部。蓬猜法师尤其重视教育,仅在曼谷就出资兴建了两所中学、三所小学。因酷爱中国文化,他在赴华访问期间,便对中国教育部直属的国家汉语国际推广领导小组办公室表达了合作意愿。

当时中泰两国在普通教育方面的交流尚属空白,而津海石城中学近年来一直致力国际化发展及汉语推广,经中国教育部批准后,便迅速组织专业团队编纂了中泰双语对照的教材《快乐中国行汉语教程》,随后将首印的五百册赠予曼谷暹罗中学,受到泰国师生广泛好评。在此基础上,双方联合建立了孔丘学堂。

作为该学堂的中方主管,钱副校长多次与蓬猜法师打交道,凭这层关系,寻找中方失踪球员的事,对方应该能出手相援。钱副校长都没顾上吃晚饭,即带上徐国祥径直去见蓬猜法师。

蓬猜法师所住的檀济寺就在孔丘学堂后身。听罢徐国祥的描述,蓬猜法师很有把握地说道:"请放心,两个孩子不会被犯罪组织所劫持。"他继而介绍,近年来泰国政府下决心营造安全的旅游环境,严厉打击各路黑帮。黑帮气焰由此得以收敛,尤其在曼谷市中心,他们已不敢做抢劫、绑架这类会惹怒官方的恶性案件。

"既然不是黑帮干的,那还会是什么情况?"徐国祥追问。

蓬猜法师皱眉:"这个就难说了,当地小偷小摸、坑蒙拐骗的蟊贼不在少数,你最好提供些有价值的线索,我们才好顺藤摸瓜。"

徐国祥想了想,说:"她们失踪前,梁胜男曾跟一个开嘟嘟车的搭讪过。"

蓬猜法师点点头,之后掏出手机接连打出数个电话。钱副校长粗通泰语,他悄声告诉徐国祥:"大和尚正挨个询问曼谷城内所有经营嘟嘟车的大小老板,咱就静候消息吧。"

一个小时内,电话不停地打进打出,听不懂泰语的徐国祥在旁如坐针毡。忽然蓬猜法师神情兴奋,撂下手机,让钱副校长帮他翻译说:"已有些眉目了,今天下午于四面佛周边拉客的百余个嘟嘟车车主,只有一个叫巴帕的未联系上。据同行反映,巴帕近来经常宰客,以此迹象推断,其嫌疑最大。但巴帕到现在还没现身,车行老板正在他家中蹲守,一旦有进展将随时通知我们。"

徐国祥听闻,心里更长草了,万一巴帕将俩孩子拐到外地,天可就塌了。这时中国驻泰国大使馆已联系上曼谷警方,要求他们尽快追查巴帕行踪。

临近午夜,巴帕才满身泥土、鼻青脸肿地回到家。车行老板忙上前厉声逼问,巴帕不敢隐瞒,遂承认人确是自己弄走的,但她们什么事也没有。

原来，这个巴帕先前家境还算富裕，自 1997 年东南亚金融危机后，日子开始吃紧。2008 年金融风暴席卷全球，整座森林都倒下了，何况巴帕这片小树叶？厂子倒闭了，股市的钱又血本无归，他只得开嘟嘟车维持生计。

而这种勉强果腹的下等营生，竟让巴帕打起歪主意。他发现比较有钱的中国散客通常习惯随身携带大笔现款，便经常算计这些人，这回也不例外。但巴帕到底没胆子绑票，只想将俩女孩拉得远远的，再连吓带哄讹她们一笔。他也不仔细打量下对方何等高壮，出此计策岂不打错了算盘？

见嘟嘟车驶出闹市区，梁胜男觉出不对劲，急命停车。可巴帕非但没停车，反朝着荒僻的野外越开越快，梁胜男便扯开嗓子大声呼救，但当地人听不懂中国话。求助无果，梁胜男决定奋起自救，扑过去对准巴帕不住地挥拳暴揍。突然"嘭"的一声，嘟嘟车前胎爆裂，车子险些摔进路边的水沟。巴帕爬起来就跑，梁胜男疾步追上前揪住不放。惊魂甫定的来响也赶来帮忙，姐儿俩合力对着巴帕狠狠一顿痛打。争斗中，来响脚下不稳，一个趔趄，才让巴帕趁机得以挣脱。

照这么说，巴帕也不知梁胜男二人现在身在何处。见津海女排教练组都快急疯了，大使馆人员一面好言安慰，一面联络当地华侨社团，组成十多支搜索队。曼谷警局也出动大批警力，外加蓬猜法师召来的众多俗家弟子，上百号人沿着巴帕指定的方向搜寻。

<h1 style="text-align:center">18</h1>

天快亮时，章志强的手机忽然响了，见是一个陌生电话号码，他意识到了什么，颤抖着手按下接听键，果然传来梁胜男叫嚷的声音："章指，您快来接我们呀！"

章志强气不打一处来，连声质问下才弄清楚事情的来龙去脉。

巴帕逃之夭夭后，梁胜男却比之前更紧张，挥着双手对来响道："开车的跑了，我们咋回去？这下可好，人妖没看着，咱俩快变鬼了！"

"只能朝嘟嘟车来的方向走了。"来响带着哭音道。

好不容易出了开洼野地，二人走上铺着沥青的公路，但道上车辆稀少，更见不着出租车。见此，梁胜男提议干脆迈腿走回去。

"'11 路'呀，万一再走错了道儿，不就更麻烦了？"

"不会再有万一，你就跟我走吧。"

梁胜男自信从小就会认路，但这回她却弄拧了方向。曼谷本在东边，她则带着来响一路往西，稀里糊涂不知走了多久，沿途是越来越多的老旧佛像，再往前，遥遥望到一座高大的螺旋状佛塔。梁胜男感觉眼熟，霍然记起，这不是佛统府的大金塔吗？怎又走回亚俱杯的比赛地了？但管他怎的，到了市区肯定会有办法。

黎明时分，梁、来二人总算碰见值早班的泰国交警。梁胜男掏出护照，用英语尽力解释。交警听不懂她说些啥，确定是个迷路的中国游客，这才将手机借给梁胜男……

得知俩队员的下落，章志强忙乘大使馆的汽车赶奔佛统府。等看见累散了架的梁胜男、来响两人安然无恙，他那颗提到嗓子眼儿的心才算放下。当着使馆人员的面他不好大发雷霆，只得黑着脸道："快上车！回去咱再算账！"

汽车掉头急如星火往曼谷赶。章志强一看表，已过上午八点，而返程的班机十点钟就要起飞，弄不好只得改签。他同球队电话联系，但听陆鸣兴奋道："章指，这回咱威风到家啦，有皇家护卫开道，去机场一路绿灯。您别担心，保证误不了登机。"

章志强心想，不用问，一定是蓬猜法师又从中帮了忙。待所有手续办理好后，章志强、徐国祥他们一一向蓬猜法师、钱副校长深表感谢。

虽说球队平安返回津海，可事情不能就此完结。上级对梁胜男、来响此次在泰国的违纪行为，定会予以处分。

见大家私下议论纷纷，俩熊孩子也因此不能安心训练，章志强主动找到领导，一边揽责一边替她们讲情："说到追责，我必须首当其冲，身为主教练对球员约束不严、监管不力，才出了这么大乱子。俩孩子满打满算不过二十岁，我们要允许年轻人犯错，尤其本质不坏的梁胜男，只要多加调教，相信她会成长起来的。"

说起来，做一名称职的教练真心不易，集训、比赛时如同严父，教育引导球员时又得像慈母。想到两个孩子的日后发展，章志强恳请上级尽量从轻发落。

原来章指也肯为自己出面讲情，梁胜男触动不小，主动写了检查表示甘愿接受任何处分。梁季兴得知侄女在泰国又惹出祸事，紧张得不行，正准备上下运作，却被大哥梁伯成喝止住："这次不许你掺和偏袒。出事了，她就得敢作敢当。"

想不到，梁家人没出面干预，来响父母却不干了，整天不是打电话，就是跑去体工大队。为维护女儿，他们叫屈的同时还将过错全推给梁胜男。

这两口子真够可以的，事到如今，就一推六二五了？章志强心里很是反感，不快地对来响父母道："当时梁胜男怎么离的队，来响一点儿责任都没有？上边究竟如何处置，我说了不算，但你们这么无原则地闹下去，对孩子没任何好处。"见这边通融不了，来响父母又去找体育局。

几天后，经领导商议，参照当年对杨絮"私自离队偷拍广告"的处理尺度，来响受到严重警告处分，梁胜男则记大过一次，但未降薪。此外，对教练组进行通报批评，章志强也被警告处分。

见主教练一并受罚，来响父母才消停下来。对此，徐国祥气得要命："过去的家长恨不得教练对自己孩子管得越严越好，瞧瞧现在，护犊子都护出圈了。"

陆鸣则阴阳怪气道："来响爸妈算识相的，在局里碰钉子还知道收手。将来说不定还有人敢大闹体育局，你又能咋地？"不想，这话日后真就应验了。

陆鸣的话章志强也部分认同，当下的球员确实越发难以管束。他只得命全队做好深刻反省，还对今后外出行动的规则进行更加周密严格的调整。

因来响父母的越级告状，女排曼谷"丢人"事件已成为体工大队的热门话题。一旦有人问起，来响避而不谈转头就走。胸无城府的梁胜男却有问必答，每每还绘声绘色描述一番，相关细节也就由此传开了。

也不知谁冒的坏，偷偷画了幅标题为"梁大锤夜走佛统府"的漫画，贴在食堂门口宣传栏上。漫画极力渲染的是，在佛统府的大道上，一个披头散发的女汉子手提一对大锤，于月色笼罩下一路狂奔。所有来此吃饭的人无不乐喷，有的还笑得前仰后合直嚷肚子疼。一时间，洋相百出的梁胜男成了公众笑柄。

小人行径！有本事当面指着鼻子指控挖苦，玩阴的算什么！几乎被气疯的梁胜男，发誓一定不会轻易放过使坏的人。就在她觉得倒霉透顶、背运到家之时，这些年一直与之藕断丝连的那位男篮小将挺身而出，不但倾力相助，还从漫画入手，很快就查出从中使坏的人。他将此人拽到训练中心，让其当众向梁胜男赔礼道歉。

"被众人观望的才叫潮水，那些暗处汹涌的只能叫暗流。另外，对那个男篮小子，你要加倍地好才是！"梁季兴了解真相后，这样给侄女总结。梁胜男总算顺过气来，这之前她与篮球小将不过若即若离，获三叔首肯后，仿佛春风吹野火，梁胜男与男孩的感情就像坐了直升机。

见二人天天腻到片刻不离，老队长林庭私下告诫梁胜男谈恋爱要有分寸，更不能影响训练、比赛。

"我都是成年人啦,不会像青训时那么单纯幼稚了。"

"还不幼稚?"林庭差点儿没被气乐,"人家说你们都甜出糖尿病了。"

这次梁胜男没有顶嘴,垂下头想了想道:"好吧!我注意点儿就是了。"

林庭又补充道:"你在曼谷那一出不是啥露脸的事,人不大,咋还祥林嫂似的逮谁跟谁说?这是单纯还是成熟?"

梁胜男愣了一下,之前虽察觉到林庭特烦自己同别人提及泰国的事,但并没往深里想,现在她明白过来了:"我说呢,原来病根出在这里。"

"求你了,长点儿心,行不行?"林庭戳了下她脑袋。

"知道了,谢谢庭姐。"

本届亚俱杯后,老将陆月洁、常丽二人光荣退役。尤其是陆月洁,为津海女排拼搏十余载,在球迷中的口碑和人缘都非常好。对其退役,大家深感惋惜。有球迷评论,发扣拦防都拿过奖的陆月洁是"无声手枪",是"排坛老妖"。陆月洁无愧全面的保障型副攻,实乃津海女排的功勋老将!

退役仪式上,陆月洁向体育局领导和诸位教练表示衷心感谢,并与朝夕相处的姐妹们依依惜别。队友纷纷献上礼物与祝福,并赋诗赠别:

> 因为有你,我们坚强美丽
> 因为有你,我们从不言弃
> 因为有你,我们创造奇迹
> 你是我们的大姐
> 不管将来你去哪里
> 你永远属于这个集体
> …………

诗尚未听完,陆月洁早已泪如雨下。大家则双手击掌唱起了李叔同的《送别》。

19

陆、常二人退役后,津海女排二十五岁以上球员只剩林庭和倪鹃。作为名副其实的大姐大,林庭已拿到除世锦赛以外所有世界、亚洲及全国冠军。按说荣耀满身的她,完全可以跟着孙红雁功成身退,但章志强真心不想放走这位德才兼备的"津海队魂",多次攀辕扣马极力挽留。考虑到其伤病情况,章志强决定不到危急时刻,尽量不派她上场。由此,林庭将担任三年之久的队长之职转交给陈静姝。

除作为助理教练做些管理工作,没有太多比赛压力的林庭相对轻松许多,个人时间也充裕了。平常酷爱时尚的她,终于可在穿衣打扮上投入些精力了。

"都三十来岁了,捯饬得花儿似的,却不交个男朋友,真替你可惜!"母亲心病似的,想起来就念一通婚姻经。父亲林旭东也催促女儿早点儿解决个人问题。林庭一副无所谓的样子,近来她突然喜欢起日剧、韩剧和美剧,时常看到第二天一早。

见女儿追剧上瘾,林家老夫妻越发担心。他们四处托亲拜友,给林庭介绍的男孩足有一个加强连。林庭若去相亲就马虎地见上一面,回来便告吹。

"你呀,别太挑剔了!"好友孙红雁劝道。

"没有感觉,让我咋办?"林庭一脸无辜,"感情问题不像解决组织问题只凭个人积极努力就行,而是必须对眼。出征雅典前我递交的入党申请,奥运会一结束就批下来了,多爽快!"

"这是两码事,有可比性吗?"孙红雁扑哧笑道。

"我的意思是,甭管入党还是找对象,方向、目标必须明确。你多好,身边有个青梅竹马,压根不用为这事犯愁。早早登完记,退役后立马结婚,现在小宝宝都怀上了,水到渠成呀!"林庭看着孙红雁圆鼓鼓的肚子取笑道。

"听人说,伴郎伴娘特容易成对。我结婚那天的伴郎咋样?击剑队的小帅哥——"

林庭一摆手:"可信可不信。搞体育的男人一是顾不了家,二是大多缺少细腻。这些年除了打排球,我很少干家务,那以后谁来管家?又有谁来疼我?"

"绝对的偏见!人家军哥也搞体育,把絮姐伺候得多好!我可提醒你,那个清华毕业的周大才子更顾不上家!"

林庭闻此勃然变色:"平白无故的,干吗提他?"

孙红雁是故意试探,林庭心里果然还没放下那份旧情。

其实,林庭也清楚,多年未有音信的周浩民未必是理想的选择,可又想不出属于自己的那个人到底什么样。与其他男孩见面时,她也奇怪为何总拿周浩民作对比。近来大家还在谈论泰国的事,谁一提到周浩民的恩师钱副校长,就会让林庭平静的心再起涟漪。

既然看破林庭的心思,孙红雁遂设法打听周浩民的近况。邪门的是,她将初中、高中校友问了个遍,竟没人知其下落。有同学猜测,也许赴美留学后的他已拿到绿卡,与国内彻底切割了。

还彻底切割了?最好有多远滚多远!孙红雁相信,凭林庭这么优秀的奥运冠军身份,就算那个白眼狼回到身边,他也配不上!

当然,帮她找对象这事也得换下思路。之前顾及林庭的身高,孙红雁总想帮她挑个比她个儿高的,这就限制了人选范围。如今看来,关键还在人品和志趣相投。林庭不是喜欢周浩民那种书卷气的吗?那就将目光转向大学。作为直辖市,津海有多所享誉国内外的名牌学府,其间不乏青年才俊,但人家是否愿意同一名运动员谈恋爱,还得先探探路。

津海女排屡创佳绩,喜欢她们的球迷也成千累万,仅孙红雁这只"不死鸟"的铁杆粉丝就数以百计。她发动那些与高校有关系的球迷朋友帮着搜寻目标。

"红雁姐,女方若能降些标准,我们系的翁博士应该可以。"一位津海大学的研究生回话说。

对方所说的翁博士刚过而立之年,当年在美国明尼苏达大学文化研究学院主修比较文学,回国后曾在山东某高校任教,去年才受聘到津海大学文学院。他虽只身一人,但善于烹饪,把生活打理得井井有条。似这等"钻石王老五",文学院不少女生都在追。但其最大的缺憾是,身高仅一米六九。

"虽说我们不挑个头儿,但也得说得过去吧?另外,他为啥还没对象?"

"据翁博士说,他不愿娶外国人,留学时顾不上,这两年又忙着找称心的大学落脚,也就耽误到现在。"

孙红雁遂将相关信息转述给林庭,然后试探着问:"不然咱就见见?"

看林庭不置可否,孙红雁极力劝道:"见一面又掉不了一块肉,不成拉倒呗。"

不能再驳闺密这番好意,林庭点点头道:"我没问题,看人家心气吧。"

桥就这么搭上了,见面地点定在津海大学附近的咖啡店。

林庭不想太过郑重,于是身穿白色卫衣,披一件牛仔外套,脚踩帆布鞋,再配上淡蓝色的短裤,显得飒俐清新。翁博士则身着米色休闲西服、黑白条衬衣、纯黑细条绒裤,看得出来精心装扮了一番。

经孙红雁和研究生介绍,林、翁二人握了握手。林庭表情自然轻松,翁博士却激动得两颊泛红:"能一下见到两位奥运冠军,真是我的荣幸!没想到,您还是位'哈韩族'呀。"

"翁博士凭啥这么断定?"

"凭你这身打扮呀。这可是当下最火韩剧《花样男子》女主演具惠善的装束。"

"这么说，你也看韩剧？"

"教文学的，哪能不了解文化时尚？当然，我更喜欢看女排比赛。并非当面恭维，在国外读书时，中国女排的拼搏精神始终激励着我刻苦奋进。"

初次见面，谈得还算投机。只是翁博士还不到林庭肩膀高，二人对话时，一个仰脖，一个弓背，除感觉不对称，也实在透着别扭。

想来翁博士之前做足了功课，对女排情况了然于胸，加之当教师练就的好口才，聊天时越发滔滔不绝，还不时轻轻幽上一默，逗得大家咯咯直乐。见二人交流愉快，孙红雁冲研究生一挤眼，便各找借口抽身离开。

见天色已晚，翁博士主动道："一会儿，我们找地方吃个便饭？"

"可以呀。想吃什么？"

"那不重要，重要的是同谁一起吃。"

林庭心道，这文化人说话就是讲究。

最终二人选择了一家牛排馆。上菜时，翁博士看似无意地问道："刚才你说要留在球队当助教，以你的能力和声望，何不考虑出国？你好多队友不都出去了吗？"

"人各有志，我觉得国内发展空间也挺大的。"

"可在国内发展，仅有专业不够，政治上还有诸多要求，起码得入党吧。"

林庭欣然一笑："当然了。算上预备期，我党龄都五年了。"

"是吗？"翁博士忙用手捂住嘴巴，否则他的舌头就得掉出来。

"怎么了？我们的队员大多是党员，还有几个是大赛前火线入党的呢。"

闻此，翁博士暗暗叫苦，如此说来，自己的如意算盘怕是要落空了。

自二十世纪九十年代起，中国掀起大规模留学潮，出国就读人数居世界之首，且每年还在呈几何级数增长。留学生队伍如此庞大，人员难免鱼龙混杂。

如若研究翁博士的留学经历，就会发现他读博时不仅有过外国女友，更梦想在美国落地生根。为获取留校任教资本，就得不断发表论文，为此他搞了许多移花接木、偷梁换柱的小把戏，起初做得较为隐秘，但最终还是被导师察觉出问题。

翁博士深知，这种剽窃行径一旦公之于众，自己必将身败名裂，便乞求导师高抬贵手。导师虽答应不上报学校撤销其学位，但仍愤懑难忍，命他滚出明尼苏达大学，且不得在美国其他学府谋职，否则就立即揭发他的所作所为。翁博士递交辞呈后，外国女友自然也与之分手了。

万般无奈下，翁博士只得灰溜溜离开美国。在经济全球化大背景下，我国对国际人才的需求越来越多，身披海归光环又了解国际环境的他，被国内许多单位当成不可多得的佼佼者争相聘用。翁博士通过摘抄欧美学者的论述充当自己的研究成果荣获了多个学术奖项，由此得到津海大学的器重。

按说能在国内名牌大学任教应该知足了吧，但翁博士不满意，仍心心念念盼望有朝一日能重返美国。偏巧有位学生说要将女排奥运冠军介绍给他，他认为良机难得，若能与林庭搭上关系，再鼓动她赴美执教，才算是真正心满意足。

谁想，林庭不但执意要在国内发展，还是位党员。但翁博士并未过早暴露真实意图，更不肯轻易就此放弃。

因初会给彼此留下了较好印象，之后二人又约会了几次。但相处时间一久，翁博士便感觉到，林庭的意志实在难以撼动。有次谈论起兴奋剂的事，林庭更表现得极度愤慨。翁博士不由心虚起来，凭此推断，倘若得知自己学术造假，疾恶如仇的林庭绝对零容忍。林庭也逐渐觉出，对方为讨好自己已油滑到没了原则,似乎并非想真诚交往,而是另有所图。

勉强维持两个多月,二人关系越发冷淡,终致分道扬镳。此番恋爱令林庭感觉颇为索然,真是道不同不相为谋,就算一辈子不嫁人,她也不找这种工于心计的投机分子。

20

好不容易谈上一段的对象又吹了,林庭的个人问题当真成了老大难。亲朋好友的瞎张罗、爸妈的轮番唠叨令人不胜其烦,林庭索性搬回体工大队,还是那熟悉的集体生活叫人快乐舒展。

如今陈静姝已升任国家女排队长,因训练、比赛密集,平时很少回津,林庭又承担起津海女排临时队长之职。众队员都很尊重这位德高望重的老大姐,倒不用林庭怎么操心,但队里两名接应技术还不过关,主教练令林庭手把手带好她俩,费劲不小,提升却不大。

林庭也明白,随着世界排球水平的发展,发扣拦这类大技术对现在的运动员来说相对好练,因为她们的身体素质普遍比以前好很多,反是那些小技术、小细节还得靠时间慢慢磨,需要时间和汗水的积累。理儿是这么个理儿,可林庭依然很挠头。

见此,助教赵亮劝慰道:“着急也没用。不光咱,国内接应水平普遍不行,自从你和朱苏娅退下来,国家女排再没太好的接应。都说二传需要天赋,接应同样要攻防兼备、跑动积极。重要的是得有个灵透的脑瓜,才能进可攻退可守,回回跑到点儿上。难啊!”

赵亮所言极是,但要培养出能堪大任的接应谈何容易。津海女排是个打整体的队伍,接应这一环节绝不能拖全队后腿。

再说到年初接手国家女排的魏兵,他当然希望自己的队伍能跟上世界潮流，那就得把国家女排多年形成的格局推倒重来，接应也须如欧洲强队那样，成为球队的主要得分点。于是他将"巨雷"穆亦蕾由主攻改为接应，其他位置也一一进行调整。岂料，这种尝试竟引发了国家女排接下来的灾难性后果。

早在五一劳动节期间，放假回津的尹倩就同林庭几人抱怨："就穆亦蕾那两百斤的大肉山，让她像你一样轻灵跑动，这就是要饭的搬家——穷倒腾。打主攻她还能钉几个地板，现在倒好，改打接应，整个一刘二爷剥蒜——两耽误。"

"哪这么多风凉话？我看你别打排球了，改行说相声算了。"林庭笑道。

倪鹃道："也难怪'豆豆'发牢骚。接应不像正经接应，所有战术还得围绕她打，别扭死啦！天天吵嚷着改革，可改完之后，全队攻击力不升反降。"

尹倩接过话茬道："魏帅上任之初就强调，主攻至少接三轮一传。但他选的主攻，一传只能自保。几个副攻一传接得更菜，到了儿还得靠咱鹃姐。但她毕竟岁数大了又满身伤病，我看就该把童妍调上去。现在一传满天飞，还怎么组织像样的一攻？"

章楠一旁连连点头："没错，眼下一传成了中国队最大短板，包括我，一传也不咋地。要碰上巴西队那样的强队，哪儿顶得住？"

林庭听得忧心忡忡，甩脸对陈静姝道："别怪我口冷，这么严重的问题，你对魏帅讲过吗？"

陈静姝默不应声。

"你作为国家队队长，该说的就得说！"林庭急道。

"队长也是球员啊，挑战主教练权威，合适吗？"

"正常反映情况，扯不上挑战权威！静姝，你这人哪儿都好，就是人乖嘴木。"

陈静姝连连摆手:"魏帅这人挺倔的,真说了未必听得进去。庭姐,你也当队长,应该知道队长就是教练和队员之间的桥梁,主要起沟通协调作用。本来队员就一大堆意见,我再总质疑教练,只能激化矛盾。这种情形下,我只能尽力规劝大伙儿与主帅拧成一股绳,努力克服困难。"

"魏帅真有眼光,选你做队长。换成别人,队里怕早乱套了。"林庭苦笑道,"可这么皱皱巴巴将就着,拿什么应对国际大赛?"

陈静姝无奈地叹了口气:"打着看吧。"

陈静姝的回答暴露了她的心态,对于接下来的比赛,她心里根本没底。果不其然,接下来的世界女排大奖赛,中国女排的新老问题全面爆发,如乱麻般择不清理不顺,同世界强队的距离已明显拉大——总决赛五战四负,排名倒数第二,创下历史最差纪录。随后的亚锦赛,面对泰国队这样的手下败将,中国队居然也输了个1:3,不但成就了泰国队首个亚洲冠军,还被媒体讽为"中国女排最为耻辱的失利"。面对潮水般的谴责和谩骂,魏兵自知难辞其咎,不予任何回应,只静候体育总局发落。

电视机前,眼见泰国队登上亚洲最高领奖台,林庭拍案而起:"一传烂成这样,防反和小球串联也没法看,这还是中国队吗?"

章志强克制着窝心火:"其实魏兵的能力还是很强的,他锐意革新也是对的,只是方向、办法以及手段上出了问题。可不改革,照样没出路。"

赵亮站起身,一脸失望道:"魏少帅现在一定很悲催,帅位也肯定不保啦。章指,这活儿要是您接,指定比他强!"

"不好说。就比如魏兵,他想打造一支全新的国家女排,但给他的时间太短了。他的队伍搭建是以奥运会为周期的,若多给些时间,结果或许就不一样了,可惜没人有这个耐心。国家女排主帅有各种难,以程教练那样的才干,不也折戟北京奥运会了?现在国家女排正处下滑期,除了郎指导能挽救球队于危难之中,谁去一时半会儿也解决不了。"

"郎指导现在的情形您也知道。假如体育总局叫您挂帅,您敢不敢接手?"林庭问。

章志强沉吟许久才一字一顿道:"那,我只能迎难而上,全力以赴。"

有关方面对国家女排换帅之事始终未明确表态,搞得业内纷纷猜测:上边是否根据本赛季联赛情况再做定夺?之前已六获"最佳教练"称号的津海女排主帅章志强,一旦再次带队蝉联冠军,是否将成为新主帅的热门人选?还别说,本赛季津海女排又让章志强长足了脸。第一阶段的分组赛,十八轮大战十六胜两负,最让人高兴的是,进步神速的梁胜男已担纲大主攻,成为球队重要的得分手。

梁胜男属于典型的人来疯,得到业内一致夸赞后,她那柄"大锤"越发抡得起劲,每场比赛都砍下二十多分,更在新人辈出的比赛场上印证了"大力出奇迹"。半决赛津海队主客场均力挫军旅队,顺利挺进决赛,争冠的对手还是沪上队。去年虽输过她们,但在陈静姝带领下,球队很快就赢了回来,本届联赛与之几度交锋,还未有过败绩。

队员们都以为冠军唾手可得,先前的一帆风顺也让大家头脑发热。尤其梁胜男,兴奋得两眼放光:"这回又是三场两胜制,咱姐儿几个再铆把劲儿,头两场就给拿下。"

岂料做客东惠体育中心时,津海队竟遭遇沪上队强劲冲击,轻易丢掉首局。梁胜男还是不惜力气地往下猛砸,但扣球一旦没了准头,队内九〇后们也受到影响,相继打得章法全无,以致场面难以收拾,竟被对手零封。

近两年,津海队在国内外比赛,特别是重大赛事中,即便输球,也没让人剃过光头,今天怎就溃不成军了呢?本次决赛可是三场两胜制,全队这状态如不能及时调整过来,当初在家门口兵败辽沈队的那一幕就将重演。

回到宾馆,章志强安慰完队员,即刻召集教练组商议下一步对策。不想,赵亮几人却将矛头直指梁胜男:"太过情绪化了,技术又不稳定,她的大起大落带乱了全队的节奏。后边再让她打头阵,实在悬乎。"

徐国祥的分析还较为客观:"在梁胜男这拨小将出道前,咱津海队就已是老牌冠军了,她们有着胎里带的优越感,自命不凡在所难免,抗压抗挫能力跟一向善打逆风球的老队员没法比。就说倪鹃,虽快三十岁了,危急时刻还是稳得住阵脚,否则第三局连18分都拿不到。"

"这就叫'家有一老,如有一宝'。现在咱手头还有俩宝,就得充分利用。"陆鸣提议道,"不如搞个谈心会,让林庭、倪鹃给年轻队员讲讲队史。"

赵亮哈哈大笑道:"陆大侠,你这叫忆苦思甜,就不怕遭小队员嫌弃?"

闻此,章志强频频点头:"嫌弃?我觉得可行。前一段时间咱只盯着如何提高技战术,却忽略了思想教育。要想赛场上处变不惊,还得靠拼搏精神。让林庭这旗帜性人物现身说法,比我们干巴巴说教更有效果。这事就这么定了。"

21

返津第二天,球队便在训练中心三楼小报告厅召开谈心会。津海女排从草创基业到称雄排坛,一路筚路蓝缕、坎坷跋涉、敢打敢拼,每个细节林庭都如数家珍。接受教练组任务后,无须备稿,她便对小师妹们娓娓道来。

最初怎样奋勇杀出乙级队,后来怎样艰难打入甲A,联赛中如何一次次遭强队蹂躏,又如何从低谷重新爬起,直至与军旅队数轮生死对决……其间林庭还特意播放录像，带大家重温了2002—2003赛季津海队夺取首冠时回肠荡气的那场经典之战，细致回顾了力挽八个赛点的惊心动魄。这些场景队员们虽早已耳熟能详，但由亲历者当面描述，感触还是不一样，大家听得热血沸腾。

这种精神激励法其他球队也会用，但津海女排的收效更加立竿见影。联赛六冠的浸润滋养，以及强烈的荣誉感、使命感，重新激发出大家在关键时刻要为这个集体全力拼搏的斗志。

谈心会后，梁胜男主动找到章志强："下一场，您要让我立功赎罪，如再表现不好，我乖乖去坐板凳，绝没二话。"

章志强深知这孩子心气盛又不畏艰难，这对于一名年轻的主攻手至关重要，不过她急躁好斗，极易冲动，还需多加引导磨炼，故而叮嘱说："现在对方已将你作为重点防范对象，别老想着一板子打死，还要会掩护，给场上队友多创造下球机会。再有，好好练你的跳发和开网球，尽快达到谭晓岚的水平。"

"Yes, Sir!"梁胜男立正敬礼。

思想工作要做，技战术也不能放松。章志强再次召来男陪练模拟沪上女排强攻，要求所有队员都要将球救起才算合格。

见梁胜男连续错过几个扣球，章志强冲她大吼道："越练越回去，你就拿这个立功赎罪?把球筐推过来，重来!"一顿雨点儿般的皮球，砸得梁胜男满地滚翻，再不敢有丝毫走神。

紧接着，便是陈静姝和尹倩、童妍几人的组合战术。

…………

周末，津海人民体育馆，决赛第二轮即将开哨。临上场前，林庭再次对小师妹们道："以咱的实力，只要不放弃，就有争胜的机会!"

津海队球员决心当仁不让，而沪上队球员也决心要夺下第六冠。双方首发球员平均年龄都不到二十三岁,一帮精力充沛、活力四射的小将就此展开激烈角逐。首局比分始终没有拉开,打到24∶23后,反复争夺十五个局点,最终还是韧性十足的津海队以39∶37获胜,并创下联赛有史以来单局得分最高纪录。津海球迷为自家队员的出色表现卖力叫好,许多人都喊哑了嗓子。

非常可惜地输掉首局,沪上队锋芒顿挫,后两局同样萎靡不振。津海队则痛痛快快报了上场比赛失利的一箭之仇。

赛后,梁胜男那叫一个笑逐颜开:"明天还这么打!等拿下七冠王,我请客看《阿凡达》。否则,档期就该过了。"

"真的假的? 不许食言。"

"算我一个。"

"人人有份!"

因整天忙于联赛,津海女排连当下火遍全球的电影都无暇顾及。梁胜男这么一煽呼,霎时勾起大伙儿馋虫。更有小队员加码道:"还得看IMAX 3D 的!"

"这都不叫事,必须的!"

翌日,本年度女排决赛最后回合的较量吸引了太多人的目光,不仅人民体育馆座位爆满,那些没能来到现场观战的津海市民,也都将家里的电视机调到了体育频道。

原以为会上演一场火星撞地球的比赛,实则远没有想象中精彩。沪上队仅第一局发挥正常,此后再没能撼动津海队的防护体系。梁胜男几人的跳发和勾飘,也让沪上队一传频繁失误。津海队直落三局,轻松斩获四连冠。章志强毫无悬念地蝉联"最佳教练",梁胜男荣获本届联赛"最佳发球"称号。

赛后新闻发布会上,沪上队教练很诚恳地表示:"我们憋足了劲是来拼冠军的,现在看来,同津海队这样的'豪门'相比,确实存在不小的差距。"

章志强知道沪上队教练嘴上谦虚,心里未必服气。因为他手下那些球员极有天赋,差就差在作风偏软,不善啃硬骨头。假若这种队员日后自己去带,又该如何调理改造呢?

此念头看似想入非非,也不是不着边际。有些事,过程多到可以用火车拉,结果难说好和坏。

今年年初,业内要求章志强替换魏兵接手中国女排的呼声便越来越高。春节前夕,排坛几位元老级人物先后与他通过气,国家排管中心领导也与之谈了两次话,由此传递出的信息越发清晰。看来这事十拿九稳,只差体育总局最终认可。

八年间率领津海女排七次夺冠,创下联赛纪录,自己也七次被评为"最佳教练",一想到要出任国家女排主帅,章志强虽难掩喜悦,心中还是忐忑不安。正月初八给父亲做寿时,他忍不住提前透露了此讯。

老爷子听说后,高兴归高兴,却也不无忧虑:"怕只怕,你难担此任。"

"您是怀疑我的能力?"

"当年魏兵带地方队也没少拿冠军,一到国家队咋就玩不转了?当中国女排主帅仅凭训练狠不行,还要善于统筹各方关系。'二战'时,巴顿是公认的盟军战神,他指挥的第三集团军横扫天下所向无敌,可出任盟军总司令的却是艾森豪威尔,一个并没有实战履历的人,此人退役后还当上了总统。所以说,一流名将未必成得了杰出统帅。"

章志强打断道:"您的意思是,我只够当个将才?"

"我是提醒你,带领国家队不仅责任重大,所面对的问题比地方队也要复杂许多。刚从欧洲回来时,你眼界开阔,执教津海队自然游刃有余。可一晃已十年,外面情形大变,你都能看得清楚?都能盘算周全?"

"我可没坐井观天,有机会就带队出访,还拿过三届亚俱杯冠军。况且您不是曾教导我说,大丈夫切忌患得患失,要勇于担当吗?"

老爷子摆摆手:"要勇于担当更要善于担当。你已到天命之年,该怎么做,自己瞧着办。不说啦,吃饭!"

除了父亲泼冷水外,几位多年好友兼助手也劝他谨慎对待,徐国祥更直言切勿轻易上任:"你是七冠教头,在咱津海春风得意,大伙儿都把你当神供着。这个时候接手国家女排,像你这种草根儿教练,既没后台也没人罩着,别以为被聘用了就会得到支持。说白了,搞得好还成,如一脚踩空,可没人过去接你。"

章志强何尝不知。自兵败亚锦赛后,中国女排状态每况愈下,现已变成烫手山芋,亟待解决的问题多如牛毛;下半年又有世锦赛和亚运会两场大考,可谓时间紧、任务重。能否帮球队迅速扭转颓势,章志强真不敢说有几成把握。

但中国女排危难之际,自己岂能袖手旁观?再者,既做大事,哪个不冒风险?这些年,他在津海女排该拿的荣誉都拿遍了,作为地方队教练,应当说无可比拟。既有此上升良机,何不于更高的平台有所作为呢?客观讲,执国家队主帅印,诱惑之中又充满荣耀。漫说章志强无法抗拒,但凡有机会,哪位有着卓越成绩的教练不动念?

联赛结束仅四天,体育总局排管中心就对外正式宣布:津海女排原主教练章志强接替魏兵,出任中国女排第十一任主教练。

在随后的就职新闻通气会上,履新的章主帅将今年带队目标设定为:世锦赛前四、亚运会冠军。谈及此刻心情,他表示自己就像进京赶考的举子,既无比激动又压力空前,但就算是逆水行舟,自己也将为此不惜一切代价。

章志强不想单枪匹马闯京城,他得有个帮手随行。另外,津海女排这一大摊子事,也须托付给得力之人。

对此,赵亮把脑袋摇成拨浪鼓:"我就是个破皮包子,在津海女排这笼屉里还能凑合煨着,往上一端准露馅儿。"

徐国祥本就不赞成章志强接手国家女排，便推说自己精力不济，没两年便要退休，还是留下来看摊儿吧。

陆鸣和李和平则表示，去留均可，听从安排。

体育局和体工大队经反复磋商，在征求章志强本人意见后，最终敲定由执教及管理水平都相对突出的陆鸣执掌津海女排。而一直被大家看好的段军则随章志强进国家女排做助理。这一安排也得到体育总局首肯。

就这样，章志强带着段军走马上任。业界内外都对这位国内赛场上的功勋教练充满期待，关心热爱中国女排的球迷也盼望其施展出十八般武艺，早日将中国女排带出谷底。

22

作为国家女排主帅，章志强的头等大事就是尽快组队。多年征战联赛，章志强对国内各队一线球员谙熟于心，早已物色好人选，但与执教津海女排最大的不同是，他自己无权拍板。除了段军，领队及教练组成员多是国家女排老班底，特别是几位四朝元老的意见至关重要，必须大家点头认可后，才能将名单报请国家排管中心审批。其间，还得注意搞好省队间的平衡，尤其不能太过倚重津海女排球员，否则就有用人唯亲之嫌。章志强虽慎之又慎，但背后的一些风言风语，还是通过段军之口传到了他耳朵里。

"人家说的貌似没错。"段军道，"队长兼二传是您的得意门生，自由人是您亲闺女，主攻里有联赛新星梁胜男，倪鹃又被您安排改打接应，如果副攻再用津海女排队员，中国女排岂不成了章家军？"

章志强唧叹一声："当上国家队主教练，反而处处受制于人。其实，这次选才我之前也制定了三大原则，年轻化、有高度、能接一传，可明摆着眼下国内副攻没几人能接一传的。反观日本队,她们从来就重视队员的下三路和技术全面性。不是说队员个子矮,下三路技术就可以不好,因为咱们从一开始就不重视,所以球员到成人队后就产生了这种差距。"

"您这就叫勉为其难。以前比赛少,封闭式集训时间多,有冬训夏训,有大把时间去练,可以去抠基本功,其他技术抓得也很细。现在比赛多了之后,很多球员都是拔苗助长。实在不行,我看就得把津海女排训练模式端过来。"

"这是个行之有效的办法,那就再次祭出'三从一大'的法宝来!"

还有件犯愁的事,接应位置捉襟见肘,这已是困扰中国女排多年的老问题。国内球员中,比较出色的接应乃沪上女排"帅哥"余淼,她脚下移动快,手法多变,背飞、后排攻、击球把握性等方面都不错,却同样一传不过关,能否应付国际比赛还很难说。倪鹃的一传和防守是不错,然而刚由主攻改过来,还有待适应,且她年龄偏大,力量不足,和高水平强队对抗必然吃亏。

接应不顶饯,只好依靠主攻。章志强让"巨雷"穆亦蕾重新回到老位置,以加强网前攻击力。对于这一位置的调整,教练组没任何异议。

总之,章志强绞尽脑汁终于把十八人集训大名单确定下来。全队平均年龄二十二岁,平均身高一米八七,打过北京奥运会的队员只剩六人,换血幅度已超过魏兵。尽管章志强还不太满意,至少球员平均年龄降了下来,高度也上去了。

至3月底,各地方队入选者集结北京。章志强当众阐明自己的执教思路:"一是要继承发扬老女排的优秀传统和拼搏精神;二是欧美球队攻击力凶悍,不会轻易放掉网口,我们必须加强拦网,所谓宁拦勿撤,要提高预判能力和拦防意识;三是战术讲究快变中有配合,个人方面务求加大防守区域和下三路小球训练。只有做到攻拦防兼备,咱们整体水平才能大幅提高！为此，大家要做好吃大苦、流大汗的准备！"

之后，新组建的国家队飞抵中国女排圣地福建漳州，开始封闭式集训。在国内排坛，章志强能带领身体条件普遍不出众的津海女排七夺联赛冠军，"铁帅"的头衔绝对实至名归，这就引得各家媒体都想第一时间抢头条。但训练首日，章志强拒绝一切采访，国家排管中心主任还专程过来保驾护航，将一路尾随的记者统统挡在训练馆门外。

若要一睹新组球队庐山真面目，只能等下个月的公开训练课，而女排成员口风紧得很，诸记者只好向基地工作人员打听。有嘴不严的说："我在这儿干了十来年，从没见过练得这么苦的！说是每周练六天，每天训练没有低于六小时的，有时一气儿耗到晚上八点。就是当年的程教练，也没现在这么狠。"

待到首堂训练公开课那天，众记者蜂拥而至。上午重点练一传和防守，其节奏之快、强度之大，前所未见，惊得大家连连咋舌。

整个教练组每人各包一摊，章志强亲自训练五大主攻。五人中数身高体胖的穆亦蕾练得最吃力，倒地救球后站起来都费劲。章主帅可不会看在明星球员的份上就照顾她，前一个球刚扣过去，不等她爬起来喘息，第二球又砸了下来。只要做不到位，章志强便对着穆亦蕾劈头盖脸一顿狠剋。

整整四小时，每隔一小时有次短暂休息，前两次休息五分钟，最后一次仅三分钟。尽管这个上午极度疲劳，所有队员还是硬挺过来了。

午间用餐时，记者就主力阵容问题进行打探，章志强来回就那儿句套话。看来，这位新帅非到比赛开始了才肯揭盖头。见从他这儿捞不到干货，记者便找几个来自津海女排的球员搭讪。面对花样百出的提问，陈静姝一律笑而不答，梁胜男却不见外，很快手舞足蹈高谈阔论起来。

"这种训练还叫有强度？在我们津海队，这是家常便饭。"

"之前，章教练也当面这么剋你们？"

"比这厉害,任谁都不留情面。"梁胜男指着身边的章楠,"不信?问她哭过多少回。津海队哪个队员没挨过训,有时急了,还吵上一架,两三天都不搭理他。"

"还有这种事?再说说细节。"记者欣喜地往下追问。

梁胜男正要开口,一旁的陈静妹忙把话接过来:"胜男表达的并不准确,请你们不要在报上瞎八卦。球员练到体能极限,觉得已经尽力了,达不到要求还要挨训挨罚,心里有委屈很正常。但大伙儿都知道教练对事不对人,偶尔闹点儿别扭,过些天又有说有笑了,师徒间的感情反而越来越深。"

队长的水平就是不一样,几句话便规避开陷阱。记者们没达目的哪能轻易收兵,他们想知道:国家队新主帅的高快节奏,非津海队的队员是否吃得消?

很快,记者就从新入队的年轻选手处听到不同声音:运动量过大,每个人身上都青一块紫一块的,练着练着就想吐,真有点儿扛不住了。

对此,记者逐一向新主帅求证,章志强并未直接回应,只态度坚决道:"竞技体育就没轻松的时候,成绩背后,除了汗水,就是脱几层皮的无数次重复苦练。"

章志强原本期望,他的魔鬼训练至少能练出一支作风过硬的队伍,让老女排吃苦耐劳的优秀品质融进队员骨子里,这样才能在高强度的国际对抗中获胜;即便不能取胜,也不至于轻易被击垮。但训练仅有月余,他的训练方式就遭到了队员们的集体抵制。个别球员龇牙咧嘴的同时还产生了逆反心理,开始学着偷懒耍滑。

全队中,唯姑苏队新秀齐茹蕙的表现最让人满意。章志强发现,这姑娘不但功底扎实,还特别能吃苦,虽然家境殷实,但并无骄娇二气,对自己各方面都是高标准严要求。齐茹蕙上初中时,训练和比赛负担已相当繁重,她却不放松文化课的学习,每逢外出比赛,就带上参考资料和作业,挤出时间自学。回到学校,她又立即找各科老师补习,期末考试总排全班第一。

这种既要强又自律的"富二代",真是难得,只是如此肯踏踏实实下苦功的球员,在国家队中数量不多。部分球员就算天天死盯着,照样给你进一步退两步地磨洋工。搁以往,章志强就得停训整顿了,但现在,他没时间。

说话间,2010年中国国际女排精英赛就要开战了。中国排协之所以主办这种A级国际赛事,就是给国家队练兵用的。作为上任以来的首秀,章志强清楚,没有什么比打一场漂亮仗更能说明问题的了。

23

自3月底开始,新一届中国女排已封闭训练了五十天,老队员的伤病和新人不扎实的基本功是这支队伍最大的忧患。到任伊始章志强就发现,这批队员的情况根本达不到预期,于是封闭集训期间,他只得从最基本的技术抓起。而随着训练量加大,进入实战演练阶段,老队员倪鹃、许玲等人纷纷老伤复发,二传陈静姝还突发阑尾炎,导致高烧不退,一连住了四天医院,至少得恢复半个月。更糟心的是,最强主攻手穆亦蕾技术极不完善,不但小球串联技术粗糙,自失环节也把控不力,后排防守还不理想。即使穆亦蕾的进攻水平在国内无人能敌,但放在世界赛场上,她的扣球变化少,发蛮力较多,一旦遇到像巴西队、美国队的强拦网就极难下球。对这样的球员该如何训练,到底是取还是舍……

凡此种种令章志强心焦如焚、夜夜失眠,不但两鬓生出了白发,体重也锐减了六七斤。他白天忙得手脚不停,夜深人静时干躺在床上,两眼紧盯着黑洞洞的天花板,满脑子仍在想着训练和排兵布阵。

有一天,章志强实在烦得不行,就喊来段军,两人一直聊到深夜。针对国家女排近期近况,章志强还想再召开个谈心会,段军一听则连连摇头。

"我们所处的是一个开放又浮躁的社会,人们已再不掩饰、压抑自我了。现在,外面的风向早已发生变化,就连时尚追求都让人越来越看不懂。现在是信息时代,之前的忆苦思甜在津海队还奏效,到了国家队,人家外省队员谁还吃这一套?"

"没有前进方向,没有精神动力,技术再不过关,还靠什么取胜?要知道,中国女排可是一支功勋卓越的队伍呀。"章志强看似是说与段军,实则是在苦涩地质问着自己。

"那是从前。眼下,那些不愿接下这份苦差只会叉腰说风凉话的人,还指不定认为咱从中沾了多大光呢。"

"天不遂人愿,人嘴两张皮,我们管不了别人怎么说。"

直到此刻,章志强不得不承认,到了国家队,在对女排队员的使用及对队伍体系的改造中,他实在是处处力不从心,训练方式也遭到队员们的集体抵制。而自己不够明智的地方在于,国家队不是津海队,不是你章志强的一亩三分地,更不是自己发号施令的地方。当初自己义无反顾接手国家队,却对诸如此类的困难估计不足,就任演说时弓又拉得过满,现如今,只能硬着头皮往前顶。

2010 年,又是漯河,又是 5 月,又是新一届中国女排,人生某些节点总有着惊人的相似。去年 5 月,中国女排主教练魏兵任后的第一仗,就是率队参加在漯河举行的国际女排精英赛。时过境迁,一年后,新帅章志强也将在漯河完成他的首秀,甚至连即将遭遇的三个对手都是去年的原班人马。

根据赛程,中国队将于 29 日迎战土耳其队,30 日对阵多米尼加队,

31日与"老冤家"古巴队交手。然而二传陈静姝因病缺席,这就意味着集训练就的战术配合难以组织起来。章志强派临时抽调来的沪上队二传首发,让穆亦蕾、齐茹蕙搭配主攻线,寄望以穆亦蕾的重炮冲击对方后防线。

按说土耳其队不过为二流球队,但己方二传与副攻之间缺少默契,中国队场上实力大打折扣,仅依靠主攻一点儿单调的进攻套路效果有限。偏偏穆亦蕾发挥失常,章志强只得用梁胜男将其替下。想不到,此后的赛场竟成为齐、梁两位小将的表演舞台,齐茹蕙共砍下二十七分,成为全场得分王;梁胜男也拿到二十分。副攻表现惨不忍睹,得分没一个上双的。

最终力拼五局,中国队才艰难战胜土耳其队。老实讲,章志强的首秀有点儿难看。

中国队首度亮相,表现虽勉强及格,实则不过一支技术粗糙的球队胜了另一支技术更加粗糙的球队。如再没明显改观,后边的两场仗会越发难打。

第二个对手为美洲新崛起的多米尼加队。此前中国队与之交锋从无败绩,双方世界排名也相差十好几位,取胜应在情理之中。可观看完中、土之战,多米尼加队教练似乎找到了中国队的软肋,他要求队员多用跳飘和大力跳发冲击对方一传,仅此一招,中国队整个防线便成了被打散的帘子。

局面异常糟糕,让场下的陈静姝心如火灼,真想立时冲上场去。但小腹还在隐隐作痛,她只能干着急地可劲儿跺脚。

一传频繁失误以致满盘皆输。1:3,中国队有史以来首次负于多米尼加队,夺冠希望随之破灭。

赛后新闻发布会上,章志强自我检讨,表示对失败负全责。记者们不肯轻易放过:"您带津海队时,特别强调一传和防守,为何到了国家队,这一问题非但得不到解决还被放大了呢？"

章志强绷着脸，神情严肃道："国内联赛，各队普遍发球偏软；而欧美球队，无论发球力量还是速度都强于我们。今后还要强化这方面的训练，努力适应欧美球队的打法。"

"那为什么改用梁胜男首发，反让穆亦蕾做替补？"

见记者开始挑事，章志强本想直怼回去，考虑到身份和处境，只得强压心中的不满："队里三名主攻，并没主力替补之分，谁状态好谁上！"

见章志强脸色越发难看，一名老记者打圆场道："陈静姝因病缺阵，对球队战术配合影响很大，能否说本场表现并不代表新一届国家女排的真正水平？"

此问缓解了发布会的低气压，章志强也吁了口气："对，陈静姝的变线能力要强很多，新二传与攻手才配合了一个星期，调配还欠默契。陈静姝病好后，相信全队技术水平会有所提高。"

本届精英赛设漯河站和杭州站两场比赛，漯河站中国女排已屈居亚军，若不在杭州打个翻身仗，就没法交代了！

深知章指处境艰难，陈静姝主动向他请缨："后边的比赛，我怎么都得上。"

"不行，你还在打点滴。"

"当年在银城战军旅队时，庭姐和鹃姐不也是才拔针管就出战的吗？"

陈静姝是张王牌，接下来的比赛确实少不得她。想到这儿，章志强点了点头。

三天后，中国女排转战杭州，陈静姝头晚才输完液，仅歇息半日便披挂登场。她一出马，全队果然有了灵魂，首场即以3∶0击溃多米尼加队，扬眉吐气。之后中国队又连克土耳其队、古巴队，章志强迎来入主国家队以来的首个冠军。

经过杭州的几轮大战，国家队的主力主攻逐渐稳定，齐茹蕙搭配梁胜男已成铁定的首发。说到穆亦蕾，她的确是门重炮，但一传不到位且进攻速度慢，与章志强注重的传统亚洲式快速防反格格不入。所以，既非盾牌更担当不了冷箭的穆亦蕾，虽为"巨雷"，也只能由绝对主力暂降为超级替补。

杭州站收官第二天，中国队又去参加瑞士国际女排精英赛。在飞往蒙特勒的路上，章志强始终在琢磨，此番首次率国家队征战海外，比起漯河、杭州，瑞士精英赛场场都是考验，除巴西队、意大利队外，当今世界顶级强队几乎齐聚于此。自己须克服常年带地方队所形成的惯性思维，尤其要提升解读欧美强队的能力，尽量做好知己知彼。

到达目的地后，章志强每天都通宵达旦研究各种资料，并与教练组分析探讨应付不同对手的不同策略。好在目前主力队员已磨合得差不多了，精神面貌也有改观，在场上能较好地贯彻教练意图。中国队先是顽强杀出小组，半决赛、决赛又均在先失一局的情况下，连扳三局转败为胜，第四次折桂，追平古巴队在瑞士精英赛上的夺冠纪录。此外，陈静姝获"最佳二传"称号，齐茹蕙获"最佳一传"称号，梁胜男获"最佳发球"称号。

24

球队整体态势开始向好，来自各方的批评质疑也渐次平息，但是章志强已是身心俱疲，刚返回漳州，忽觉头痛眩晕。怕旧疾复发，他赶忙到医院做了全面检查，并未发现什么问题。不过血压值高压 175、低压 110。按大夫说法，这是心理应激加上劳累过度造成的，让他尽量缓解压力的同时多注意休息。

下月初就是第八届总统杯了，如何缓解压力？又哪儿有工夫休息？

见章志强从医院匆匆返回基地，女儿章楠和其他几名津海队球员都前来问候。章志强只说血压有些偏高。梁胜男放心道："没事就好。刚才有几个不怀好意的,听说您病了,居然还偷着乐。要不是静姝拦着,我非得跟她们干一仗!"

章志强明白,自己这种练法,肯定会招致部分球员不满。而首发阵容越稳固,被按到板凳上的人越是难免闹些情绪。

运动员对教练产生逆反情绪,这种情况也属正常。扩大到社会各个领域,管理者与被管理者天生就是一对矛盾体。但这回问题比较复杂,外省球员于联赛中不止一次败在津海队手下,自然对章志强有所抵触;如今章志强成了国家队教练,不但对她们严要求,做不到位还得数落、处罚她们,比赛时再让她们打不上主力……有些矛盾根本绕不开,就是不想直面也回避不了。

有极个别球员想得更歪:啥叫以大局为重,啥叫个人服从集体?运动员的黄金时段就短短几年,谁耽误得起? 二十一世纪,得以自我为中心。看人家"超级女声",活得多个性、多自在。我们呢,白天傻练,晚上电视不让看,游戏不让玩,手机得上交,想给男朋友打个电话都不成,实在太憋屈了!

揣着这种心思,部分球员明显消极怠工,有的还装起病号。对此章志强厉声训斥,并直白地讲:"别以为自己联赛表现不错,就准能留在国家队,受不了苦又不服管的,给我走人!"

没两天,为加强一传,章志强又招进两名新选手,其中一人就是津海队的尹倩。见队内津海队球员已多达五人,有人准备给国家排管中心打小报告,便凑在宿舍悄声商议。哪知梁胜男一直暗中注意她们,偷偷摸到屋外,竖起耳朵贴着门缝听了个八九不离十,正想踹门进去,却被身后的陈静姝拉住。

二人来到楼梯口僻静处。梁胜男气恼道:"别老做烂好人行吗? 她们正计划去告章指的黑状。嫌咱津海队人多,沪上队不也有四人吗?打球要凭真本事,哪能各省平摊吃大锅饭!"

"你闯进去就能制止了?而且你是偷听到的,万一人家矢口否认,找谁对证?想告,就让她们告去,体育总局不会听信一面之词的。"陈静姝道,"你作为津海队球员,要出头这么一闹,反成了咱们带头搞派系。"

"那你这个当队长的就不能出面管管?"

"无论我说什么,人家只理解成偏向章指。包括章楠都得特尴尬,现在我们最好是保持沉默。"

听陈静姝所言在理,梁胜男嘟着嘴,憋着气回了宿舍。

虽然内部有些小磕小碰不致干扰大局,但也会影响军心士气,这又给章志强平添了许多烦恼。此时章志强想起程教练当年的那句"等哪天你坐到这个位子上,就知道国家队主帅多难干了",只得将满肚苦水往下咽。

正在这时,助教文建宇来到他的办公室。

这位胖墩墩的文助教是南方人,人看着有些木讷,因在国家队任职多年,不但对现役国手烂熟于心,就是世界各强队的风格特长他也了如指掌。文助教善于出谋划策,笔杆子还硬,球队上报材料大都由他起草。

"我从 2005 年就做助教,算上您已辅佐过三位主帅。实事求是地说,中国运动员的身体素质比不得欧美,为了加强体能,您采取魔鬼训练法,大方向没问题,但管得过严。这些选手来自全国各地,要让她们适应同一标准,就得循序渐进,可您太急于求成了。如今女排就像个羸弱的病人,用药过猛,未必承受得住。"

章志强觉得对方所言在理,便不住地颔首。

文助教继续道:"再者,时过境迁,不能单靠传统的'三从一大',还得有其他内容。您不许她们化妆美甲,不许戴饰物,现在的女孩不可能活成二十世纪八十年代的样子。就算您限制了训练基地这个小环境,也无法改变外面的大环境。"

"那么,我该怎么做?"

"大禹治水,堵不如疏。训练要严格,平时要宽松。您初来乍到,尤其不能与队员搞得太僵!咱体育界有句话叫'铁打的球星,流水的教练',有天赋的选手万里挑一,教练员却有的是。程教练不行,就换魏少帅,魏少帅再不行,那就换您。但像穆亦蕾这样的大牌,既不能随便被替代,更不能轻易给开走。您把当打的明星队员冷落在一边,她们一定和您过不去,就是体育总局也左右为难。"

噢,原来如此!章志强恍然大悟,他后悔自己缺乏经验,当初与上面谈条件时,就该把用人权要过来。

"您也别多想,其实和她们缓和关系也不难。后边的比赛,给那几位多些表现的机会,不就结了?"

章志强暗道:都说文助教心细脾气好,他最大的毛病正是顾忌过多。不错,顺水推舟是不得罪人,但当教练的都做老好人了,打不出成绩,到了儿被耽误的还是运动员自己。

中国女排虽然一向做事低调,却总也躲不过网暴闲人的吹毛求疵和堵不住的网络传言。面对社会舆论的巨大压力,经再三思考后,章志强没有妥协,还是延续组队时的原则:未达标的球员继续留守漳州。他则率领一干合格队员赶往俄罗斯的叶卡捷琳堡参加总统杯。所谓总统杯实则应叫"叶利钦杯",2003 年由俄罗斯排协发起,以该国首任总统命名,举办地叶卡捷琳堡为叶利钦家乡。但总统杯不过是普通的商业邀请赛,无关乎排名,因此各参赛队伍都抱着练兵的目的。

章志强之所以积极带队参加这届总统杯,除了以赛代练,更想让自己多有机会熟悉国际赛事环境。没想到的是,由于前期训练过猛,近来又频繁参赛,总统杯期间队员伤病不断暴发,几名老将相继伤退,二传陈静姝的膝伤还加重了,弄不好会直接影响 10 月底开幕的世锦赛。章志强正为此苦恼不已，哪料一桩更大的事随之而来。

8月初，世界女排大奖赛澳门站首日，中国队对阵荷兰队，齐茹蕙一个倒地救球不慎伤及左肩。队医初步判断是脱臼，并做了手法复位。

"怎么样？还能打吗？"章志强关切地问。

要强的齐茹蕙咬牙点点头。

章志强犹豫片刻，迫切渴望赢球的他还是冒险让齐茹蕙继续上场。还好，中国队最终击败了荷兰队，但第三局时齐茹蕙再次摔倒，这回是被队友抬下场的。后经医院诊断，其左肩关节韧带撕裂，需要立即手术。手术中，齐茹蕙左肩被钉了六枚固定钉，至少百日内无法参加训练和比赛。

为一场小胜而折损一员大将，说格局小也好，说要成绩也罢，总之是得不偿失。

25

在一支排球队中，如果说组织分配球的二传是场上灵魂，那么主攻便是摧城拔寨的尖兵或先锋。陈静姝与齐茹蕙先后受伤，让国内无数球迷心疼又惋惜，纷纷喟叹道："短短一个月之内，中国女排先丢了魂，又失了心，这还咋活？"

章志强苦心打造的首发阵容变得七零八落，而齐茹蕙的重伤缺阵成为压垮骆驼的最后一根稻草。总不能让梁胜男一人跳光杆舞吧？章志强只得换上与整支球队风格并不对路的穆亦蕾，而这种强拧起来的搭配能有几成战斗力？接下来的对手又是强大到难以撼动的巴西队，最终中国队以0:3的一场完败结束了澳门站比赛，并创下本届大奖赛单局最低分。

惨负巴西队仿佛是彻底崩盘的前兆，此后中国队溃若流沙，不但比赛打得一塌糊涂，单场失误甚至超过35分。球打得越来越没法看，球队上下关系也越发紧张,渐渐滑向恶性循环的旋涡……

如此内忧外患,章志强已经心力交瘁。世界女排大奖赛总决赛期间,他先是恶心腹泻,随即头痛病发作,与日本队赛后的发布会上险些晕倒在现场。被迫提前退场后,他在宾馆躺了一夜,病情不断加重,只得由国家排管中心副主任全程陪同,飞回津海接受诊治。

章志强返津住院当天,陈静姝、齐茹蕙二人也飞抵北京,进行康复疗养。至此,组建不到半年的国家女排折戟沉沙。

经过细致检查,主治大夫告知章志强,此次疗程将达三个月。

需要这么久?世锦赛、亚运会可就全都耽误了。不及自己痊愈,国家女排就得安排新主帅。追忆走马上任以来的一切过往,情绪极度低落的章志强已是心灰意冷,一想再想,终是向领导递交了辞呈。

堪堪不到半年,中国女排又一个主帅即将帅印不保,虽说此事尚未得到国家排管中心批准,但多家媒体已展开讨论,《沪上青年报》甚至悲慨"中国女排将死于内耗"。文中直言:在人才资源枯竭之际,如还搞内耗,走马灯似的换帅,只能加速这支金牌队伍的死亡,届时鸡飞蛋打,恐怕谁也落不着好。

而在主帅真空期之时,整个排球圈竟无一人发声。这种诡谲的沉寂表明:此时此刻,大家谁都不想接这个烂摊子。

终于,国家排管中心在京召开新闻通气会,宣布章志强因身体原因辞去主教练一职,工作暂由助理教练文建宇代理。无论日后主帅落到谁头上,"章志强时代"就这样匆匆而过。用资深媒体人的话讲:这既是七冠"铁帅"执教生涯最黑灰的一页,也是光荣的中国女排那一时期的悲哀!

在医院治疗了近两周,章志强精神稍有好转。这天,父亲拄着拐杖前来探望,他赶忙下床前去搀扶老爷子。

病房是个独立单间,身边并无外人在场。老爷子问候了几句病情,轻叹一声："我早就提醒过你登高必跌重，可你就是不往心里去。怎么样，这回摔疼了吧？"

章志强眼睛发红，用力点点头。

"这些年你路走得太顺。但愿这次惨痛的教训，能让你大彻大悟。"

"痛彻心扉啊！现在我常常想起当初的程教练，似我们这种草根教练，只能以成败论英雄。都说胜败乃兵家之常，要想立住脚，实则只许胜而不许败。以前我想得太过简单了，以为只要满腔热情、倾尽全力就能破局。况且，我有这么多年打球和教球的经历，结果却是一地鸡毛。"

"有经历就一定有经验吗？有些人虽说没少经历风雨，吃过的盐比别人走过的路都多，但依然一路跌跌撞撞，判断上经常犯常识性错误。别光抱怨，难道你自己就没问题？"老爷子又问。

"凡事预则立，不预则废。我对很多事情准备不足，且心气太盛，操之过急，没能耐下心来与队员搞好沟通。但有一点我始终没弄明白：现在好多老教练看了国家队队员都说基本功是一拨不如一拨，我那套训练下三路技术的办法在津海队相当成功，为何到了国家队却处处碰壁呢？"

"身上移植进来一个器官还有排斥反应呢，何况这么大一支队伍。"

章志强摇摇头："您是指更换主帅？按说，球员应该很快就能适应过来的。"

"你没懂我的意思。"老爷子道，"北宋神宗年间，王安石主持变法革新，实施富国强兵之策，推出青苗法和免役法。起初轰轰烈烈在地方实践时，大多行之有效，也得到了天子垂青。然而到最后不但惨淡收场，还险些加速了大宋的衰亡。"

"那您分析这是怎么回事？"章志强拧紧眉毛纳闷地问。

"王安石忽略了一个常识性问题：中国太大了，各地情况千差万别，适用于江南的未必适合江北，山东的好办法移植到山西就行不通。而他却把做地方官的经验强行推广至全国，搞一刀切，如何成功得了？"

章志强一拍大腿："我要早意识到这一点，不知能避开多少雷区。执教国家队，除所带的球员与津海队不同，所面对的对手也不一样。我原先那些手段、理念，打赢联赛是绰绰有余，但想靠此击败世界强队，不撞南墙才怪！"

"这世上没卖后悔药的地方，你老爸也是个事后诸葛亮。但愿你的继任者能汲取前车之鉴，别再重蹈覆辙。"

"这倒不会。文教练在国家队的任职经验比我丰富，做事也比我稳重扎实。"章志强遂将文建宇的情况向父亲描述一番。

"派这种师爷当教头，不等于派马谡守街亭吗？做惯参谋的，大多纸上谈兵谋事寡断，干不了统帅。当然，我也是旁观者清，批评别人容易，做实事难。"

说至此，爷儿俩都哈哈大笑起来。

与父亲谈心后，章志强开朗了许多。但到底被深到骨髓的内伤击倒了，还需时间这味良药慢慢治愈。没过两天，因中国女排新教练放弃了双自由人战术，章楠很快被退回津海女排。面对女儿的黯然和无辜，章志强也只得默默饮下这杯苦酒。

出院那天，章志强接到一通陌生电话，经对方提醒，他方记起当年刚执教津海女排时，曾在体院报告厅听过一位宋博士做的演讲，并对其宣扬的欧美体育观予以严词驳斥。如今宋博士已成为宋教授，却始终没忘记那次被噎得面红耳赤的尴尬情境，十年来一直关注着章志强及津海女排。

直至获悉章志强被迫辞去国家队主帅，宋教授觉得机会来了，他倒不是想奚落与嘲弄什么，只是要与之就体育观念问题再做一番辩论。而如今的章志强正想听听局外人有何别样见解，由此，二人约好还到体院报告厅见面。与上次不同的是，台下并无听众，只有他俩对坐长谈。

步入中年的宋教授已没了当初的盛气凌人，态度谦和了许多，但其理念并未见多大改变。他直言不讳地对章志强讲："别看你带领津海女排夺得联赛七冠，我却早就料定，你在中国女排折戟沉沙是迟早的事。可想知道其中缘故？"

"章某愿闻宋教授高论。"

"我们现行的举国体制及全运战略，造成国家队与地方队从训练到比赛全面脱节，形成两个毫不相干的体系，根本难以融合。在地方队颇有建树的，到了国家队必水土不服；在国家队干得风生水起的，回到地方队不一定就玩儿得转。程教练之所以能带领中国女排拿下悉尼奥运会冠军，恰恰因为他一直为国家队效力，从没涉足地方球队。"

章志强觉得这种说法新鲜有趣，遂进一步探问根由。

宋教授莞尔道："中国体育急功近利，上面看的是成绩，老百姓关心的是输赢，从没将其当作一种文化来看待。人家西方从古希腊时就有奥林匹克，就兴搞运动竞赛，连放羊娃用牧鞭击打石子都能发展成高尔夫。而中国直到清朝末年还不知体育比赛为何物，这差距简直无法弥补。就像戏剧，人家西方公元前就有《被缚的普罗米修斯》《俄狄浦斯王》那样伟大的悲剧，我们元、明时期才出现《窦娥冤》《牡丹亭》，咱拍的影视作品，也远不及欧美的好看。总之，没有体育文化做基础，只靠偶尔闪现的天才运动员，任何项目都难以延续长久。"

26

如今章志强对宋教授的奇谈怪论已多少能听进去，并追问："依您之见，我们之后要怎么做？"

"乖乖向欧美学习。这方面日本就做得很好。仅从排球来看，他们的球市远比我们火爆，还是世界杯的永久举办地，因为他们的民众已爱上了排球文化,懂得如何欣赏。所以说到底,全民参与的快乐体育才是发展之根本。"

章志强点点头,又摇摇头:"您说的不无道理,但国情不同,如果我们原样照搬,亦步亦趋地跟在别人屁股后面,就不可能有所超越。尽管体制存在弊端,优势也不容忽视,不靠集中力量发展,跳水、举重、射击、羽毛球这些项目怎么跃居世界前列? 我们又怎么成为乒乓球王国? 日本虽讲究排球文化,但竞技水平裹足不前,日本女排连年走下坡路,男排更不值一提。这又如何解决? "

"你还是以胜负论英雄。就因为太在乎输赢你才让津海队球员拼死苦练,弄得她们满身伤病,早早退役。你还让齐茹蕙、陈静姝她们去和欧美诸强硬拼,结果再三败北,自己也难堪重负,大病了一场。"

"既为比赛,就得分个高低。当教练的若不能带领球队取胜,便是失职。"

争论多时,双方还是固执己见,都没能说服对方。

宋教授感喟道:"只要还有这种狭隘的输赢观念作祟,就没法从根本上改变现状,甭管换谁当教练,咱的女排必然全面下滑。"

文建宇正式接手后,即刻对国家女排做出人员调整。曾被章志强边缘化的几个球员大多重返主力阵容。因陈静姝伤情尚未恢复,二传暂由两名年轻选手担纲。动荡多时的中国女排,表面上总算达到了某种微妙的平衡,但经由此番折腾,战斗力进一步损耗。

为解燃眉之急,江浙队退役老将"喀秋莎"再次被召回。说是"老将出马,一个顶俩",可毕竟远离了赛场两年,投入训练的头几天,"喀秋莎"便累得腰酸背疼。她对前来采访的记者打趣说,自己浑身硬得都快成僵尸了。

对此,媒体观点各异。《球坛风云》这样讲:黄金一代名将复出,为国担当精神可嘉,但也进一步证实,中国队接应位置果然后继无人。

"后继怎么没人了？""开心果"童妍把报纸往旁一丢，大声冲尹倩道，"你就能打接应呀！"

"我可没庭姐那两下子，即便进了国家队，也是个打酱油的。"

"'喀秋莎'顶多撑过世锦赛，不信她还能打到伦敦奥运会。你好好练，两年后准能顶上去。"

尹倩笑道："听口气，你像老前辈似的。咱俩可同岁，甭劝我，你把微博秀恩爱的劲头放到训练上，也照样有戏。"

"有啥戏？现在国家队副攻都一米九以上，我这一米八七的，等下辈子投胎转世吧。我算看透啦，什么都是浮云，再不搞个好对象，也成'齐天大剩'了。"

"小声点儿，别让庭姐听见。她最近情绪不好。"

凡涉及"剩女"之类的话，队员间大都噤声，就怕刺激到林庭。

大家也是过于小心，林庭现在已放下那些不可求的东西。由于章指的"下课"，再展望今年世锦赛，她对中国女排的未来越发忧心忡忡："竞技体育即使偶遇冷门，也是以一定实力做依托。目前国家队的状态，别说进前四，保前八都悬。"

果不其然，在日本举行的第十六届世锦赛上，中国队出师不利，先败给土耳其队，继而被韩国队剃了光头，仅列小组第四，第二阶段又输给塞尔维亚队，糟糕地无缘八强。

中国女排遭遇三十年以来的最差战绩，林庭越看越堵心，索性关上电视机。她漫无目的地来到体工大队院内，不期撞见了亲亲密密的童妍及其男友——羽毛球队的帅小伙。听人说，二人的关系已发展到谈婚论嫁的程度。相互打过招呼，林庭无心多聊，转身便要走开，却被童妍一把拉住："庭姐，看你满脸的愁闷，不会因为世锦赛吧？那破球打得，急死人不带偿命的。大礼堂有场联欢会，庆祝'光棍节'，要不一块儿过去瞧瞧热闹?"

这个童妍,哪把壶不开,她单提哪一把。"你们去吧,我可不想当灯泡。"林庭说。

"啥灯泡?到里面咱都是荧光棒。"童妍道,"田径队刚调来个中长跑的长腿助教,简直帅呆了,嗓子还倍儿棒,被队员尊为'K王'。今晚人家不玩卡拉OK,要自弹自唱。过去看看呗,省得回头又后悔。"

以往,每年的11月,恰是国内外赛事最频繁的时段。对于林庭来说,"光棍节"再怎么火爆,跟她也没多大关系。由于世锦赛连着亚运会,今年的国内联赛推迟到12月才开幕。即便如此,林庭宁可当个"剁手族",也不稀罕与那帮少男少女起哄。林庭对此兴趣不大,但当着童妍男友的面又不好硬驳师妹面子,也就随了她。

体工大队礼堂是个中等规模的剧场,三人到时,里面已挂满各式彩绸彩带,灯光照明也搞得斑驳陆离,什么天排灯、地排灯、造型灯、聚光灯、摇头灯……更有一台干冰机,把舞台营造得烟雾缭绕,整个大厅蛮有豪华演唱会的味道。

可惜运动员们平日忙于比赛训练,没时间反复排练,多数节目较为粗糙,不过是大伙儿自娱自乐罢了。童妍和男友兴致勃勃地挥舞荧光棒,跟着又唱又叫。林庭觉得无聊,正打算抽身而去,却听主持人拔高嗓门儿道:"下面,隆重请出我们的K王,田径队头号美男——何钊!"

随着台下尖厉的叫嚷,一个身着米色休闲西装的高挑小伙儿款步而出。他怀抱电吉他,端坐在一把折叠椅上,调了调麦克风,再拨弄下琴弦,随即唱起周杰伦的《退后》:

> 天空灰得像哭过,离开你以后,并没有更自由。酸酸的空气,嗅出我们的距离,一幕锥心的结局,像呼吸般无法停息……

其嗓音、韵味皆神似周杰伦,尤其那份专注与倾情,更把听众带入一种意境,那是每个曾经失恋的人都有过的无奈和遗憾。

大礼堂骤然寂静无声。坐在台下,聆听着这首歌曲,不知怎的,一股酸涩的伤楚,墨滴般慢慢洇遍林庭心底。她用力捂住嘴,疾步走出礼堂。

四下空无一人,天幕几颗清亮的星星,伶仃地眨着它们寂寥的眼睛……

当晚,林庭没有睡好,那个唱歌的何钊总在眼前晃动,搅得人心烦意乱。他一定有过让他不堪回首的失恋,不然,就不会有痛彻心扉的歌唱。自己在体工大队十几年,之前对此人怎就一无所知?

一种莫名的悸动催促着林庭要把那个何钊了解清楚。思忖多时,林庭决定找田径队雷领队打听打听。

雷领队是唐山人,来津多年,仍保留一口浓重的乡音。虽为田径队田赛组领队,他却狂迷津海女排,更是林庭的铁粉儿,见到林庭经常打趣说要是自己年轻个十来岁,肯定追她。林庭知道雷领队并无恶意,人也实在,便将其视作好友。

难得林庭开次口,雷领队特当回事,便把对何钊的了解悉数相告,至于其他方面还得找人打探。林庭恳请他做得隐秘些,尽量不叫旁人察觉到。

第二天晚饭前,雷领队已圆满完成任务。他唤林庭来到一个安静处,揭秘似的向她披露起何钊的其人其史。

27

何钊父母原先都是津海人,后调到石家庄。1980 年,他们与好友一家分别诞下一男一女,于是便半认真半玩笑地给两个孩子定下了娃娃亲。

哪知未过多久,女孩父亲患上肝癌,家里倾其所有也没把人留住。当时女孩才刚念小学,凭母亲微薄的收入,除去要偿还的债务,日子实在难过。幸亏有何家夫妻倾力相助,才算熬过那段艰难的岁月。

何钶与女孩处得如同亲兄妹,从小学到高中几乎形影不离。何钶自幼便显现出过人的运动天赋,在中长跑方面尤其突出,但为关照女孩,他既没上体校,也没参加集训队,因此未能在运动员的黄金时段脱颖而出。高考时凭体育特长加分,何钶本可进入京津两地的名牌学府,结果还是和女孩一同填报了冀北师大。

这所大学原本在体育上没啥建树,何钶入校不到两年却连破八百米、一千五百米省大运会纪录,校领导喜出望外,打算让他毕业后留校任体育教师。而女孩则因出众的姿容,被誉为"最美校花"。一时间,二人成了冀北师大引人注目的金童玉女。

说话就到了大四的第二学期,学校要修建实验楼,山西籍的副校长便鼓动同乡一个煤老板前来投资。那些年,山西煤老板富得流油,花钱盖楼不过是毛毛雨。

为伺候好那位财神爷,校方为此举行了隆重的欢迎仪式,形象姣好的女学生被指派做接待工作。煤老板无意间瞄到"校花",当时两眼就直了。他刚跟乡下老婆离完婚,正想娶个年轻漂亮的城市女子,这女孩实在太称心如意啦!尽管年纪大出对方二十岁,那又怎样?拿钱就能把她砸晕了!于是,进口名包、名表、化妆品及各种高档首饰,煤老板为博红颜一笑怒砸千金,后来就连女孩的妈妈也戴上了翡翠镯子和钻石项链。

贫穷可以限制人的想象,同样可以夸大人的卑微。经不起巨大的诱惑,穷怕了的母女早把何家人几十年的恩情抛于脑后。大学一毕业,女孩便与煤老板登记结婚,跑到山西享受大宅子去了。

"那何钶可怎么办?"林庭不敢往下想。

"还能咋地?寒透心了,想法儿离开石家庄呗。但这小子挺有头脑,毕业后多次辗转调动,最终来到津海理工大学任教。他自创了几套训练方法,非常有效。中长跑是咱田径队的弱项,于是上面就设法把他给挖了过来。我知道的都说完了,您还有啥指示?"

林庭打了个愣,连忙摆摆手:"没有了,谢谢您!"

"真没下文了?不会吧?他跟你同岁,也正好单着。"雷领队笑道。

林庭脸一红:"您想哪儿去了?我就是好奇,随便问问。"

这话可蒙不住雷领队。从林庭的神情中他已看出苗头,心想自己何不顺水推舟,来个成人之美?

某天,赶上田赛与径赛两组共同训练,快结束时,雷领队抓住何钊就往自己办公室拉。

何钊走进办公室,发现迎面桌上一幅十寸的大彩照格外醒目。

"这不是排球名将林庭吗?"何钊问。

"没错,她是我偶像。"雷领队道。

"她们黄金一代的时候,中国女排多牛啊,哪像现在。"何钊感慨道。

"林庭虽已过了当打之年,但名望颇高,现在还在队里兼着助教,可惜名花无主。"

"您啥意思?"

雷领队笑道:"打开天窗说亮话,你看林庭怎么样?"

"人家是奥运冠军,我可配不上。"

"配得上配不上的谁说都不管用,林庭喜欢你就行。这可是打着灯笼没处找的好事,你得抓点儿紧!"雷领队郑重道。

何钊低头想了想:"这事我看成不了。您想她三十岁了还没对象,眼光不定有多高,没准啥时再出国,又得把我晾旱地。"

看来何钊被伤得太重,这真叫"一朝被蛇咬,十年怕井绳"。只是可惜林庭了,这么好个姑娘,终身大事怎就这么不顺?

体工大队好几百号人,别看同处一个大院,不同运动项目的人平时极少碰上面。此后半月，林庭仅是吃早点时在食堂与何钊见过一次面。相隔几张餐桌，就那么惊鸿几瞥，林庭觉得自己的心跳得比平时要快。如果这只是一般的好感，为何又希望他的身影能常在眼前出现？

这天，林庭刚协助教练组完成训练，就听梁胜男着急忙慌地嚷嚷道："庭姐，快上网看看，有人把你老妈任职的骨科医院给砸了。"

林庭听闻连忙打妈妈手机询问，结果确实如此。好在闹事的仅打砸了门诊楼，妈妈所在的住院部并未受影响。林庭还是放心不下，挂上电话便往家赶。

林庭妈任职的医院今天摊上了麻烦：一名做膝关节手术的患者，雇了两名"职业医闹"找上门来。

其实，主治医生在术前已明确告知患者，其部分软骨已经坏死，即便手术也不过是缓解病情。术后因不满治疗效果，患者与医生多次争执，并提出索赔三十万元。

对于这种狮子大开口的要求，院方当然无法接受。几次交涉无果，患者决心将事情搞大，本来腿疾不严重，他却拄着双拐，带俩"医闹"直闯进诊疗室，指着主治医生鼻子肆意辱骂。见对方如此过分，该科室老主任看不过眼，愤然道："医生也不是神，保证不了治好所有的病。没你这样的，还懂不懂尊重人？"

"还想要尊重？黑心肝的东西，给我揍这老小子。"患者一发话，一旁的"医闹"抬手就给老主任来个满脸花。

"你们敢打人？"

"打是轻的，看爷怎么砸了你这王八窝！""医闹"说着抄起板凳，对着办公桌、药品柜、诊疗仪器就是一通乱砸。

见诊室已一片狼藉，医生及其他病人惊叫着四散奔逃，老主任也夺路而走。闹事患者却大声叫嚷着："想跑？没门！把老小子提拉回来！"

118

俩"医闹"奔出诊室,几步便薅住老主任后衣领,挥拳头正要打,胳膊却被一年轻小伙儿摽住:"你们骂也骂了,砸也砸了,还要怎样?"

　　"职业医闹"多是些闲散人员,地痞流氓成性。看有人敢出面挡横儿,便来了浑劲儿,撇下老主任,回手朝年轻小伙儿打去。小伙儿侧身一避,顺势松开对方胳膊,"医闹"站立不稳,摔了个四仰八叉。

　　另一"医闹"抢着板凳照小伙儿背后砸来。小伙儿闪躲不及,被凳腿扫到左臂。这下小伙儿也恼了,扬脚踹向"医闹"肚子,之后又跟进一拳,将其掀翻在地。闹事患者拎起拐杖想加入战团,见小伙儿又高又壮,没敢贸然出手。

　　正在这时,医院保安赶到,与小伙儿一道控制住俩"医闹",同时拨打了110。闹事患者却不依不饶:"告诉你们,医院不赔钱,咱就没完!别说报警,法院我都不怕!"

　　之后,经过民事调停,闹事患者同意要价折半,砸坏的财物则由医院自行负担。

　　这种结果把林庭妈气得嘴唇直抖:"医生也是公民,凭什么随便对我们进行人身攻击?王主任可是大好人,在旁边说句公道话,就被打个鼻青脸肿。要没那位热心小伙儿拔刀相助,还不知啥结果。当时太乱,也没顾上问小伙儿姓名。我听同事说,那小伙儿就是你们体工大队的。"

　　"真的?那我回去帮着打听打听。"

　　"我同事还说,那小伙子又高又帅,要真是你们那儿的,妈妈特想认识认识。"

　　林庭没往下接茬儿,却没来由地联想到那个何钊。

　　第二天早饭时,林庭有意吃得很慢,还未见着何钊,却等来了雷领队。他径直凑过来,低声对林庭说:"知道在你妈单位勇斗'医闹'的是谁吗?何钊啊。"

　　林庭假装不相信:"真的假的?"

"真不骗你。昨天上午,有队员在训练中摔伤,怕发生骨折,何钊与队医带他到骨科医院拍 X 光片,刚巧碰上那场乱子。'医闹'正要大打出手,何钊挺身而出,为此左臂还挨了一板凳。白天不觉怎样,到晚上伤处出现水肿,疼得不行。后经检查,骨头没事,软组织却有严重挫伤。"

二人正说时,何钊同另两名田径教练走进食堂,左臂还缠着绷带。林庭远远望着,有心过去问候,但周围人多眼杂,自己又没想好怎么措辞,只得作罢。

上午训练时,林庭不是发呆就是走神,大家都觉得她有些反常。午间休息时,陆鸣问询究竟。林庭只推托近来睡眠不好,随后请了半天假。

返回单人宿舍,林庭还在翻来覆去。比起先前那些男友,何钊要优秀许多,但他俩并无往来,直不棱登去找人家是否太过唐突?但她转念一想,大胆追求幸福有何不可?纵使成不了男女朋友,自己至少争取过。

28

主意已定,做事向来嘎嘣脆的林庭立刻付诸行动。等田径队训练一结束,她就掐好时间来到食堂,很自然地排在何钊身后,并热情招呼道:"嗨,你好!'光棍节'那天,我听过你的歌,K 王,真的特别棒!"

见林庭主动搭讪,何钊立时想起雷领队说过的那番话,心中慌乱,一时不知怎么回话,只得不好意思地点了下头。

没聊两句已来到售饭窗口,各自选定几样主副食。何钊单手拿托盘,十分不便,林庭替他将汤碗端到餐桌,就势在对面坐了下来。

何钊不敢多看,只嘴里连声称谢。

林庭道:"都是同事,别客气。要说谢,骨科医院该给你送感谢信。"

"我实在看不惯他们行凶打人,没想别的。但这事,你是怎么知道的?"

"巧了,我妈就在那家医院工作。"林庭话锋一转,"你这么爱助人为乐,能否帮我个忙?"见何钊略显踌躇,她紧跟着道,"不是啥为难事。我快退役了,怕到时候无聊,想请你教我弹吉他,地点都选好了,不会不给面子吧?"

看出林庭有意亲近自己,何钊很怵头,本想婉言回绝,但对方的口气不容回旋,只得先答应。

待何钊左臂基本伤愈,林庭便把他带到礼堂后身的休息厅。除有会议或演出,这里平日大多闲置。林庭当真买了把高档的电吉他,还配齐了音箱和沙声器。瞧她那副郑重其事的认真样儿,何钊自然不敢怠慢。

老师卖力教,学生用心学,没几天林庭就能对照乐谱独立完成一两段简单演奏了。林庭学吉他的兴致越来越浓,何钊教着也越发带劲,同时对脑瓜灵、悟性极高又没架子的林庭渐生好感。但他仍然过于拘谨,以致所有的话题都没跳出弹琴,学完后二人就各回各的宿舍。

为感谢老师,林庭几次邀何钊去喝咖啡,都被他找各种托词推掉了。林庭不想再这么耗下去,她抬手关掉电源:"不练啦!咱们干脆挑明吧。我知道你怕我眼光高、太挑剔,担心将来有始无终。听我把话说完,是否有必要继续下去由你决定。"而后林庭便一一讲述了过去,连同与周浩民的那段旧情也未加保留。

想不到,林庭敢如此敞开心扉,看来她很信任自己。何钊被深深打动,他再没理由拒绝眼前的这份真挚与坦诚。自此,二人开始像伴侣那样相处。因为都为爱所伤,也就更加珍惜彼此。直至元旦晚会合唱一曲《千里之外》,他俩的关系才彻底公开,立时成为体工大队的爆炸性新闻。人们众说纷纭，津海女排教练组成员也对此事各抒己见。

领队徐国祥不解道："堂堂一个奥运冠军，林庭也太不拿自己当回事了。"

李和平道："那小子颜值高呀，现在不就兴女才男貌吗？"

陆鸣打断李和平的话："二位真扯淡！当初，令狐冲在江湖上也声名低微，还是个病秧子，任盈盈为何就喜欢？那位大小姐看上的是他重情义、敢担当。凡有此两种美德的男人，请问，纵使全天下第一好的女人，值不值得为之托付终身？"

就在林庭与何钏相互敞开心扉之时，名帅郎指导率领初涉体育圈的永太女排一路过关斩将，夺得甲B冠军。接下来的看点就是，永太女排升入甲A后，一旦与上届冠军津海女排相逢决赛，是津海女排再续辉煌，还是国内首家企业俱乐部创造奇迹？逢此中国排坛破天荒的新闻大事，一路追踪的全国排球迷及众家媒体也不错眼珠地聚焦于此。

近年来，中国女排正处于历史低迷期，永太地产斥资两千万元，注册成立了全部由企业主管经营的排球俱乐部，并毅然以百万年薪从美国请回郎指导，由其指定引进诸多优秀内外援。这种采取自负盈亏、自主生存、自我发展的新模式，表面看是企业横向开拓体育经济领域，实则不但提高了国内联赛的关注度，更强劲扶持了在低谷中徘徊的中国女排。

作为中国排坛依照国际职业化标准运作的俱乐部，永太女排自成立之初便与省排协脱钩，独立负责教练员、运动员、训练场地事宜，且不用参加全运会。

津海队在主教练陆鸣带队下首次出征，与永太队客场交锋惨遭零封。陆鸣抖着手有些发晕，一边召集教练组商议对策，一边请章志强参会指导。

122

经数月将养,章志强头痛病已基本痊愈,现被局里委任为体工大队副大队长,分管排球工作。听陆鸣打电话时仍"章指、章指"地叫着,再次来到那间小会议室,章志强面对熟悉的环境、熟悉的同事,心里别有一番滋味。

既然不在其位,就不便过多干预教练组工作。待大家各自谈了想法,章志强只简单补充了两条个人意见。

会议一结束,陆鸣快步撵上来,恳挚地对章志强道:"章指,现在虽身份有变,您千万别有顾忌,发现什么问题可得敞开说,我一定虚心听取。"

"赛前部署做得挺好,我确实没啥可说的。只是觉得你自己就信心不足。"

"没错!"陆鸣笑道,"面对大名鼎鼎的'铁榔头',能不犯嘀咕吗?郎指导的执教水平和国际化视野自不必说,人家手里还有钱,可不受限制地任意挑选内外援。国家女排原队长、世界级二传马昆都给搬来了,还有一批攻守技术全面的外援,咱国内无人能及。"

"其他俱乐部也都这样搞,国内女排整体水平准能上一个台阶。"说到这儿,章志强由衷感慨,"在国家女排的这段时间,我发现国外女排基层梯队是正金字塔,好几千支大学队伍、好几十家俱乐部为国家队输送人才,而我们的梯队建设是倒金字塔,所谓精英都在国家队,从地方队到各体校,越往下看越没人。"

"此问题根源何在?"陆鸣问。

"原因很多。最老生常谈的是联赛职业化程度不够。"章志强加重语气说,"在全运金牌战略大背景下,联赛岂能真正职业化?"

陆鸣点点头:"可不,全运会要求参赛选手须有本省市户籍,地方领导担心引援多了,本地球员得不到锻炼,全运会上吃大亏。"

"还有,赞助商只负责掏钱,对俱乐部管理没多少话语权,谁还有投资热情?女排队员薪金一向没有足球、篮球高,加之球市一年不如一年,原先还有赢球奖金,现在这个也没了,你让谁有积极性去打球、苦练基本功?

"没有比较就没有伤害呀!比起永太老总一掷千金的大手笔,再看咱那东家富丽亨,赞助费都快拿不出来了。"

章志强能理解陆鸣的不平衡,自 2008 年全球经济危机以来,富丽亨公司效益越来越差,几乎到了停产边缘。这种现状令他深感忧虑:"明年,富丽亨十有八九不会续约,必须抓紧找下家,别到时措手不及,再让球队闹钱荒。"

"不扯这些了。"陆鸣拉回话头,"您觉得这次决赛,咱有几成胜算?"

"至少六成吧。永太队虽兵强马壮,可组队时间短,球员欠磨合,年龄也普遍偏大,像马昆这种级别的二传手,之前并没打过国内联赛。只要充分发挥咱多年打决赛的经验和年轻队员体能优势,赢球不是没可能。关键是有无争胜的信心和决心!"

这番话很提气。回到队上,为让有伤病的队员缓解一下疲惫,陆鸣在赛前放了林庭、倪鹃、陈静姝等人半天假。而这短暂的休息实在难得,几位主力就像打了强心剂,主场首轮第一局一传成功率竟达到了惊人的99%。之后几人越战越勇,陈静姝二传更分配得多变灵活,场上多点开花。尹倩、梁胜男分别夺得 10 分和 9 分,临时替补的林庭也得了 5 分,津海女排直落三局拿下比赛。

赛后,郎指导也称赞说:"津海队的拦网防守就像长了眼睛,我们打到哪儿,她们拦到哪儿。对手发挥得如此出色,我们每个环节都受到限制,完全放不开手脚。"

但随后客场的比赛却异常艰苦,两仗皆打满五局才见分晓。津海队先负后胜,凭总场分 2∶1 笑到最后。这样一来,津海队不仅成为继沪上队之后第二支获联赛五连冠的球队,更使本队联赛冠军旗帜增加至八面。陆鸣荣获了本赛季"最佳教练"称号,把他激动得热泪盈眶。

29

球队凯旋那天,何钊特意赶到机场接林庭。看着两人的亲热劲儿,大伙儿认定:庭姐这次总算修成正果了。

一回到林家,为给林庭接风洗尘,何钊大展厨艺。他手脚麻利,不大工夫,冷热十几样菜看便端上了餐桌。"尝尝,也不知味儿好坏?"何钊搓着双手问。

"能做这么一大桌就了不起。来,坐下一起动筷!"林旭东呵呵笑着。

对闺女自己找的这位男友,林家老两口相当看好,遂直截了当地问林庭:"难得你们这样投脾气,又都老大不小的了,后面有何打算?"

林庭回答得更干脆:"回来的路上我们商量妥了,'520'那天就去登记。"

没想到,女儿的终身大事解决得如此痛快称意,老两口甭提有多开心。

虽说林、何二人的关系已非秘密,但订婚的事仍在体工大队引起了轰动。缘分这东西真叫神奇,眨眼工夫,这对大龄男女便找到了自己的另一半。

对此,红娘雷领队更是感触颇深:"老天爷最会搞平衡,前边给你关扇门,后边又给你开扇窗。过去所吃的苦再多,之后也会幸福甜蜜地给你找补回来。"

登记后,还得装修新房、购置家具、筹备婚礼,再快也要小半年,经来回盘算,二人把婚期定在十一国庆节。

越临近正日子越忙碌,9月29日这天,两人忙得脚不沾地,待一切收拾停当,已是晚上九点。用微波炉加热了中午剩的半张比萨,两人懒懒地倚着客厅长沙发，边吃饭边随手打开电视。

"快看中央一台！"林庭忽地想起，今晚要发射天宫一号，这可是我国自主研制的首个载人空间试验平台，从此中国人在太空上也拥有了属于自己的空间站。

何钊调到央视时，搭载天宫一号的长征火箭已顺利升空，目标飞行器即将进入预定轨道。

"只顾瞎忙活了，差点儿错过这一重大历史时刻。"林庭道。

看着指挥控制中心科学家们欢呼雀跃的样子，两人当晚的话题，自然全围绕着航空航天。

"杨利伟那次是神舟五号吧？"何钊说。

"对！再过些天，要跟天宫一号对接的就是神舟八号了。"林庭说。

"咱们国家能叫上名的航天人就那么几位，这背后不知有多少无名英雄。"

说话时，天宫一号系统总指挥开始接受采访，他向记者依次介绍各分支系统的负责人和单机设计师。林庭愕然呆住，手中的比萨也陡然滑落。

"怎么了？"何钊吓得不轻，以为林庭劳累过度突发急病。

林庭抬手指向屏幕，已是泪光莹莹："我说好端端的，怎么就人间蒸发了呢？那个最年轻的设计师，就是我对你说过的周浩民。"

林庭全明白了，难怪从周浩民父母那里问不出其下落，从事国家顶级航天科技行业的人，行踪必须绝对保密。若非天宫一号成功发射，周浩民恐怕还没机会露面。

"上学时，老师都说他将来一定有出息，果然。"

听林庭这样叨念，何钊在旁甚为尴尬。林庭见他那副窘态，转而笑起来："瞧你，我跟周浩民的事已是过去时了，人家对我并没那个意思。刚才实在太突然，我反应过激，别多想啊！"

何钊频频颔首:"以前只是听你描述过,没亲眼得见。现在我特能理解,这周浩民果真了不起。"

"他再优秀,也看不见摸不着。"

"人家是高端人才,即使远在天边——"

"乱讲! 现在,我这里,没人比得过你!"林庭指着自己的心,满眼爱意。

自当年周浩民出国留学后,林庭就再未与之有过联系,还一度以为其拿到绿卡不想回国呢。时隔多年,如今得知真相,仅仅一时间的震惊,林庭很快就为周浩民高兴起来,他到底圆了自己的梦,成为国家有用的科技精英。

十一国庆节举行完婚礼,林、何开始独立生活。因对津海女排感情至深,林庭仍舍不得退役,何钊表示支持,主动承担了大部分家务。二人世界、妇唱夫随的小日子,引来队友们一片艳羡声。

"有责任感的男人才最值得信赖。"童妍借此敲打起自己的男友,"像军哥、钊哥这样懂得疼老婆的榜样,你可得好好学习。"

"别老长他人威风行不行? 再者,就算我脑袋被门挤了,放胆儿慢待阁下,就是一次,你老爸也得拿关刀把我劈了。"

一句话逗得童妍咯咯直笑。

男友转而道:"你现在的伤病比庭姐还严重,小心别发展到谭晓岚、南亚芳那种地步,你不如借此机会退役得了。"

童妍登时敛住笑容,心情复杂。

谭晓岚、南亚芳和自己都是球队主力副攻,平日里超大训练量致使大家过早地伤病缠身。谭晓岚伤退时,自己只有十八岁,与之交集并不多。而南亚芳却不同,二人并肩作战六年有余,共同把全国联赛、全国锦标赛、全运会乃至亚俱杯冠军拿到了手。南亚芳还在国青队担任过队长,但受膝伤拖累,先后动过三次手术,终与国家队失之交臂。去年联赛,她拖着伤腿愣是坚持到最终夺冠,之后才入院手术。在对双膝髌骨进行清理时,医生从中取出二十多块游离碎骨。

二十多块碎骨呀,都是从膝盖上掉下来的,放在手心满满一大捧。就算钢铸铁打的人也难以承受!无奈,南亚芳只得退役。

双膝能正常行走后,南亚芳便步入了婚姻殿堂,童妍自然要随队友前去观礼。婚庆仪式上,南亚芳老爸拿出一个精心包装过的笔记本,作为礼物送给女儿。其中记录着南亚芳退役前的每场比赛,是其整个运动生涯的缩影。都说父爱如山,这个笔记本记录下的点点滴滴,无不体现着父亲对女儿深沉的爱。捧着这份特殊的礼物,南亚芳紧紧搂住父亲,在场所有人都泪花闪闪……

因正在漳州参加国家队集训,陈静姝无法亲临婚礼现场道贺,她一大早便发了微博:"真不舍得你结婚!时间过得好快,感觉昨天我们还在一起疯玩,在一起训练。遗憾不能现场见证你最美的时刻。现在,单身队伍里只剩我一个人啦,嘻嘻!衷心祝你幸福快乐!"

童妍见罢忙在后跟帖:"谁说只剩你一人,我呢?"

陈静姝回复:"你已名花有主,还敢矫情!"

随后便引得队里九〇后们跟帖起哄:"别灰心!老大难庭姐都花落有家了,待你脱离苦海之日,别忘了请我们吃喜糖!"

"一群小屁孩儿,不许跟陈队耍贫嘴!"童妍拿起老腔来。

说别人小屁孩儿,童妍自己才刚二十三岁。她清楚已无希望进入国家队,继续留在津海队又没啥发展,顶多再坚持一个赛季,等拿下六连冠就功成身退。

但想拿下六连冠谈何容易,永太女排还憋着劲儿准备一雪前耻呢。"铁榔头"所带领的这支队伍不但高手云集,主攻线上,除了扬名欧洲赛场的意大利骁将科斯塔格兰德外,还起用了归隐多年的"大鸟"张依娜。

因内援昔日大都败给过津海队,永太队组队之初就被球迷戏称为"复仇者联盟"。

虽说上赛季津海队涉险夺冠,此番对手争冠的强烈欲望还是让陆鸣丝毫不敢大意。训练不断加码,比章志强执教时还有过之而无不及。陆鸣是位有着侠客情结的主帅,业务过硬也肯吃苦,情绪却极不稳定。上次决赛对阵永太队的第二轮,他多次不满裁判判罚,赛后对媒体大发一通微词,幸被林庭、倪鹃二人及时劝阻住。

主帅不冷静,两地球迷间也起了冲突。主客场均有观众恶语相向,往场内投掷杂物,进而大打出手。客场时,保安非但不制止,还有意拉偏架,致使场面愈加混乱。津海队队员气不过,吕萌愤然冲上看台保护家乡球迷,引来"女排球迷吧"无数点赞,加封吕萌为"侠女"。

大侠教练带出了侠女队员,其行为虽豪侠仗义,却有违赛场规矩。有道是人红是非多,八冠王本就是众矢之的,但凡闹出点儿事必授人以柄。外埠媒体趁机群起攻之,指责津海女排锱铢必较、狭隘小气。负面影响引起国家排协重视,经再三权衡,决定取消两地"最佳赛区"的评选资格,且一并进行通报批评。

30

虽说球队球员没被处罚,但陆鸣初执教便出了这等麻烦,倘若本赛季负于永太队,就算体育总局不说什么,自己球迷这关也不好过。

反复据配着手中的牌,陆鸣觉得今年刚升入一队的年轻队员尚不成熟,林庭、倪鹃等老将也不复当年之勇,除梁胜男几个主力外,最令他放心的就是二传。少年老成的陈静姝及去年一鸣惊人的来响,已双双成为国家队的核心成员。而像津海队这样以防反见长的球队,凭借二传的穿针引线,加上坚实的后防,还能同永太队掰掰手腕。

陆鸣想罢,便招呼教练组开会,再次强调了自己的看法,只要打出自身风格特点就行。

这话听着没毛病,章志强却不太赞成,会后刻意提醒陆鸣:"当初在国家队做陪打时,我也辅佐过郎指导。她睿智练达,不会被同一块石头绊倒两次。所以你还是多准备些预案,以应对临场各种情况。"

"再怎么应对,也就这堆儿这块儿了。明摆着,就咱这几位边攻,'梁大锤'一米八四,'豆豆'一米八二,吕萌一米七九,不打副攻快球,能怎么办?"

陆鸣说的也是事实,这让章志强想到青少队那批外地招来的娃娃兵,自身条件好,基本功扎实,就是年纪尚小。看来非得等她们立起个儿,津海女排才能有质变。

队伍新老交替之际,成绩出现下滑原属正常,可社会舆论又铺天盖地要求赢球。这种超出负荷的压力不知击垮过多少教练,致使陆鸣也不敢放开手脚,每场比赛想赢怕输,结果适得其反。新赛季,津海女排胜少负多,勉强晋级。各方质疑声不断,个别球迷直接在看台上高声叫喊"陆鸣下课"。

球队糟糕的表现让陆鸣始料未及。他心情沉重道:"作为主教练就要承担失败的责任。但球队困难之时更需要大家的理解,如果我'下课'就能使问题得以化解,我会选择离开。"

第二阶段,津海队与永太队正面碰撞。在盾与矛的较量中,津海队防线一再被攻破,主客场均大败。最后一场郎指导也没给陆鸣任何翻盘机会,永太队来了个3:0。津海队耻辱败北,引来本土球迷海啸般声讨,即使随后拼下军旅队,获得联赛季军,依旧无法平息众怒。

陆鸣眼下的处境,章志强感同身受。他不住地好言开导:"球迷怎么说,谁也拦不住,可你不能往心里去。输球又不是世界末日,以往津海队不知有过多少次沉沉浮浮,我不就曾经败给过辽沈队?"

徐国祥等好友也尽力劝慰，但陆鸣仍意志消沉。

见此，林庭觉得应该先压制一下甚嚣尘上的"下课"声，于是她叫上与球迷关系亲密的倪鹃，姐儿俩一道赶往球迷总会。

不巧的是梁季兴外出不在，却碰上了小山子，倪鹃同他说话更直来直去："你们嘴下留点儿德。去年陆指带队夺冠，你们把他夸得跟朵花儿似的；这才输几场球，又给骂得一无是处。咋翻脸比翻书还快？"

林庭接着道："怎就不能宽容点儿？陆指已经尽力了，现在队里多半是九〇后，要磨合到最佳状态，总得给点儿时间吧。"

闻此，小山子摆手道："不是球迷不宽容，夺不夺冠先搁一边，关键是，大伙儿去年跟永太队打得跟热窑似的，今年居然让人家连虐四轮。知道外地球迷都怎么说吗？说津海队连决胜局都打不进，还'无逆转，不津海队'，那破招牌趁早摘了算了！"

倪鹃道："照你这么说，我们这些做球员的也是罪责难逃啦？"

"不怨你们。一将无能，累死三军，没那金刚钻儿，脾气还不小。"

小山子作为球迷代表，看法多少有些偏激。林庭不想跟他再掰扯："不能一输球教练就成罪人，更不能一棍子把人打死，否则，以后谁还敢接这个班？"

"二位也别这么急赤白脸的，球迷的呼声再高也是白瞎。主帅的去留，说出大天来也得由体育局定夺。"

这话不假，外界舆论并非主流，不过推波助澜而已，上面的态度才至关重要。而更换球队主帅之事非同小可，慎重起见，体育局也未轻易做出裁决。不料陆鸣本人却主动放弃了，他在辞职信上诚恳写道："通过与永太队等高手几度过招，切实认识到自身还存在巨大不足，如有机会出去开阔眼界，多向世界先进水平取经，以后再回来执教才有底气。"

鉴于此，体育局领导只好接受陆鸣的请求，同意他赴美国进修。

2012 年是古玛雅历法的终结年份,网上遂有人大肆妄传,这一年极可能是世界末日。对此无稽之谈,大家自然嗤之以鼻,但津海女排联赛冠军丢了,主教练辞职了,紧接着,赞助商富丽亨又提出解约,流年不利也是事实。

说起来,富丽亨公司中途解约也属无奈。作为世界最大的轮胎制造厂商之一,该公司在中国的发展曾一度顺风顺水。2008 年全球爆发金融危机,受其波及,富丽亨公司遭受重创。

当初曾为球队拉下赞助的徐国祥叹惋道:"怎么又赶上了经济危机?1998 年那次秀水轮胎跑了,这回富丽亨轮胎也没留住。"

眼见球队再次断了资金来源,梁胜男忽发奇想:既然三叔能组建球迷总会,何不让老爸出资赞助津海女排呢?

这两年,梁胜男不但成为津海队绝对主力,更代表国家队先后夺取亚运会、亚锦赛冠军以及世界杯季军,令梁伯成倍感光彩。比照那个坐享其成又自作聪明的儿子,他不得不承认闺女要优秀得多。梁伯成特意买了一部最新款的手机送给女儿,作为她的生日礼物。

这天,梁胜男回到家便将自己的想法对父亲和盘托出。梁伯成听罢微微摇头:"咱家虽有俩糟钱,跟人家永太地产相比,不过九牛一毛。"

"再怎么地,一年百八十万您也拿得出,就当做广告了呗!津海女排在国内有多大影响力? 给我们投资,您绝对划算。"

"不全是钱的事,你们这样的金牌球队,体育局不会放手给私企。"后边有些话,梁伯成不便对女儿明说,津海女排归根结底属于体制内的球队,即使自己花了钱,也无法像永太地产那样掌握经营运作权。所以,干脆不染这一水。

"那球队赞助费咋办?"

"用不着你瞎操心,女排是咱津海的名片,市里向来高度重视,不会瞪眼看着你们断奶的。"

梁伯成城府多深,一眼就看到问题的本质。津海女排始终在市政府的直接关怀之下,凌副市长虽已改任市人大常委会副主任,仍时刻挂念着球队发展。听闻富丽亨要终止合作,他当即跑到市政府,找到现任主管体育的副市长,催促其赶快想办法,后者也正积极物色合适的下家。

新领导班子的想法,是要借此契机让本地国企来做赞助商。津海是直辖市,又是北方工商业重镇,下属大企业着实不少,但出资赞助这事,最好能你情我愿,别搞成硬性摊派。凌副主任虽觉此言在理,可也真替女排着急,万一等 6 月底合同到期还没有接盘的,那可咋办?

正焦灼之际,秘书递上封邀请函:本周末,北滨银行西河分行举行揭牌仪式。见此,凌副主任不禁眼前一亮。

31

刚来市人大就任时,凌副主任曾牵头处理了一批代表提案。其中有几位从事经济工作的代表联名建议:全力打造解放路金融街。市里对此提案相当重视。

早在清朝末期,中街(解放路旧称)便凭借临近车站、码头,又是租界的地理优势,成为外国金融家虎视眈眈的一块肥肉。1882 年英国汇丰银行率先在这里破土兴建,法、德、意、日、俄紧随其后,开设了华俄道胜银行、麦加利银行、正金银行、中法工商银行等,由此解放路逐渐成为外国银行的集中地,操纵着津海乃至中国北部的金融业,被誉为"东方华尔街"。如今要将津海提升为世界级大城市,理当将此传统优势发扬光大。

于是,凌副主任等人大领导与市政府积极携手,在数年内吸引数十家中外银行在津海落户或增加注资。其中北滨银行作为第一家在发起设立阶段就引入境外战略投资者的中资商业银行,也是首个将总部设立于津海的全国性股份制银行，从发起到设立，都得到了市人大的鼎力支持，所以凡有庆典活动，都要诚邀人大领导出席。

是日，揭牌仪式前，一众领导与嘉宾先在楼上会议室就座。闲谈之际，秘书来到凌副主任身边耳语两句。凌副主任脸上勃然变色，蓦地说了句："不像话！告诉他们，我坚决反对！"

在旁的北滨银行行长不明就里，抽空询问凌副主任方才因何发火。

"还不是为女排的事。当初我主管体育，就反复强调应该让国企来做赞助，可惜人家日企先下手为强了。今年富丽亨合同到期了，史克制药又要硬插进来。所以我明确表态绝对不成，必须把机会留给自己人。"

此话触动了北滨银行行长的神经。通常来讲，银行不像实体企业那样容易做广告，而北滨银行建立不久，正需要对外大力宣传，如能给津海女排这支金牌球队冠名，既可扩大影响力，亦可塑造企业良好形象，岂非事半功倍？想到此，北滨银行行长忙主动向凌副主任表示，北滨银行愿做女排的赞助商，且出资也会超过史克制药。

北滨银行行长所言正中凌副主任下怀，他欣然道："那太好了！我负责帮你们去跟体育局联络。"后者连声致谢。

经凌副主任巧妙运作，北滨银行很快签下合作协议，承接了津海女排的赞助事宜，此后球队便冠名为津海市北滨银行女排俱乐部。

赞助问题得以解决，主教练由谁来出任？

目前球队上下正被联赛败北的阴影所笼罩，此时如把控失当，漫说打翻身仗，弄不好就会由此走向下坡路，当初军旅队、辽沈队不都这样没落的？担纲主帅之人，必须在能力、威望、作风方面足以服众，才能稳定大局。体育局和体工大队经综合考量，一致认定只有章志强最合适。

征求本人意见时，章志强果然有所顾虑。前年从国家队退下来时，陆鸣就提出让位。为给他吃定心丸，章志强当众表态，今后绝不再做主教练。言犹在耳，怎好拉抽屉，那样岂不成了恋栈帅位、心口不一之人？

"我已两进两出了,该换个新人掌舵,津海女排需要新气象。"

"你说的话是真心话,可仓促间,让体育局找谁去?"领队徐国祥说,"我跟和平打打下手还行,段军落脚国青队了,赵亮带着二队。到外地聘请教练,现实吗?咱女排可是八冠王,除非把'铁榔头'搬来,否则谁压得住茬?为球队前途着想,就别有明哲保身的念想。"

章志强点点头,看来必须三度临危受命了。这两年章志强虽未亲临一线执教,但在体工大队分管排球工作,对球队情况洞若观火,很清楚眼下首要任务是训练新兵。

于是接任当天,章志强即做出安排,要与徐国祥、李和平手把手调教那些九〇后,让林庭、倪鹃两位老将协助陪打,与几名主力对练。结果,他发现常规训练还好办,一搞模拟对抗就折手了。两位主力二传都在漳州集训,只剩下1992年出生的替补陶梦,要想拼出两套阵容,还得从青少队调人。没办法,今年是奥运年,地方队必须给国家队让路。

令人高兴的是,出征伦敦奥运会的大名单里,陈静姝和来响双双入围,国家女排二传位置被同一地区选手包揽,这在女排史上也属罕见。无怪外地球迷仰天长叹:"津海队出二传啊,个个还都是一流!"

正因为北京奥运会成就非凡,此番中国体育代表团能否在海外延续辉煌,也就越发引人注目。但遗憾的是,我国三大球仅女排、男女篮拿到伦敦奥运会入场券,而这三项中最有望冲击奖牌的女排近期始终状态不佳,成绩低迷。

主力二传兼队长陈静姝,心理负担并不亚于主教练文建宇。作为运动员,她出道早,成名也早,二十四岁就以国手身份第二次参加奥运会。可当打之年偏赶上中国女排低谷期,要想创造师姐林庭、孙红雁、谭晓岚那样的成就,近乎痴心妄想。尤其她有严重腰伤,能否坚持到下个奥运周期都不好说。她认为只有抓住眼前,竭力死拼,才算对得起自己,哪怕像北京奥运会那样保住铜牌也好。

然而，奥运会比赛每场都是顶级较量，中国队姑娘拼尽全力，小组赛涉险过关。八进四时对手乃实力相对较弱的日本队，四强貌似虚位以待。谁承想，那个血拼厮杀的晚上，中国队非但没能打赢日本队，反将此战演绎为自己此后数年挥之不去的梦魇。

赛前，老辣诡诈的日本队主帅真锅政义已找到中国队漏洞，并极有针对性地做了充分准备。他决定先以鳔胶战死死迟滞对方进攻，待其主攻精疲力竭，再不断发动偷袭，搅乱对手薄弱的后防线，直至把中国队耗到崩溃。

此招果然奏效，比赛伊始双方便进入胶着状态，日本队拦防严密，中国队攻势屡屡受挫。主教练文建宇本打算速战速决，便可劲儿催促加强进攻，以致队员体能过早消耗。见中国队久攻不下后队员越发急躁，日本队攻手并不发力重扣，而是伺机连射冷箭。中国队这边防不起拦不住，让对面几个日本队队员耍得团团转，瞪眼丢分却毫无办法。26：28，中国队憋屈地输掉首局。

本届奥运会女排赛，央视特别请来郎指导担任解说嘉宾。眼见中国队处处被动，她已预感到，比赛这样打下去，中国队的结局将大为不妙。郎指导再着急也是鞭长莫及，此后中国队并没调整进攻战术，只一门心思想硬吃对手。结果，有伤在身的穆亦蕾先被累劈，既跳不高又扣不死。4号位明明已经哑火，主教练文建宇仍然依赖"巨雷"，明明替补席上还坐着急得直搓手的齐茹蕙，可他就是不肯换人。郎指导心中暗道：文教练怎就不知随机应变呢？这么傻打傻拼，迟早被人家活活拖垮。

不单转播席上的郎指导焦灼万分，电视机前就是不大懂球的观众也已控制不住情绪，擂胸捶腿开始各种骂。文建宇是在中国队内忧外患之际担纲主教练重任的，可谓忠勇可嘉。然而受限于资历和能力，他指导国际赛事明显捉襟见肘。

136

越往后打,穆亦蕾身体越沉,失误越多,遭对方卡轮不能帮球队尽快渡轮,还牵制了其他球员。此时按说应该将这颗发潮的"巨雷"换下,由陈静姝组织队友高快结合,打乱对手节奏,局势还有望扭转。但文教练偏认准了 4 号位,后两局甚至派上两名自由人来为穆亦蕾保驾,多一个自由人势必少一个攻击点,多点进攻便打不起来。中国队在己方高度、力度完全占优的情况下,就是硬吃不下对手。日本队则凭借巧妙袭击占尽便宜,仅木村纱织和江畑幸子就夺得 66 分。

郎指导实在看不下去了,忍不住气道:"比分一过 20 就拿不住,总让人家反败为胜。都拼四局了,脑子还没转过弯儿来!"

决胜局,文教练照方抓药,仍延续之前的呆板打法,瞪眼看着取胜机会一次次从手边溜走,最终 16∶18 再次被日本队逆转,中国队彻底与奖牌无缘。赛后央视主持人请郎指导对本场比赛做些点评,但此时的郎指导已声音哽咽,一句话也说不出来。

32

在此之前,中国女排也经历过数次失败,却极少有叫人如此蒙羞的蠢败。四年的奥运周期就这样葬送了,许多球员的运动生涯也由此终结。姑娘们心如刀绞,队长陈静姝最为难受,抱住队友泣不成声。

日本队得意扬扬胜过中国队后,又击败韩国队,时隔二十八年再次夺得奥运会铜牌。中国队只能同另外几支冲四未果的球队并列第五名,单项奖也颗粒无收。中国队一时又被置于风口浪尖。

广大球迷愤怒至极,将所有难听的话都甩给了文教练。更有偏激的人将比赛输赢政治化,称这当口遭日本队羞辱就是国耻,昏聩无能的主帅必须立马撤下。

因伦敦奥运周期内三次换帅，中国排协饱受外界诟病，对此敏感问题已变得慎之又慎，认为在没确定合适人选前，暂时还让文建宇留任，至少得打完 9 月的亚洲杯再说。

而本年度亚洲杯上，在奥运赛场超额完成任务的日韩两队，雪藏起大部分主力。这种情况下，中国队夺冠本该如探囊取物，哪知又撞上了泰国队。这支连奥运资格都没拿到的球队，竟以 3∶1 将中国队掀翻在地。

算上此役，中国队两年来已三次输给泰国队，再别说什么爆冷，中国队技不如人已是不争的事实。以中国队的现状，对抗欧美强队连想都别想，即使面对亚洲的韩国队、日本队、泰国队，也不敢轻言取胜。

如果说，兵败伦敦是失街亭，丢掉亚洲杯则是走麦城。外媒直言："中国女排业已彻底堕落，不仅退出了世界一流行列，在亚洲也失去了统治地位。"

赛后，文建宇执意表示卸任，他话语不大连贯："从事排球四十多年，虽说兢兢业业，但我的精力、体力都难堪大任，所以选择退居二线，今后肯定不会再担任主教练，不论国家队还是地方队。"

丢下一地鸡毛和更烂的烫手山芋，文建宇黯然离去了。中国女排曾是中国体坛乃至整个新时代的精神脊梁，如今竟跌落至无人接盘的窘境。2012 年世界末日并未到来，中国女排却陷入至暗时刻。

热爱女排的人皆为此痛心疾首，传统媒体和自媒体也纷纷进行讨论和反思。央视体育频道技术流解说高航在其微博上尖锐指出："女排迅速从一流滑落，原因在于各个环节都不行。金牌至上锦标主义、群众基础薄弱、市场价值近乎零、输赢压力大、青少年人才少、专业排球圈封闭保守，等等。总之，排球的生存环境相当恶劣，强调某个教练的不足无助于解决问题。多数人的眼睛只盯着国家队，将国家队变成一座空中楼阁。其实以竞技体育的规律，高峰之后必有低谷，只是早晚、长短之别。再想出成绩，就要等待天才和机遇的双双降临。"

中国女排泥足深陷,尚不知何时脱困,津海女排则在章志强带领下迎来了新转机,球队六战六捷夺得第十三届亚俱杯冠军。尹倩获"最有价值球员"称号,章楠获"最佳自由人"称号,年轻副攻赵萍获"最佳拦网"称号,另外两个九〇后队员分获"最佳二传"称号和"最佳扣球"称号。

津海女排此番出师告捷,给队中新人以巨大鼓舞,意气风发的她们越发期盼着在本赛季联赛中有惊人表现。

返津后,尹倩便来找好友童妍,开玩笑地逗她道:"退早了吧?以眼下咱队的状态,准能报上届之仇,还有明年全运会——"

"我才不后悔呢。反正现在副攻位置又不缺人,我这老胳膊老腿的全柴了。津海队也好,国家队也罢,像我这样的只能打替补。"童妍不无感伤道。

"别顾影自怜了,这不,我现在跟你做伴来了。"尹倩嬉皮笑脸道。

"就算被国家队给踢出来了,你至少还当过国手,我呢,连国青队都没去过!"

尹倩一摆手:"进了国家队又咋样?没拿下'三大赛'照样白搭。竞技体育就这么残酷,就算成千上万的人去做'分母',也不见得有几个'分子'冒出头。"

童妍道:"这么一比,咱津海队球员就相当幸运了。体育局对'分母'们真不错,只要随队拿到成绩,一旦退下来,求学、工作,样样都给铺好道儿。"

尹倩连连颔首:"所以,咱们打球才没后顾之忧,越吃苦受累越有价值。如果不善待'分母','分子'肯定越来越少。"

童妍笑道:"说点儿接地气的,我年底结婚,你们甭管多忙一定得来哟!"

童妍结婚的消息一传出,"女排球迷吧"里又炸开了。童妍是球队出了名的大美女,不少粉丝把她视作梦中情人。如今梦中情人要嫁人,铁粉儿难免失魂落魄。更多球迷为之惋惜:"才二十四岁啊,干吗这么早退役结婚?"知情者解释:"都别怪了,妍姐姐够拼的了。当年客场对阵沪上队,她是吃着止疼片上的场，表现依然神勇。咱遗憾归遗憾，还是把更多祝福送给她！"随后便有铁粉儿写道："怀念你，当打时的美好时光；欣赏你，赛场上的英姿飒爽；感谢你，为津海女排的奉献付出！愿，幸福常伴你！"

看着这些深情款款的留言，童妍感动得热泪盈眶。

婚礼当天，全队上下几乎聚齐了，汪冲和梁季兴也专程前来道贺。伴娘本来想让尹倩当，尹倩一摇脑袋："我已有准老公啦，最好挑个小女童，颜值还得与你相配。"

梁胜男在旁打哈哈道："那就请咱陈大队长呗！"

"没事找事哈？"尹倩道，"静妹兵败伦敦的难受劲儿还没过去，你又去暗示人家是'明明'，讨不讨厌？"

"明明"乃网络上对单身女的戏称，男光棍则唤作"光光"，男光棍一旦名草有主便为"脱光"，单身女若名花有主就叫"失明"。

"除去陈大队长，咱这岁数的已全部'失明'。"梁胜男道。

"章楠呢？"吕萌问。

"人家也脱单啦，跟你那位一样，打篮球的，只是没对外公开。"尹倩道，"干脆找个九〇后吧！"

最终伴娘选定了小二传"胖美人"陶梦。

典礼的隆重热烈无须赘言。在随后的晚宴上，林庭、倪鹃被安排到与孙红雁等退役球员同桌。

"这是否有意暗示咱俩也该退了？"倪鹃道。

林庭道："就算退，那也得帮着章指打完翻身仗呀。"

孙红雁道："比赛永远没个头儿，拿下九冠，就想十冠。都三十出头了，还得留点儿精力生小宝宝呢。"

姐妹们正说笑时，一个穿紫红色晚礼服的女子款步近前，满脸堆笑地与众人打着招呼，且热情地自称是童妍的表姐。此人看年纪与在座几人相仿，打扮却浓妆艳抹、珠光宝气。

大伙儿都纳闷:没听童妍提起过她这位贵妇表姐呀?

表姐见大伙儿面面相觑,便刻意凑近林庭、孙红雁:"我跟两位奥运冠军渊源更深了,咱们都有个老同学——周浩民。你俩和他是初中同学,我和他是高中同学,当时,我还是石城中学的学生会秘书长呢。"

林庭霍地想起来了:"你是?"

"没错,罗爱童就是我!"

搭讪了好半天,直到与林庭互留手机号加了微信,罗爱童才笑吟吟离去。

待童妍挨桌敬完酒,换了身中式嫁衣来到球队姐妹桌前,大家向她打听起这个罗爱童,方弄清原委。

很多年前,童妍的爷爷与罗爱童的姥爷是老邻居,因恰巧同姓,两家便如亲戚般走动。后来,罗爱童母亲嫁到市区,就与住在新港的童妍家断了来往。

直至童妍当上津海女排主力,成为球队重夺联赛冠军的关键成员,罗爱童突然打来电话,主动攀起亲戚,并多次邀请童妍参加一些沙龙聚会。逐渐地,童妍悟出来,罗爱童不过是借自己的名气来向她的朋友炫耀,于是懒得搭理这位"表姐"。可罗爱童如膏药般极难甩掉,有时常常不请自到。童妍磨不开情面,尤其婚礼这种大喜的日子,就更不好将其拒之门外。

林庭心说:上学时,罗爱童不是挺要求上进的吗?还傲得不要不要的,何时变得这么市侩俗气了?

33

原来,罗爱童那年高考失利,又想上一本,于是进入津海师大。为尽快出人头地,她参加学生会,积极申请入党,毕业时更要求到师资薄弱的郊县学校工作。别人削尖脑袋往名牌中学里挤,她却极其反常地往郊县跑,大有甘当乡村教师之风范。

罗爱童的表现在社会上引起了不小轰动,接收罗爱童的敬武县中学也对其予以高度重视,她转正没多久便成了年级组长,继而担任教务处副主任,还当上了劳模。正当事业发展得顺风顺水之时,罗爱童却渐渐意识到,自己选了条大弯路走。乡镇生活无论如何也不能同城市比,起点低,就算认头苦熬十年,混上个县中学校长又如何?别再犯傻啦!

由此,罗爱童的人生发生了一百八十度的大逆转!

无论哪行哪业,若想干出点儿名堂,就得脚踏实地地付出。做教师更要甘于奉献,罗爱童却一心想着走捷径。女人嘛,干得好不如嫁得好。趁自己风韵尚存,她想抓紧捕获到称心猎物。

当年大学期间,罗爱童曾错失良机。那时学生会有个叫鲁刚的师兄,疯狂追求过她,但此人貌不出众又学识平庸,论背景不过其大伯是位处级干部。这点儿资本岂能打动罗爱童芳心?

大学毕业前夕,鲁刚大伯被破格提升为局长。而大伯膝下无儿,便对侄子格外疼爱关照。凭这层关系,鲁刚跳出教育界,开了家广告公司,很快承包下市区全部的路牌、灯箱广告,可谓日进斗金,没几年便腰缠万贯。

罗爱童得知这一情况后,真是后悔不迭,忙想方设法与鲁刚再续旧情。但鲁刚被罗爱童拒绝后,又结识了外校一位女老师,且不久就订了婚。罗爱童见此,索性破头撞金钟,大演苦情戏,哭得梨花带雨,令鲁刚起了怜香惜玉之心。他就近找了家旅馆,二人当晚便来个鱼水交欢。

第三者插足虽不光彩,罗爱童却管不了那么多,用尽手段牢牢缠住鲁刚,直到成功上位。婚后,她辞掉学校工作,专心帮老公经营公司。罗爱童的智情双商远高于鲁刚,经她打理,广告生意突飞猛进。此时,鲁刚大伯又得升迁,遂为侄子揽来更多业务,使这个夫妻店红火到一塌糊涂。

十年间,由一名乡镇教师摇身变为亿万富婆,罗爱童本应当心满意足了,可她觉得自己家世平平,在阔太太圈里还不敢尽情张狂炫耀。怎么办?在一次回娘家时,她偶然从母亲那儿获悉,津海女排名将童妍竟是其"表妹",便即刻设法挂上了钩……

"真让人不平衡!咱拼死拼活地训练、比赛,就是庭姐、红雁姐这样的奥运冠军,收入也不及罗爱童的零头!"尹倩不禁抱怨道。

孙红雁道:"别说咱一打球的,那些研制飞船、火箭的科学家也没法跟她比。"

"罗爱童算个啥? 还不全靠老公家那位当大官的亲戚。"倪鹃气道。

"就是。她几次拽我做广告代言,我都推了。刚才也跟你们加微信了吧? 赶紧拉黑,省得将来背黑锅。"童妍提醒说。

林庭不以为意:"放心,咱和那主儿压根不是一路人,不拉黑也理不着她。"

哪承想,此后罗爱童微信、电话接二连三骚扰,不是通知林庭参加聚会,就是请林庭为她的新公司当法人,甚至让林庭递个话,诚邀球队为一家运动饮品公司代言。她说:"这年头谁嫌钱扎手?在国外,广告代理是体育明星重要的收入来源。您贵为奥运冠军,更应该。"

林庭不胜其烦,心道:这种人脸真够大的,有事没事愣往你身上贴!不过帮球队广开财路倒可以考虑考虑。

翌日返回体工大队,林庭便向教练们提及此事。章志强听后直皱眉:"按西方体育经济的运营模式,球队有广告做还求之不得呢。但有一辙,咱们都在体制内,且不论广告是谁推荐的,运动饮品与那些药品、营养品无二,都是直接入口的东西,又没人严格把关,万一有人喝出毛病,津海女排的声誉必毁于一旦。"

徐国祥也道:"就是,当年杨絮代言生发水的事已闹得满城风雨,现

143

在要是冷不丁出点儿问题，球队不更被推上风口浪尖？"

闻此，章志强对林庭说："这种事一定谨慎，你给上面拟份报告，如局里不同意，广告代言就不能干。"

最终局里持否定态度，林庭立即电话谢绝了罗爱童。罗爱童颇为遗憾，末了儿还找补一句："合作嘛，日后还有的是机会。"

此后，大家再次谈及此事，林庭一笑："这位富婆沾不得！以后别让她把爪子伸进队里，别回头再给咱下了套。"

章志强点点头："津海体育是座尚未开发的富矿，不知被多少人惦记着呢。"

"时代变了，再不大力推进职业化，往后球队会很难带。"徐国祥叹了口气，"我们当运动员那会儿，人人自觉服从大局。像乒乓球队，为确保庄则栋世乒赛三连冠，李富荣、徐寅生、张燮林都给他让球，颁奖时庄则栋也说'我是代表集体来领奖'。这要搁现在简直无法想象！别说让，不该争的都争。"

大家明白徐国祥此话意有所指，眼下的津海女排确实存在某些不和谐因素。比如，自奥运会、亚洲杯相继败北后，作为国家女排队长和主力二传，陈静姝饱受责难和质疑。早对陈静姝大不服气的替补二传来响，非但不好言安慰，还带领个别小字辈队员出面挑战老将地位。年轻队员想尽早冒尖儿本属正常，但绝不能为此扰乱球队和谐，破坏大家的团结。

幸亏还有章志强这样有威望的"铁帅"坐镇辖制，内部矛盾才逐渐缓和下来。

当一年一度的联赛再次开启时，章志强率领新老搭配的队伍又一通攻城略地，径直打进决赛。

自家球队威风八面，津海球迷自然跟着抖机灵。近两年经与体育局协商，并得到《津晚报》大力支持，联赛期间凡客场比赛，球迷总会都会联手旅游局组织缴纳基本费用的铁粉儿一路追随,白天在当地游览,晚上为球队呐喊助阵。此模式广受球迷欢迎,随行队伍不断扩大。小山子当仁不让地出任啦啦队队长。遗憾的是,那些营造声势的家伙什一件也不准带入球场。

中国排协汲取主客场球迷几次冲突之教训,为加强赛场秩序,于本届联赛开始前制定出一系列新规,对主客场球迷票务安排、进场后的区域管理,以及现场球迷加油方式都提出了特别要求。其中严禁观众携带锣、鼓、镲、哨、号等乐器,以及激光棒和大面积旗帜进入场内。

确实,那些用于加油助威的乐器噪音太大,不但影响运动员临场发挥,干扰教练员正常指挥,还极易引发双方球迷的冲突。然而光凭嗓子干喊,没有热烈的现场氛围,又不利于主客场赛区球市的发展。为规避新规,梁董开动脑筋,决定打它个擦边球。他特意买来一批啦啦队专用的充气棒和拍手器,到时候,这边"梆梆梆",那边"啪啪啪",照样动静不小。

按说充气棒和拍手器已经可以了,但小山子还是觉着缺少震撼效果。于是开赛前,他带上几名球友,跑遍当地所有乐器行,想再找找有没有更合适的家伙什。

"咋办呀?洋鼓洋号也不让带了,真没辙!"一球友为难道。

"天无绝人之路,再往别处踅摸踅摸。"

小山子等人离开乐器行,发现路边一家幼儿园内,老师正教大班学生跳新疆舞。每位小朋友手上都举着个铜摇铃,晃动起来"哗哗哗"响声脆耳。

"找了半天,咋就没想到这个?"小山子欣喜若狂,忙到百货店儿童玩具专柜将那里的新疆摇铃全包圆了。但这类商品存货有限,小山子跑遍城内酒吧,又收罗到不少KTV用的双排铃圈。

就这么东拼西凑,小山子收集到好几百个各式各样的摇铃。来粤的球迷人手两个,小山子带头进行操演,经过一下午集训,大家的动作已相当整齐划一。

当晚比赛现场,津海啦啦队的摇铃摇得震天响,不但气氛热烈还气势十足。家乡球迷卖力鼓劲,女排姑娘更不负众望,以3:1客场取胜。

回到津海,小山子欲全面铺开南粤经验,只是短时间内上哪儿买那么多摇铃?

有道是"人上一百,形形色色"。球迷数量一庞大,保不齐队伍中就藏龙卧虎。有位手巧的七级技工,不声不响便自创出土制摇铃来。小山子试了试,乐了:"这效果,没治了! 比正统的新疆摇铃还要好。哥们儿,人才呀! "

34

2013年1月26日,距津海女排首次捧杯刚好十年零一天,又一场巅峰对决在津海人民体育馆上演,球迷将其称作是向"复仇者联盟"的终极复仇。

由于决赛采取三场两胜制,首场告负的永太队压力巨大,赛前进行了数小时封闭训练,对媒体唯恐避之不及。津海队虽姿态开放,暗中同样高度紧张。永太队首发阵容还是由内外强援构成,津海队则是以队长陈静姝为首、三老带三新的混搭组合。双方实力接近,差距微乎其微,最终谁获胜都不意外。

比赛过程正如之前人们所预料的,除了紧张激烈,前四局杀得难解难分。战成2:2平后,决胜局双方比分交替上升,直至13:12时,永太队防守失误,将冠军点拱手相让。津海队抓住机会,凭借双人拦网一举夺魁。

此时,全场欢声雷动,解说汪冲豪情万丈道:"津海女排自2003年起,在十一届联赛中夺得了九冠。她们一次次置之死地而后生,一次次战胜自我、超越自我,一次次带给津海球迷激情和感动,她们提升了津海人的幸福感!"

再度挂帅不到俩月,章志强就率领正处于换血阶段的球队获得亚俱杯冠军,如今又重新夺得全国联赛冠军。在市委、体育局的直接关怀下,在全市球迷的大力支持下,津海女排又一次重现活力,而接下来的目标则是第十二届全运会冠军。之前两届比赛中,津海队均以全胜战绩折桂,能否夺得三连冠,这既是期盼,也是新的考验。

正当全队忙于备战之时,林庭却怀孕了。才出正月,妊娠反应已很明显,头晕恶心、食欲不振、嗜睡乏力一样也不少。何钊紧张得不行,林庭觉得这个孩子虽来得不是时候,但自己都这个岁数了,既然怀上就要顺其自然。

林庭妈和何钊妈除了欢天喜地,更是一百个不放心,反复强调孕期前仨月相当危险,安胎保胎高于一切。听从两边老人吩咐,林庭只得暂时离开心爱的球队。

在津海女排众多宿将中,论服役时间之长、贡献之大,林庭首屈一指。体育局分管排球项目的领导出席了这位奥运冠军和联赛九冠功臣的退役仪式,师妹们纷纷向老大姐奉上礼物和祝福。

送别会结束后,倪鹃上前拉住林庭:"这下,队里年过三旬的就剩我一个啦。等打完全运会,我也想退了!"

"是该退了。咱俩只差一岁,如今我都快当孩儿他娘了,你还在跑爱情马拉松,真是太辛苦了。"

结婚以来,林庭越发意识到,女人最快乐的事,就是家庭事业两不误。眼下自己要尽快进入角色,当个合格的准妈妈。她认真研究起孕期保健,按时做产前检查,进行各种胎教;为避免辐射,电脑几乎不开,接打电话全都免提,电视也很少看,唯独航天科技中关于神舟十号的新闻,她始终高度关注。

6月11日，这艘由中国自行研制的载人飞船搭载着三名宇航员，从酒泉卫星发射中心成功升空。两日后神舟十号不但与天宫一号实现自动交会对接，还首次开启了"天宫课堂"。26日，飞船返回舱在预定区域顺利着陆。这是中国航天事业的又一次跨越式进步，为后续载人航天空间站的建设奠定了良好基础。

大量追踪报道中，不时出现周浩民的身影。每当此刻，林庭由衷地为老同学高兴。可人家目前已属重点保护对象，怕是难有机会见上一面。

7月中下旬，全运会女排比赛已进入成人组阶段。这天，许久没动静的罗爱童突然给林庭发来微信："今年恰逢石城中学九十华诞，学校将在本周末举行盛大庆典，包括周浩民在内，众多知名校友都将参加！"

这消息确实让林庭心动，但目前自己多有不便，还要不要去？

见林庭捧着手机犹豫不定，何钊瞥见微信内容，笑着劝说道："别老在家闷着，借此出去转转也是好事。如果遇上周大科学家，一定邀他来家做客。"

听何钊这样说，林庭便回复了罗爱童。罗爱童异常兴奋，并表示可以开车来接她。林庭心想：这主儿耳朵真长，她是怎么知道我怀孕的？林庭还想约孙红雁同行，但后者觉得自己既非石城中学学生，又未受到邀请，就不想去凑热闹了。

周六上午八点半，林庭坐上罗爱童开来的兰博基尼，很快就赶到石城中学。自当年蹭课事件后，林庭就再未踏进过石城中学，如今这所名牌学府不但拓展了校园面积，还增建了两座教学楼。

眼见偌大个操场早已聚满新老校友，罗爱童主动当起导游，一一向林庭做着介绍，尤其指出前广场花坛中央那座崭新的凉亭，是由她出钱修建的。

兜了一大圈，罗爱童带林庭来到主会场——可容纳千人的室内体育馆。虽说为母校贺寿，罗爱童出了一大笔资金，但仍没被请上贵宾席。能在那里就座的,除去市级、区级教育部门领导,便是给社会做出了重大贡献的校友,像著名学者、教育家、音乐家等,其间果然有周浩民。现任校长在发言中还特别提到他,盛赞其为我国航天领域的精英,更是石城中学的自豪和骄傲。

罗爱童听到这里,忍不住冷哼一声:"大才子变成大科学家,好不风光哟。"

听她说话阴阳怪气的,林庭忙道:"人家贡献摆在那儿,风光也是实至名归。"

"庭姐初中时就总维护他,如今涛声依旧哈。"罗爱童道,"一会儿过去拜望一下,就不知这位老同学还认不认咱这张旧船票?"

林庭心想:就算你罗爱童不怀好意,我跟周浩民见个面又能如何?

林庭心里干净,想得就简单,对心生怨恨的罗爱童估计不足。高中期间,追求周浩民败下阵来,罗爱童耿耿于怀的同时更迁怒林庭,觉得要不是林庭从中搅和,周浩民决不会冷落她,后来的高考她也不至于一败涂地。加之那单运动饮品广告又被林庭回绝,让罗爱童少赚了二十多万元。她虽自称是童妍表姐,还吹嘘同津海女排过从甚密,结果竟没拉来一名球员做代言。毒火加恼火,罗爱童便设计了一箭双雕之计:安排林庭与周浩民在庆典上久别重逢,设法撺掇他俩旧情复燃,事情一旦闹起来,就利用各路媒体大肆宣扬,保管让这两位精英身败名裂。

校庆典礼将近中午才闭幕,那些与周浩民合影的人渐次散去。见时机难得,罗爱童拽上林庭快步迎过去,同时高声招呼道:"大科学家,还记得我们吗?"

十多年没见,罗爱童又数次到韩国做过整形,周浩民打量半天未敢贸然确定。罗爱童挑理儿道:"这真叫'一步登天不认老乡亲'!同窗三载竟忘了个干净!"

"不好意思,是罗爱童吧？变化太大啦！"

"再怎么变,能变得过你这举世闻名的大人物？"

"见笑！都是国家的荣耀,我只跟着沾沾光。"

"太谦虚了！如今你在电视上频频出镜,就再给我讲讲你的丰功伟绩吧。"

"实在没啥好说的。"常年潜心科研的周浩民本就不善交际,面对之前曾追求过自己的罗爱童更显拘谨。

罗爱童则一边拿眼瞄着对方,一边海阔天空地闲聊。她本欲炫富,不仅戴满珠宝翠钻,衣服皮鞋皆为高端定制,还刻意把那只正宗的 LV 手包放在身前,可惜对方一脸冷漠且熟视无睹,并不理会自己缘何变得这般有钱。

罗爱童口若悬河之际,林庭始终未插言,她发现周浩民谈吐仍很朴实,丝毫没名人架子。罗爱童忽地转过身,一把将她拉至周浩民跟前:"猜猜这位是谁？"

其实周浩民已注意到林庭,仅从那不一样的身材就已有所悟,待细一端详,还是呆愣住了。何止周浩民,十几年音信隔绝,重聚于此,惊喜激动之余,林庭虽有千言万语,一时间也难以言表。

周、林二人表情的极速变化,让罗爱童越加妒恨。她悄悄用手机将所见情形连续定格:只要这些照片传遍朋友圈,自己就开心地等待八卦爆炸吧。

此时,林庭与周浩民已从相对无言中恢复过来,追忆起学生时代的那段时光,两个人都沉浸在美好的氛围里。随着愉快的交谈,他们又互叙起一别经年各自的现况。

周浩民仍习惯性地称呼林庭:"庭姐,留学一回来,我直接去了航天五院,专门负责空间实验室系统。那会儿天宫一号尚属国家机密,我连续多年都是与外界隔绝的状态,就算知道你们拿了冠军,也不能表示祝贺。"

"你还一直关注排球？"林庭问。

"当然了。只是近两年国家队成绩下滑得厉害,令人痛心啊！"

"好在郎指导又出山了,相信中国女排很快就能让国人看到希望。"

35

林、周二人似乎还有聊不完的话,罗爱童岂容被晾一边,于是就以请吃午饭为由,强行打断了他俩。

"我已答应同校领导聚餐。"周浩民抬腕看了看表,"我这就得赶过去。"

"那就改在晚上,就咱三个。"

"不行,我下午必须去趟开发区。"

"又有啥紧急情况？"罗爱童追问。

"不好意思,工作上的事,不便相告。"

周浩民这人不会撒谎,所言绝非托词。早在四年前,国家便将新一代运载火箭产业化基地项目落户在津海经济开发区开工建设。被命名为"长征五号"的无毒、无污染、高性能、低成本和大推力的新型运载火箭明年即将发射,关乎我国航空航天事业的跨越式发展。周浩民此次便是奉命去开发区,参与一些重要数据的核查论证工作,顺便回校参加校庆。若非为此,航天部也不会轻易准许他这种重量级科学家回津。事关机密,怎可对外人直言？

罗爱童却觉得周浩民不给自己面子,遂板起脸道:"随便你。留下手机号或加个微信,要不以后怎么约你？"

周浩民饱含歉意:"实在对不住,我们有纪律。就是同父母交流都要经领导批准。从某种角度讲,航天人就得以身许国。"

林庭也遗憾道:"本来我家那口子还想请你去家里坐坐,看来没指望了。"

周浩民笑了："你看我,聊了半天也没问,姐夫在哪儿工作?"

"也在我们体工大队,练田径的。"

"好,同行间更能互相理解支持。我爱人也是我们五院的同事。"

"你结婚啦?"罗爱童闻听惊诧不已。

"人家怎么就不能结婚?"林庭觉得罗爱童好不怪诞,反诘道。

"我女儿都上幼儿园了。"周浩民瞥向林庭隆起的腹部,"庭姐也快当妈啦,提前祝你们母子平安!"说着,他从提包中取出一个精致的神舟十号模型,"这个,权当给孩子的礼物吧。"

"好漂亮!谢谢浩民老同学。"林庭半开玩笑地双手接过模型。

"上初中时,林伯父对我特别关照,别忘了替我给二老带个好。"

林庭点点头:"下次再见面,又不知什么时候了。"

"不管啥时候,我们永远是好朋友。"周浩民上前握住林庭的手。

"对,永远是好朋友!"林庭动情地回应道。

林庭回到家时,已经下午一点多了,刚一进门,何钊便盯着她手上的飞船模型:"这就是大科学家送你的礼物?"

"也是也不是。准确地说,是送给咱未出生孩子的。不过,你是怎么知道的?"

"我就是想不知道都不成!瞧,这上边都传遍了。"何钊说着举起手机,屏幕中正是林庭和周浩民面对面的大特写照片。

光几张照片倒还好,关键是下面的注解:风乍起,女排名将心生涟漪。虽没说得太露骨,却拐弯抹角将一次普通的同学聚会演绎成了一场婚外骚动。

林庭登时气得脸色铁青,简直是无中生有、挑拨离间!恶意诋毁她不算,还欲搞臭周浩民。然而这种绯闻最能伤人,一旦沾上很难择洗干净,甚至会越描越黑。

"太缺德了！"林庭恨恨地把手机摔在桌上，转而问何钊，"谁发给你的？"

"队里一哥们儿。"

"他又从哪儿得到的？"

"说是他朋友在贴吧上看见的。"

林庭心说：照片我尚未收到，就已由田径队的人告到何钊这儿，说明有人已事先设计好。会不会是罗爱童趁我俩不备，偷拍后转发出去，再由别人替她编辑上传？果真这样，只能怪我太过大意了。

但说到底，这些都无所谓，林庭此刻只在乎何钊是啥态度。

何钊气道："吃饱撑的没事干！幸亏咱们刚认识时你就当面讲清同周浩民之间的事。否则网上那些话，我备不住就当真了。"

"你果真没多心？"林庭追问。

"连自己老婆都信不过的男人就不是纯爷们儿！"何钊近前抚摸着林庭隆起的腹部，"你就要当妈了，为了小宝宝的健康，千万别生气。"

林庭眼睛红了，当外人架炮往里轰的时候，丈夫的信任就是御敌的长城。

林庭夫妇间虽没发生冲突，但那些照片传开后，屁都不是的事却在网上闹得沸反盈天，相关话题成为热搜。而关乎科技、体育两位精英的花边新闻也极易吸引公众眼球，于是恶劣影响日渐扩散。

面对种种质疑声，林庭无心自证清白。反之，真想辟谣也没那么容易。都说谣言止于智者，可历来传谣、信谣的人总比智者多得多。

7月20日，全运会女排成人组决赛结束，津海队七战七捷，勇夺三连冠。大伙儿喜气洋洋返津后，却闻听师姐林庭"踩上了狗屎"，孙红雁忙带着倪鹃、尹倩、梁胜男几位队友过来探望。

"都怪我，那天要是陪你一起去就好了。"孙红雁自责道。

尹倩摆摆手："没用,不怕贼偷就怕贼惦记。人家憋着黑你,躲也躲不过。"

梁胜男道："咱不能这么窝囊,找到那罗爱童,狠狠教训一顿——"

林庭摆摆手："快省省吧!平白无故打人,咱球队更得上头条了。人都说一孕傻半年,我现在真觉得自己特弱智。"

吕萌道："我看何钊姐夫的法子就不错,他找到雷领队,跟大伙儿讲明到底咋回事。邪不压正,现在胡说八道的已没几个了。"

倪鹃不甘道："只在体工大队澄清还不够。咱女排有强大的援军,为何放着小山子他们大批球迷不用?庭姐,你可是津海女排的一面旗帜,就算你不在乎,我们也不干!"

林庭心想:我本就没什么见不得人的,索性来个大白天下。于是用力点点头。

见此,孙红雁道："这事就交给我和倪鹃办吧。"

倪鹃即刻电话联系球迷总会,梁季兴在她们赶到之前,已找来个笔杆硬的球迷。孙红雁口述,那球迷记录并加以润色,从当初林、周二人怎样相识,上学时如何相互扶助,到后来如何各奔前程成就事业,直至近日校庆重逢……整个来龙去脉翔实记述。小山子一旁听罢直拍大腿:"这同窗友谊也太高山流水了,必须大书特书!"

内容敲定后,梁季兴抓紧召集各分会代表,命他们发动津海所有排球迷,不论什么贴吧、微博、微信群、QQ群……哪哪儿都给占上,以最快速度对公众广而告之。

只有在完整的真相面前,谣言才会失去空间。没出一礼拜,舆论风向便彻底扭转,林庭与周浩民的故事被不少媒体所点赞推崇,更被人们津津乐道。

小山子认为这还不算完,他较真道:"庭姐是咱女排的标杆,黑她就是黑津海女排,必须揪出幕后黑手来。"于是他带着众铁粉儿当起了侦探。怎奈网络时代虚拟信息满天飞,且大都使用匿名,往哪儿揪根儿去?

小山子从当年的石城中学学生会干部的口中探知,罗爱童当初追求周浩民未果,几乎恼羞成怒到崩溃。由此看来,罗爱童无疑是头号嫌犯,但就是找不到证据。

白胖子道:"凡是害人精都聪明着呢。就算咱拿着实锤把柄,还真起诉呀?"

"起不起诉庭姐自己定,但我们必须先给这货拿拿龙!"

此后数日,罗爱童的电子邮箱接连收到来历不明的邮件,邮件名都仿照经典恐怖电影的片名,名为"我知道你今年夏天干了什么"。文中严厉警告罗爱童:"再敢对别人使坏,就把你当小三时的种种劣迹打包抖出去。"

得知招惹上一帮排球迷,罗爱童生气又忌惮。这才叫偷鸡不成蚀把米,这把算是玩砸了!弄不好还得遭那帮坏小子暗算。

她正合计怎么应对,丈夫鲁刚阴着个脸回到家中,语气沉重道:"咱最近都要小心点儿,上面领导班子换了。大伯叮嘱我,抓紧往海外转钱,万一风头不对,立马就撤。"

罗爱童与丈夫是靠亲戚权势发达的,反腐肃贪对他们不啻晴天霹雳。罗爱童吓得心惊肉跳,此后便夹起尾巴,开始为出逃做准备。

36

有人说过:"世界上有两个东西不能直视,一个是太阳,另一个就是人性。"罗爱童消停了,这场风波也归于平息。林庭由衷感激亲友们的倾力相助,而此番经历也让她深刻看到了人性之美和人性之恶。

几天后，倪鹃来电告知林庭，自己已话复前言，向球队递交了退役申请。同林庭一样，倪鹃的整个运动生涯无不镌刻着津海女排十年九冠的艰辛和辉煌。至此，曾为津海女排肇创基业的老一代球员全部告别赛场。所以倪鹃的退役仪式越发意义非凡，体育局决定把目前在津的老将悉数邀请来。

想象着三代津海女排明星队员齐聚一堂，那场面对铁粉儿来说，可谓千载难逢。在众人恳请下，梁季兴前往局里游说。局领导也认为，球队发展离不开球迷支持，球迷的渴求应予满足，于是允许球迷总会派代表参与活动。为避免相互争抢，梁董晓谕各分会，采取先报名再抽签的形式，最终将代表名单确定下来。

小山子幸运中签，真比中了彩票还高兴。喜悦之余，他鼓动梁董，由总会掏钱，让著名非物质文化遗产泥人张的传人，依据津海女排每位女将的形象一一制作彩塑，赠送给对应球员。梁董觉得主意甚妙，欣然认可。

果然，此环节成为仪式最大亮点。队员们捧着栩栩如生的彩塑爱不释手，对球迷总会连声称谢，场面分外热烈欢快。

小山子满脸得意，蹿到倪鹃面前："我出的这招不赖吧，能否索份回礼？"

"绝对可以！说吧，要啥？"倪鹃干脆地应道。

"你在国家队时的那件1号球衣。"

白胖子扑哧笑道："瞅你那小个儿！鹃姐球衣穿你身上还不成了连衣裙？"

"我乐意！再说，鹃姐的球衣我哪舍得穿？必须收藏起来。那年鹃姐她们送的锦旗，一直高挂在我老爸家中厅正上方，每次去，我都伫立瞻仰。"

倪鹃道："可我那件球衣已经旧了，要不，给你11号的吧？"

"我就想要1号。这'1'不光是数字首位,更有一鸣惊人、一马当先、一骑绝尘、一飞冲天之意,是鹃姐实力价值的体现。就怕您舍不得。"

"舍得。你为我们女排做了那么多,正好以此来表达谢意。"倪鹃道。

"别忘了,在上面签您的大名!"小山子叮嘱道。

球员与球迷之间如此情深谊长,令在场众人赞叹不已。章志强对身旁的尹倩几人道:"看看这些老队员,除了球技精湛,为人处世也堪称楷模。往后,你们就是津海女排的大姐了,要多向前辈学习,带好那些小师妹。"

梁胜男立马接茬儿道:"章指您放心,不敢说青出于蓝,但我们保证能继承球队的优良传统。"

吕萌笑道:"你这'梁大锤',改叫'梁大嘴'得了。尹队长还没说呢,又抢话!"

"啥队长,我就是临时打补丁的。"全运会结束后陈静姝远赴西亚打球,津海女排队长一职已由尹倩继任,"过两天我也要去国家队了,津海队的活儿还得你们担着。"

"没问题,瞧好吧!"梁胜男道。

章志强心道:这宝贝儿别给我添乱就不错了。实话讲,他真舍不得林庭、倪鹃退役,她俩是全队的压舱石,即便无法上场,也能起到稳定军心的作用。有这样的老将在,心里就踏实。如今,津海女排已是联赛九冠王,刚又摘取全运会金牌,眼下球队主力皆为八五后及九〇后,大都个性十足,爱自我表现。今后想将这批孩子拧成一股绳,并做到戒骄戒躁,不知又要花费多少心思和精力。

为考察和锻炼新人,章志强决定近期的全国锦标赛参赛阵容由小将担纲。因尹倩不在队内,梁胜男自然成了领军人物,她决计率领小师妹们尽享一次津海女排的所向披靡。可惜,乐极生悲,正是梁胜男的这种率性和口无遮拦,让其日后于球场上下付出了惨痛代价。

作为队中主力和代理队长,梁胜男带着大家从小组赛打到复赛,一路轻松过关,虽在面对军旅队时遇上点儿麻烦,但也以 3:2 逆转获胜。

待零封对手拿下半决赛后,兴奋中的津海队队员人人难掩得意。赛后新闻发布会上,队长梁胜男更是一脸的心花怒放,总是抢在主教练前回答各种问题。

当记者请她预测决赛对阵江浙队的结果,梁胜男粲然一笑道:"顶多让她们赢一局吧。"

这种不加掩饰的牛气不屑和对对手的漫不经心,让旁人听着极不舒服。一个刁钻的记者问:"依你看,以津海队目前的状态,若同国家队打场比赛,情形会怎样?"

梁胜男不知是坑,未假思虑脱口而出:"差不多,五五开吧!"

霎时间,在座记者一片哗然:"不知天高地厚,也太狂了!"

梁胜男之所以这样回答,是觉得作为运动员,甭管对手多强大多厉害,没交手之前先不能被吓死。何况眼下中国队水平实在不咋地,在与全国锦标赛同步进行的亚洲锦标赛上,接连负于泰国队、韩国队,仅排名第四,首次无缘奖牌,创造了中国队三十八年来亚锦赛最差纪录。这等尴尬战绩虽难免遭球迷鄙夷,但身为一名职业球员,又是地方队队长,无论如何也不该当众藐视国家队。

章志强情知梁胜男犯了大忌,可说出的话如泼出的水,已无法收回,于是他赶紧上前打圆场道:"这位记者的提法倒蛮有趣。这些年,津海队虽取得不少成绩,但比成绩更重要的,是我们不断为国家队输送人才。今后如真能同国家队进行交流,那一定是我们认真学习多加讨教的机会。"

记者会结束后,徐国祥不无担忧道:"胜男这孩子也太没心眼儿了,这下好,后边不定招来多少板砖呢。"

"引火烧身呀。她这直筒子脾气,嘴里一向没个把门的。"李和平道。

徐国祥气道:"那个记者也没安好心,想不到胜男竟着了道儿。"

章志强摇摇头:"人啊,不栽跟头长不大,这是她为自己不成熟应交的学费。"

其实,话出口的那一刻,梁胜男也自觉失了口,却未加多想。哪知,还没返回下榻宾馆,手机就响爆了,不断有电话或短信顶进来质询此事。当晚她的微博又遭网友排山倒海的攻击。梁胜男索性统统关上,一概不回不理。

鸵鸟战术根本不管用,第二天决赛伊始,江苏太仓体育馆内,数千观众冲津海队异口同声高喊"五五开",震得天花板嗡嗡作响。比赛期间,不管梁胜男发球还是一传,全场观众都同时叫着"五五开"。梁胜男双手捂着耳朵彻底蒙圈了,心烦意乱下不但自己进攻大失水准,整支球队技战术配合也都走了样儿,导致津海队2:3负于江浙队。

虽然屈居亚军,大家并未因本次失利而埋怨怪罪,但梁胜男却深深自责,加之委屈窝火,独自关在屋里呜呜大哭起来。此后几日,"五五开"之说所引发的争议并没因她的情绪低落而停止发酵,"女排球迷吧"上口诛笔伐之声不绝于耳,个别球迷甚至借此恶语攻击津海女排。

梁胜男再也受不住这股窝囊气,当即在微博中予以还击,反而越发捅了马蜂窝,眨眼工夫,无数跟帖冰雹般呼啸而至。梁胜男被砸得体无完肤,只得再次关闭微博。球迷依旧穷追猛打,利用各种网络媒体继续诋毁炮轰她。梁胜男想不明白,不就一句话吗,就算表述不当,总不能置人于死地吧?

见梁胜男痛苦万分又无处发泄,章志强找到她,语重心长地教导道:"打球要无所畏惧,为人处事可得心存敬畏。既已出言不慎,就更不能与网民争辩,以免事态进一步升级。"

梁胜男平日耿直豪爽,在队中人缘极好。尤其吕萌,当初曾和梁胜男一起转会南部队,姐儿俩感情相当深厚,她为梁胜男大鸣不平:"就算话说得大了点儿,冲了谁的耳根子,但有毛病吗?咱津海队的实力本来就跟国家队差不离嘛。"

章楠拽吕萌衣角:"就别火上浇油啦,还嫌倒霉倒得不够?"

吕萌恨道:"没看外地球迷那架势吗? 即便咱装孙子,他们照样不依不饶。"

"那也得知收敛。否则,这麻烦可就没头了!"章楠又道。

另一队友在旁道:"没错。退一步海阔天空,全当咱吃了个哑巴亏。"

"嗯。"梁胜男霜打茄子似的耷拉下脑袋。她想,如今自己四面临敌动辄得咎,甭管喷自己多少唾沫星子,也不能发帖回击。可"忍"字头上一把刀,这滋味真难受。

37

困顿无法摆脱之际,家人的反应更让梁胜男难以接受。三叔、爸妈对她的事根本没过问,连个安慰的电话都没有。简直了,彼此哪有亲情,连个外人都不如!

等梁胜男静下来一想:不对,这样的漠不关心也太不正常了,家里不会出什么事了吧?她赶忙上网,搜寻多时,才在津海财经网站的评论区看到一条讯息——梁氏集团似乎生意亏了本。报道字数越少,事情越大。梁胜男暂将自己的烦恼丢一边,返津后径直去找三叔。

也就两个多月没见,梁季兴变得面容消瘦,怏怏不乐,与参加倪鹃退役仪式时判若两人。在梁胜男再三追问下,三叔才对她道出实情。

自2011年起,中国国内生产总值已升至世界第二位。见国家层面欲雄心勃勃开拓海外市场,众多私企老板自然跟着到外国投资,梁伯成更看好东南亚丰富廉价的劳动力,先后在泰国、越南购地建厂。

毕竟是初次到境外做生意,梁伯成只顾盯着利润和回报,却忽视了诸多不确定因素带来的风险。做生意有赚就有赔,梁家财力虽比不上顶级豪富,好在这些损失还能扛得住。就在梁伯成费尽心力收拾烂摊子时,国内纪检人员又找上门来。

由于中央对腐败重拳出击,老虎苍蝇一起拍,各地贪官纷纷落马。不久前,津海一位高级干部被"双规"。巡视组在追查中发现,此人与梁家有过多宗生意往来,种种迹象表明梁伯成存有行贿嫌疑。倘若问题坐实,梁伯成不仅要被处以罚金,弄不好还有牢狱之灾。梁伯成虽未被限制人身自由,但两次被纪检部门叫去质询,心上还是坠着块巨石,头发都愁白了,哪还顾得上女儿和球迷打嘴仗。

家里果然遭遇了危机。梁胜男意识到事态严重,大声埋怨三叔道:"我爸都这样了,为啥还瞒着我?"

"不是怕影响你的训练和比赛嘛。"

"我爸会不会吃官司?"梁胜男担心地追问。

"放心,咱梁家人一向奉公守法,问题迟早会弄清楚的。这边的事你不用管,只别给我们再添乱就好!"梁季兴话题一转,"过去你什么都不在乎,这回总算知道祸从口出了吧?圣贤讲,君子要敏于行,讷于言。言多必有失!"

长这么大,家里家外,梁胜男从没背负过这等重压。面对眼前的内外交困,她一下傻了眼。

见侄女面色苍白,梁季兴耐心开导道:"老话说,没有过不去的火焰山。所以,再大的难也有熬出头的那一天。"

看来,也只能跟着往下熬了。

但树欲静而风不止,直到新赛季的女排联赛开打前,那些刻薄球迷仍没有善罢甘休,凡津海队在外地比赛,不少观众还高声起哄"五五开"。让人纳闷的是,以往沾火就着的梁胜男居然忍气吞声扛下了这一切。

此番,小山子等津海球迷也出奇地蔫儿,没谁敢站出来为梁胜男挡横拔创(方言,意为替人出头)。身为队长的尹倩有点儿看不过,于是找到小山子。

"你们不是向来嘴损茬子硬吗,这回怎全变菜鸟啦?瞪眼看'大锤'受欺负。"

"豆儿姐,咱总会兄弟啥时服过软?唯独这次有些气短。"小山子解释道,"你想,这些年津海女排打遍国内无敌手,各种荣誉集于一身,自然树大招风,外地各路黑粉儿自然是铜碗的戴眼镜——找碴儿,锤姐又不小心给人递了话把儿,全部毒火不甩给她才怪。"

"即便这样,也得有完有了吧? 干吗揪住不放?"

"只怪锤姐那话说得太不合时宜。若国家女排还是文师爷执教,话说得再重也不叫事;可眼下掌印的是郎指导,锤姐再这样挑号叫板,可不就叫那帮黑粉儿钻了空子。人家打着维护'铁榔头'的大旗,就是原本持中立态度的各地球迷也加入了指责的阵营。这样,我们哪还有底气再还嘴?"

诚如小山子所言,结束了动荡的伦敦奥运周期,中国女排开始了里约奥运周期的备战。这时候,为中国女排寻找一位优秀的主教练是重中之重,当时的国家排管中心负责人三顾茅庐,从永太女排请回了"铁榔头",任命其为中国女排的第十三任主教练。郎指导在全国排球迷心中有着极其崇高的地位,人们对她二度挂帅国家队更寄予厚望,期盼中国女排能由此迎来伟大复兴。

伦敦奥运会女排赛场上,当时担任解说嘉宾的郎指导目睹了屈辱的中日之战。她痛心疾首,也是那一刻,她生发了要带中国队走出低谷的意愿。之后郎指导多次收到排协邀请,但考虑到自身健康状况,尤其两侧髋关节损伤严重,一直没下决心。

恰在此时,老一代女排核心成员陈招娣罹患癌症不幸病逝。当年,陈招娣与郎指导同住一室,是中国女排第一代强力接应。二十世纪七十年代末八十年代初,为助中国女排冲出亚洲走向世界,陈招娣忍着桡骨断裂的伤痛,用绷带吊住左臂,单臂出战去比赛。她的事迹和精神感动了无数球迷,自此她也赢得了"独臂将军"的美誉。

退役后,陈招娣依然不遗余力为自己钟爱的排球事业做着贡献。就是这样一位鞠躬尽瘁的好大姐,她的溘然离世深深触动了郎指导。葬礼上,郎指导面对着陈招娣遗体泣不成声地说:"这辈子我们是好姐妹,来世我们也要做好姐妹。"为完成陈招娣未竟心愿,郎指导毅然站出来,决定重新执掌中国女排。

郎指导上任之初,中国女排有过十九连胜的纪录,也有过亚锦赛第四名的最差纪录。虽少数人对她颇有微词,但并没有影响她的执教,反而让郎指导看到这批老队员已无潜力可挖,便下了推倒重来的决心,得以让一大批年轻优秀的选手进入国家队。引人注目的是,新阵容中增加了世青赛"最有价值球员"、年仅十八岁的主攻手朱珠;而伦敦奥运周期时的队长陈静姝,却落选了新一届国家队集训名单。

本来兵败伦敦,加上伤病困扰,陈静姝已开始为退役做准备,但郎指导出山的消息几乎让她瞬间改变了想法:重新开始,再干四年。已参加过两届奥运会的她,只想再搏一把,也好弥补自己的遗憾,可新国家队大名单中竟没有她的名字。在强烈愿望和残酷现实夹击下,失望与落寞几乎淹没了陈静姝。

陈静姝苦思冥想:单论二传技术,眼下我绝对能在国内排坛排进前几位。虽然腰膝不太给力,但伤病对于职业运动员而言都是在所难免的,穆亦蕾、齐茹蕙不一样有伤在身?若说郎指导对津海女排怀有成见,来响怎就留队了?尹倩也重被召回。据此推断,那便是郎指导认为我脚下移动慢,并不适合以速度为主的快变打法。

想想因被弃用而注定无缘的里约奥运会,再想想即将画上句号的运动生涯,陈静姝没敢站出来为自己争取。她将眼泪咽进肚里,最终选择了沉默。

被迫返津后,陈静姝表面沉静如水,只在入夜后才忍不住偷偷观看有关国家女排的新闻,随便一段文字、一张照片,都刺激着她纤细敏感的神经。

一天,感觉实在压抑,陈静姝走出家门漫无目的地在街上溜达,走到一家电影院时,刚好正在热映新片《致我们终将逝去的青春》,她想也没想便买票进去了。随着剧情展开,影片中弥漫的青春与迷茫、困惑与抉择、辛酸与无奈扑面而来,女主人公的人生境遇尤其令陈静姝感同身受。

是呀,自己不满十六岁便进入国青队,十八岁即成为中国女排正式成员,多少年拼杀搏斗,把韶华岁月全献给了排球,落得满身伤病,却至今未获得过三大赛冠军。而紧张密集的训练和比赛又使她无暇顾及个人问题。如今事业、生活皆落花流水,接下来该怎么办?

多想找个人倾诉心声,然而此时此刻,坐满观众的放映厅内谁人可以倾听?陈静姝难抑悲伤,开始悄悄流泪,后来竟低声抽泣起来……

38

几天后,津海女排即将到山区基地封训。忽地,陈静姝腰部一阵剧痛,她怕伤情恶化,忙在耿大夫陪同下到市医院接受核磁共振检查。报告显示仅腰椎第四节、第五节有轻微膨出。骨科专家诊断说,其疼痛感是局部水肿所致,只要多平躺休息,做些理疗和腰部力量训练,会逐步得到缓解。

虽然并无大碍,陈静姝却对自己的身体信心不足,于是她跟队里商量,待打完这届全运会便出国打球。队里应允了。她便以这样的方式悄然淡出了公众视线。

　　说是出国打球，又能去哪儿？因欧美女排联赛时间大多长达半年，为提前备战，各俱乐部早早开始转会签约，眼下名牌球队均已满员。仓促之下，陈静姝只得加盟阿塞拜疆的伊蒂萨奇女排。

　　近年来，阿塞拜疆排球超级联赛异军突起，甚至取代土耳其联赛、意大利联赛，成为不少排球明星的"淘金圣地"。而征战阿塞拜疆联赛，还可以此为阶梯参加欧洲排球冠军联赛，这也是其吸引外援的重要原因之一。

　　但进入这家土豪俱乐部没多久，陈静姝就后悔了。专业方面，伊蒂萨奇俱乐部老板虽为半瓶子醋，但对每场比赛的操控欲极强，布阵、战术安排，甚至临场换人，他都要干预，弄得教练无所适从。球队主力本来多是中泰两国外援，就应该走亚洲快速多变路线，老板却坚持高举高打的欧洲战法。但无论多别扭，陈静姝都认真做好自己分内的工作。幸亏阿塞拜疆联赛整体水平不高，签约过来的球员又很卖力，伊蒂萨奇女排还是以全胜战绩，挺进了欧洲冠军联赛的淘汰赛阶段。

　　后面的对手一个比一个强劲，获胜机会本来就不大，伊蒂萨奇老板仍跟着瞎指挥，导致球队战术混乱，结果伊蒂萨奇队主场1∶3负于意大利女排甲级联赛冠军皮亚琴察队。那位奇葩老板不思自省，反而大加指责球员表现，引起众人强烈不满。

　　此外，生活方面也特遭罪，除饮食不习惯，俱乐部提供的公寓经常停水停电，风雪天还多次停止供暖，陈静姝与队友多次向俱乐部反映，却始终未得解决。

　　好容易挨到圣诞节，迎来了一个月的回国休假，俱乐部又以各种理由恶意拖欠薪金，陈静姝只得跑去向老板讨薪。至此她才明白，欧美著名球员为何要有经纪人。当初签约时，自己并不清楚个别条款直接干系球员的切身利益，也未对某些细节据理力争，而今发生劳资纠纷就无法靠合同来维权。

明明俱乐部违约在先,陈静姝也只能以解约表示抗议。对此老板满不在乎,能打进欧洲冠军联赛的淘汰赛他就很知足了,剩下的比赛没啥指望,即便陈静姝离队,本赛季也能应付过去,还可节省一大笔薪酬。

这种土豪过于短视,小算盘打得噼啪直响,根本不考虑俱乐部长远发展。陈静姝的离开让其他外援越发心寒,来自德国的自由人明确表示,以后她不会再介绍别人到这儿来。

陈静姝之所以甘愿放弃讨薪,断然签署解约协议,另有一个重要原因:津海女排发生空前危机,急需她回归救场。

本赛季的全国联赛,津海女排可谓命途多舛。起初几场被"五五开"的叫嚷声起哄搅扰,难得暴脾气的梁胜男保持沉默,挑事球迷自觉无趣,相继偃旗息鼓。怎料,一水儿九〇后的江浙队又把津海队撞了个人仰马翻。这帮上升神速的小将杀伐骁勇,锐气逼人地向联赛诸强发起挑战。津海队主客场两度与之交手,均以 1:3 告负,外埠球迷遂把江浙队称作"津海克星"。

遇到困难不可怕,多少大风大浪都闯过来了,津海女排还会被眼前的这点儿挫折所击倒?偏这时,球队主力二传来响与队友相互指责,弄得极不愉快。

这次来响犯性子,球队连连失利虽是原因之一,这些年来她还憋着另一股邪火。说起来,来响二传技术也很出众,但因出道晚,无论在津海队还是国家队她始终为陈静姝替补。只有在陈静姝状态欠佳时,她这个"千年替补"才得以上场"灵光乍现"。而二传手更需要通过比赛时间与不断实战来沉淀分球经验,可上场机会屈指可数,逐渐地与陈静姝的差距越拉越大,这让来响过得很不开心。

眼见陈静姝被国家队退回母队,来响以为属于自己的春天将要来临,哪知又给军旅队二传当替补。这还不算最坏的,由于来响想不通,训练时常常无精打采,就连替补位置也很快被新人占上了,她只能被迫回到津海队。

后来中国队兵败亚锦赛,这让来响顺了口气,心说:若我在场,何至于被泰国队、韩国队接连逆转。而陈静妹出国打球,终于让她看到了出头之日。本打算在联赛中好好表现,却数次栽在江浙队手里,还惨遭众球迷嘲讽,说她之所以被挤出国家队,就是技不如人。

来响听后满腹怨怼,欲哭无泪,心态失衡下,就将肝火甩给了队友。三天后,津海队主场对阵军旅队,来响毫无手感,组织不起有效进攻。受其传染,其他队员也失魂落魄,整支队伍像散了架一般,战斗力锐减之下,输得一点儿没脾气。

主场比赛如此丢人现眼,章志强脸上挂不住了。赛后总结会上,他再次拍桌子大吼,将队员批得狗血喷头,并特别指出:"来响,你的传球稳定性太差。"

类似情形不知有过多少次,队员们都知道章指刀子嘴豆腐心。球打得不好,搁以往也会被骂一顿,因他是对事不对人,大家从没公然顶撞过。哪知,来响却霍地起身,积蓄多年的憋屈终于在这一刻爆发:"凭什么把失败的责任都赖在我头上! 一传那么烂,你怎么不说?"

来响的举动大大出乎章志强预料。这么多年了,在津海女排他一直把队员当成自己的孩子,同她们说话,哪有那么多顾忌,可他却忽视了近一时期来响的心理状态。人们常说冲动是魔鬼,来响此刻就心魔附体不计后果了。任凭其他领队、教练怎样拦阻劝导,都无法阻止怒气冲冲的来响兀自同章志强对吵,直搅得总结会无法进行,只好草草收场。

若任由球员这般目无教练,今后队伍还怎么带? 章志强要求来响必须为她的失礼当着全队致歉。后者正在气头上,死活不肯服软。

按说哪支团队都避免不了矛盾,若矛盾体之间存在个缓冲层,即使问题不能马上得以解决,也不致被激化。以往林庭、倪鹃就能起到缓冲层的作用,可惜老大姐们都已退役,直炮筒梁胜男现在又成霜打的蔫柿子,队里谁还压得住来响?

章楠不希望父亲和队友闹翻,打算居中调和,还没劝上两句,来响又掉转炮口向她开了火。几句难听的话怼过来,噎得章楠直掉眼泪。队长尹倩忙将章楠拽到外边:"作为章指女儿,甭管说得对不对,人家都认为你是在偏袒你爸,再好的心也会被当成驴肝肺。"

没办法,本来是为输球找原因,最终演变成难以化解的冲突。来响自认为覆水难收,再留在津海女排也没个好,下赛季索性转会走人。

见双方闹得这般僵,老领队徐国祥规劝来响道:"如果说津海女排是棵大树,你们这些球员就是枝丫。不管枝丫多茂盛,离开大树早晚也得枯死。"

"这话说得,只津海队是大树,别的球队都是篱笆?"来响冷哼着噎了一句。

"可你的根在这儿。带活气儿的东西一旦离了根,我不信它能活长久。"

"您甭拿狠话吓唬人。当初'梁大锤'不去南部队,现在能打上主力?这回就是九头牛也别想把我拉回来!"

来响认了死理,离队已成定局,津海队二传只剩下替补陶梦。这场内耗弄得人人心神不宁,哪还有精力打比赛?结果又被辽沈队剃个光头,照此趋势,球队很可能崩盘。

闻听此讯,陈静姝心似油烹,若继续与伊蒂萨奇女排为欠薪纠缠,肯定拖个没完。陈静姝没心思计算个人损失,她赶快中止合约,于1月7日深夜乘班机飞回国内。津海方面收到国际排联确认函,立刻将相关材料递交排协,抓紧办妥陈静姝重返联赛的手续。1月11日,津海人民体育馆内,这位老队长身披8号战袍,重新率队迎战沪上队。

39

津海队水平原本在沪上队之上,但因军心不稳,战力明显下降,虽占尽主场之利,但要击败对手亦非易事。幸亏老队长空降施援,方使大家重新鼓起斗志。但陈静姝离队半年有余,且和国外俱乐部闹得不欢而散,能否迅速投入比赛,适应场上节奏,都是未知数。包括津海球迷,也为球队复赛首战的战况捏着一把汗。

怎料,数月未见的陈静姝犹如脱胎换骨一般。自伦敦奥运会败北以来,她不曾有过如此杰出表现,整场比赛反应灵敏,跑动积极,出手果决,充分盘活各个攻击点,球队由此重焕活力。

经过两个多小时激战,津海队姑娘顶住压力,打到决胜局,在比分落后的情况下,16∶14实现反转,总比分3∶2险胜。"无逆转,不津海"的气势又回来了,全场球迷看得那叫一个过瘾。

翌日即有媒体称赞:"老队长满血回归,津海队激情四溢。"此言不虚,之后七轮比赛,津海队六胜一负,成功进军四强。半决赛又碰上老对手军旅队,大家众志成城,以主客场两场胜利展现了过硬作风,拼出了精神面貌,也向家乡父老交了份合格答卷。

从涉险出线到杀入决赛,津海女排如涸鱼得水大放异彩,陈静姝无疑居功至伟,众铁粉儿不吝溢美之词,并用"神奇"二字来形容她的组织调度表现。

近两年间,尤其这半年,陈静姝的人生经历了太多起伏波折。也恰因一次次的挫折和失败,反倒逼着她破茧成蝶,最终成就了自己华丽的蜕变。她明白,退让与隐忍非但赢得不了同情与尊重,反会被认作软弱无能而任人嘲弄。

与陈静姝一道签约伊蒂萨奇女排的,还有沪上队的一位副攻。因其特别注重自身利益的维护,俱乐部就没敢拖欠其薪金,她本人至今仍留在阿塞拜疆,且每次都是首发。当初在国家队,这名副攻便与陈静姝并肩作战过,陈静姝启程回津那晚,她特意到机场送行,分手前貌似掏心窝地对陈静姝讲:"你这人真没啥毛病,但老实过头就是大毛病。如今是酒香也怕巷子深,别以为自己个儿高嘴大,你不争不抢,天上掉下来的馅饼照样吃不着。"

　　这话直刺陈静姝痛处,自己不仅蒙受经济损失,还被人当成缺心少肺的傻子。在红眼航班上陈静姝整整想了一路,巴金的小说《家》里面有句名言:"我是青年,我不是畸人,我不是愚人,我要给自己把幸福争过来。"自己活在二十一世纪,难道观念还比不上五四时期的人?一个强大的声音轰然响起:人哪,不改变性格,就无法改变命运。

　　飞机刚落地,陈静姝便鼓足勇气发出一条短信,她直接向郎指导表达自己要为国家队继续效力的真诚意愿!

　　随即在联赛里,陈静姝抖擞精神,气势高昂,竭力展示二传手的组织调动才能,她相信郎指导一定会看到的。

　　出色表现可圈可点,还重新赢得业界认可,久违的宁静笑容重又绽放在陈静姝脸上。联赛结束后的一个周末,她正同几位朋友吃饭聊天,手机忽地振动了一下,一看,竟是郎指导发来的短信!陈静姝预感好事来临,随着心头的怦怦跳动,她的手也微微在抖,一条简洁的信息定睛多时才看明白。原来,郎指导让她收到短信后方便时回个电话。陈静姝片刻没敢耽搁,拿起手机便打了过去。

　　郎指导的声音亲切和蔼,接连询问陈静姝近来伤病控制得如何,接下来有什么想法。陈静姝如实告知,而后极其诚恳地表示:"我想继续打下去,我愿意为中国女排付出全部。"手机那头,郎指导并没正面回答,只说今年国家队集训会有美国康复师加入,她有信心帮陈静姝控制好伤病!

陈静姝听懂了郎指导的言外之意,激动的泪水夺眶而出。她立即给爸妈打去电话,说自己这么长时间的坚持没有白费,自己的努力和态度都被郎指导看到了!自己又有望回归国家队啦!

一周后,2014年中国女排集训名单出炉,二传位置,陈静姝的名字赫然在列。她发现球队涌现不少新面孔,除自己外,只有主攻齐茹蕙及副攻余筠筠两名老队员。

继任队长齐茹蕙悄声对陈静姝道:"我现在才悟出郎指导当初的用意,队里原先只知埋怨教练无能的人,不都自命不凡吗?郎指导就让她们去亚锦赛显显身手,结果才不配位个个当众丢丑,便再无话可说,只得乖乖出局。不然,国家队怎能如此顺利地完成人员调配呢?"

"郎指导果然有智慧,还有办法!"

此次重返国家队,心情大好的陈静姝训练格外认真,可腰膝伤痛却轮流来找麻烦。鉴于此,国家队高薪聘请的美国医疗专家也对其病情进行了全面分析,并列出诊断方案:暂时采取保守疗法,维持到打完世锦赛再出国手术。为不缺席国际排联的顶级大赛,陈静姝严遵医嘱,定期接受康复治疗。郎指导还指派专人每天给她按摩放松。

负责按摩的是男陪练严临旭,他之前曾在津海男排司职主攻,但因男队整体水平不高,严临旭也没什么像样的运动成绩。2005年章志强到男排挑选陪练,看中了模仿能力极强的严临旭,遂将其调入女排。想不到,严临旭颇具悟性,很快就成为一名出色的幕后陪练。

之后不久,为备战2008年北京奥运会,时任中国女排主帅的程教练又将严临旭借调到国家队。他平日任劳任怨,主动承担诸多事务,业余时间还刻苦钻研,不仅英语好,还精通电脑,仅用一个赛季,就将意大利人编写的一套英文版排球数据分析软件研究通透。自此,严临旭成为球队不可或缺的人才。北京奥运会结束,他继续被留在了国家队。

严临旭还负责球员的按摩工作,由此与队长陈静姝接触频繁。二人同为津海老乡,又都性格沉稳,说起话来很对脾气,天长日久,自然而然互生好感。身边队友瞧出端倪,嘻哈打趣陈静姝道:"每次大家按摩,严陪练只对你舍得用真力气,再瞧他看你时的那个眼神,该不会对你动心了吧?"

"乱讲。"陈静姝腼腆地一笑,到目前为止,她始终与严临旭保持着同事关系。而且进到国家队就得专心打球,除此之外,她不会为其他什么东西而分神。

伦敦奥运会赛场,中国女排屈辱败北。陈静姝伤悲至极,泣下沾襟地回到球队席。这时有人递过一条白手绢,抽抽噎噎的她也没看清对方是谁,等拭去泪水,才发现是严临旭。陈静姝不禁满面绯红,帕上已泪痕斑斑,怎好还给人家?恰此时,教练唤她去开新闻发布会,陈静姝赶紧起身,疾步走出主场馆。

想着揣起手绢时陈静姝的那份慌乱,严临旭不禁心生怜惜。其实,他对陈静姝早就有了感觉,此番情不自禁递出手绢就是一种表白,也许再加把劲儿,这层窗户纸就能捅破。可当时国家队的氛围并不适合谈情说爱,两人接下来也就没了下文。

一个月后,中国队又在亚洲杯上惨败于泰国队。陈静姝继而远赴阿塞拜疆打球,就这么着,将严临旭晾了足有一年半。陈静姝猜测,人家必然心灰意冷。

他俩再次相见,是在国家排管中心训练大厅。虽说众目睽睽之下不便讲话,但严临旭依然难掩热切与兴奋。陈静姝忍不住主动开口问道:"你,还好吧?"

严临旭连连额首道:"你联赛打得真棒!当初我就坚信,凭你的技术一定能回来。不过,腰膝伤病可要抓紧治,千万耽误不得。"

"谢谢!"

他们小别重逢,就说了这么两句,依然未越雷池半步。但陈静姝觉得自己若还像以前那般谨慎矜持,也许就与一个真诚对待自己的人失之交臂了。林庭敢于大胆追求何钊,自己为何不能接纳严临旭?

恰好近几日,郎指导为照顾陈静姝伤情,特意减了运动量,她得以提早离开训练厅,单独接受严临旭按摩。这一刻,休息室只有他们二人。

陈静姝稳住心神,从包里取出一条叠得方方正正的白手绢,递予严临旭。

"收着吧。"严临旭手上忙着活儿,头却埋得很深。

"不是你那条,是我自己的,送给你。"陈静姝轻声道。

严临旭全明白了。惊喜之余,他只用力握住了陈静姝的手。

40

新国家队第一期集训完毕,在国内外打了几场热身赛后,便迎来了在意大利举办的第十七届世界女排锦标赛,这无疑是郎指导上任后的首次大考。几乎同时,亚运会也将在韩国仁川举行。这个时候,郎指导"大国家队"的优势得以凸显,她让助理教练带二队参加亚运会,自己则亲率由齐茹蕙、朱珠担纲主攻,陈静姝任主力二传的一队出征世锦赛。

尽管国人对郎指导寄予厚望,但眼下这支组建不足半年的球队,有国际大赛经验的球员不过区区三人,其余皆为新手,此行真是前途难卜。

可年轻的中国队在强手如林的世锦赛上一路过关斩将,接连闯过小组赛、复赛和淘汰赛,进而半决赛战胜东道主意大利队。虽决赛1:3憾负美国队,但四局总比分为94:94,中国队可谓表现亮眼,虽败犹荣。

过去一年,中国女排一直在二流水平线游荡。郎指导接手后的头几个月战绩仍然不佳,直至通过不断调整,球队才逐渐步入正轨,并一举夺得世锦赛亚军,火箭般的进步速度着实令世界排坛刮目相看。

中国女排载誉而归,提早返京的二队成员前来机场迎接,助教严临旭更是手捧一大束粉红色的葵百合花,抢眼地站在队伍前面。

"严练这举动,是要向谁求爱吧?"

年轻球员悄声议论间,已同郎指导打过招呼的严临旭径直走上前,将手中鲜花献予陈静姝,后者红着脸却不避讳地双手接过,二人关系自此当众宣告。有耳目灵通者当即将这一重大发现昭告天下,球迷们纷纷传来传去,一时间网上好不热闹。

别人如何鼓噪那是他们的事,陈静姝只觉得幸福满满、自信倍增。如今唯一能给她制造麻烦的,还是困扰多年的伤病。立即出国手术,当然是最佳选择,可治疗休养少说用时百日,势必参加不了这个赛季的联赛,所以此事光国家排协点头不行,还得征求津海市体育局意见。

因专注于世锦赛,直至返回津海,陈静姝才获悉津海队继4月份痛失亚俱杯冠军后,9月初的全国锦标赛又连负军旅队、辽沈队和江浙队,排名仅列第七。

自己随国家队出征,尹倩、吕萌因伤缺阵,来响转会闽南队,部分年轻球员也表现糟糕,诸多因素层层叠加,极大削弱了津海女排整体实力。球队出现了严重问题,主教练自然要着手解决,万万没想到,个别队员闹起情绪,竟公然不服管束。

最极端的便是新人副攻庞思佳,其发球一直是老大难,每次训练章志强都特意给她加码,并指派章楠手把手帮她。此后庞思佳每天早来晚走,队里干脆将训练馆及器材室钥匙全都交给她。见突击训练半个多月仍没起色,不耐烦下,庞思佳干脆不练了。二传来响出走的余波尚未平息,庞思佳再摔耙子,照此下去,球队简直没了体统。

说起来,庞思佳算得上津海女排后起之秀,联赛和全运会也曾表现不俗,加之颜值高,媒体和球迷都对她宠爱有加,甚至称之为"队花",让她越发飘飘然。

这数以千计的粉丝中,还包括梁胜男的弟弟梁胜宝。这位梁公子纯粹一个饱食终日的富二代,虽就读于津海科技大学计算机系,但没事便翘课,四处呼朋唤友,吃喝玩乐。他对庞思佳倒没恶意,就是看她球技出众,人又漂亮,喜欢与之交往。

这日,梁胜宝招来一名叫姚贝蒂的女网红,将其介绍给庞思佳。姚贝蒂模特出身,性感标致,歌也唱得好,近期在网上火箭般蹿红。结识庞思佳后,姚贝蒂经常请庞思佳帮自己上网兜售服装,起初只是运动服,逐渐发展到内衣,且每次都有数目可观的提成。球员从事此类工作是体工大队明令禁止的,章志强获悉,立即给予严厉批评,并命其做出保证,日后绝不再犯。

庞思佳表面服软,内心老大不痛快。比起轻松挣快钱的女网红,运动员实在太苦了,尤其此次突击训练,简直累死活人。自己凭啥非受这份洋罪?于是庞思佳赌气罢练。她根本没意识到错误的严重性,转天听说教练组还要给处分,她可不干喽,又哭又闹不说,更搬来母亲做援兵。

庞母是个护犊子,还是位微博达人,此前凡有人说女儿坏话,她即刻隔网与之舌战八百回合,较量到天昏地暗。而今听说庞思佳被教练"紧了鞋带",庞母先到教练组一通拍桌子打板凳,见未得满意答复,又奔赴体育局,直到弄得不可收拾。

诸如庞母这种人,看似任何亏不吃,实则糊涂愚蠢透顶!且不论能否搅出理来,单说她这么一胡折腾,各方面领导考虑到维护团队稳定,也要站在教练组一边,坚决支持教练工作。本想为孩子争利益,结果还不是闹得孩子同球队两败俱伤。

眼见难逃一劫,庞思佳有病乱投医,忙去找梁胜宝和姚贝蒂拿主意。梁公子毫无心计,姚贝蒂则提出在网上造舆论,向体育局施压。天晓得她怎么想出的馊主意,将芝麻绿豆的事闹腾得比倭瓜还大。

庞思佳罢练风波一经网络传播,迅速以各式各样的版本恣意发酵,一时间沸沸扬扬。体育局方面被迫出面澄清,同时也将事件详情发布到网上。真相面前,那些刻意编造、无理取闹的杂音很快平息,但在社会上造成的恶劣影响很难短时消弭。

事态发展到如此地步,庞思佳肠子都悔青了,知道幼稚任性害了自己,体育生涯就此算是画上句号。

梁胜男得知弟弟居然也参与了"庞思佳事件",不由火冒三丈,打算狠狠捶这混账一顿。津海科技大学院内自然找不见人,梁胜男打听遍了弟弟的狐朋狗友也没问出下落。她正运气时,不想梁胜宝竟主动来找自己。

没等梁胜男发飙,梁胜宝"咚"的一声跪下,放声号啕起来,并恳求姐姐救他一命。这下倒把梁胜男搞晕了,忙拽起弟弟追问详情。

原来,梁胜宝遭了姚贝蒂算计,前不久被其约到酒吧喝得烂醉,待清醒时,见自己与姚贝蒂睡在一个被窝里。昨晚,姚贝蒂前来兴师问罪,说已怀上梁胜宝的孩子,逼着要结婚,还说梁胜宝别想赖账不认,那晚的同床共枕已被全程录了像。梁胜宝犹如五雷轰顶,彻底蒙圈。当然,结婚绝无可能,老爹就是把他揍死,也不会同意。既结不成婚,姚贝蒂遂索要五百万元,作为"封口费"。期限只给一周,过期拿不到钱,便将录像发到网上。

"五百万?她要疯吧?"梁胜男又气又恨,用手指戳着弟弟的脑袋,"闲得难受的败家玩意儿,这回作出祸来了吧? 看你怎么收拾! "

梁胜宝哭唰唰可劲儿摇头道:"谁想到会这样呀! "

"咱爸知道吗? "

"吓死我,也不敢告诉他。"

"三叔呢? "

梁胜宝连连摆手:"告诉他? 他铁定会跟咱爸说。姐,我真没辙啦,你得救救我啊! "

毕竟是自己的亲弟弟,梁胜男岂能袖手旁观?但"五五开"事件后,梁胜男行事已沉稳许多。她知道姚贝蒂这号人难对付,手里还攥着弟弟的把柄,贸然与之较量,弄不好自己也会落入对方陷阱。

思来想去,梁胜男最终决定去找社会经验丰富的小山子。后者听清原委,气得狠啐一口:"呸,什么网红?就一骗子!梁队,甭着急,你想,谁睡觉时床边还放台摄像机?再说,刚睡完没几天,就知道自己怀上啦,这不明点儿设套讹人嘛!她要真怀了孩子,不定谁的呢!"

"嗨,你管得还真宽,她爱怀谁的怀谁的。问题是如何戳穿骗局,尽早帮我弟弟甩掉两脚泥?"

"对对对,那就得请高人啊。"小山子道。

"谁?"

"咱球迷协会的法律顾问——谢大律师。"

噢,梁胜男想起来了。此谢大律师不但是津海法律界的头排人物,更是津海女排的铁杆球迷。听说女排梁队长有事相求,谢律师嘛儿都没打,决定亲自出面摆平。

姚贝蒂万没想到,梁胜男能搬来如此强援。谢律师对其直言相告:"你的所作所为涉嫌诈骗,如不听劝告,再执意骚扰梁胜宝,我们就报警,到时后果自负。"精明过头的姚贝蒂最终只得狼狈溜走。

41

梁胜宝深知父亲一直偏爱自己,冷落姐姐,但自己遭逢困境,姐姐却如此倾力解救,看来真是血浓于水。梁胜宝大为感动,这之后,原本疏远的姐弟俩变得亲密无间。

网红姚贝蒂被摆平,队花庞思佳也得到严肃处理。对此,抓青训的赵亮、杨絮心情特别沉重,杨絮叹惋道:"那年我从内蒙古把庞思佳带来时,十四岁的她要多朴实有多朴实,当初只觉得她那个妈是个是非头,哪承想现在这孩子也变成这样!"

章志强连声感喟:"都说九〇后队员难带,想不到这么难带!你就是掏心掏肺,也换不来人家的感动,更别说感恩了。"

徐国祥道:"想想津海女排这份家业,先由杨絮、戴颖传到林庭、孙红雁,接着是陈静姝、尹倩,往后,还能传多久,传多远?"

"话不能那么说,别戴有色眼镜看人,九〇后也有好样的。我们青训队就有一批尖子队员,尤其唐菁晶,那小左撇子真牛啊,个头儿超过一米九,技术还特全面,现已成为国少队主力攻手。"赵亮如数家珍道,"一队实在缺人的话,不妨调她们几人过去。"

"唐菁晶是〇〇后吧?"章志强道,"我看过她的训练,确实后生可畏!不过,咱可不能拔苗助长,怎么也得再锤炼两年。"

杨絮忧虑道:"既如此,今年的联赛又咋办?"

"徐指不是说了吗?强挺着呗!"章志强苦笑道。

眼下队内伤兵满营,除几名核心球员无法参赛,章楠韧带拉伤,难以发挥应有水准,又先后出了来响、庞思佳两件糟心事,各个点位都捉襟见肘。得知津海女排这般情形,陈静姝怎忍心甩手出国治疗?可国家排协那边已等不及了,见多次催促不动,便直接将电话打到津海排管中心。

地方队与国家队孰轻孰重,排管中心领导心里自然有数,遂通知教练组:为确保明年世界杯和后年奥运会,津海女排困难再多,也要放陈静姝去做手术。顾全大局是一方面,更要吸取谭晓岚的教训。

队内两个二传手,陈静姝走了,来响转会了,整个赛季只靠年轻的陶梦一人独撑。而且,其他位置只得动用替补东拼西凑,拦对方重点人时,防守和拦网瞪眼没有配合,枪都拉不开栓,何谈杀伤力?章志强只好让梁胜男承担更多一传。

"强人所难呀!以我们目前的状况,身为老将,你不但要接任场上队长,还要挑起更多的重担。到时候,我会让章楠全力帮你巩固后防。"章志强无奈道。

"您放心,我会竭尽所能的。楠楠那条伤腿不能额外加码了,我自己能行。"

章志强用力拍了拍她的肩头,心中暗道:这就叫"无磨砺,不青春"!若在以往,冲杀惯了的"梁大锤"不可能这么痛快就答应。自去年梁家和她本人同时经历了打击后,别人眼里挑头惹祸的梁胜男似乎一夜间就长大了,不但知道约束自己,遇事更懂得多为集体和队友着想。

不久前,巡视组公布调查结果,认定梁伯成是遭贪官勒索,并非主动行贿,从而免于刑事诉讼。梁胜男如卸去巨石般减轻了精神压力,全身心投入一传和后排防守的训练中。

2014—2015赛季全国女排联赛正式开幕时,已是深秋时节,章志强带着阵容残破的津海女排再度出战,这可是他领军十几年来最为艰难的联赛之旅。

正所谓冤家路窄,津海队首场比赛就碰上来响转会过去的闽南队。但凡来响发球必找章楠,由此引得其他赛区的球迷也盯上了章楠,只要章楠在场上,现场总有人高喊"发章楠"。

章楠因腿伤加重,本就心里发虚,客场观众又齐发刺耳的哄叫,或多或少分散了注意力,垫球救球都没了准头,导致失误不断。章志强见此,只得将女儿换下。赛后返回旅馆,章楠便跑回客房抹眼泪,梁胜男等好友都前来安慰。

"我算看明白啦。咱拿过那么多的冠军,无形中得罪了不少人,被那些羡慕嫉妒恨的起几句哄也在所难免。"梁胜男道,"之前他们喊我'五五开'时,比你阵仗大多了,我不照样扛过来了?"

劝人容易劝己难。虽知梁胜男说得在理,章楠还是越想越难过:我招谁惹谁了?平白无故挨人欺负,就因为我是章志强的女儿?凭什么呀!

自决定打排球那天起,妈妈就提醒:"以你爸多年的冠军教练头衔,外人都会认为你干这行是沾了他的光。"这些年来,她除了一再低调,训练中丝毫不敢偷懒。即便如此,当初入选国青队仍被说成走后门;父亲被迫离开国家队,她跟着吃挂落儿;父亲与队友发生矛盾,她无辜被卷进去;同样有伤病,陈静姝、尹倩她们可以治疗休养,她却必须咬牙强忍着。

知道女儿受了委屈,章志强当晚将其叫到自己的房间,本想耐心开导,可没说上两句,章楠一摆手,迁怒道:"行啦!又是那套大理论,烦不烦啊!"说罢起身摔门而去。在章志强心目中,女儿一直是个懂事的孩子,今天怎么也要起性子来了?

其实,门在身后摔响的那一刻,章楠就知道自己错了,可除了老爸,她还能朝谁发泄?为了不影响球队正常的训练和比赛,当着队友面,章楠尽量表现得一如既往,但私下里却同父亲冷战,接连多日都不说话。

章楠的心结化解不开,腿伤越发加重,赛场内"发章楠"的叫嚷声又持续不断,即便她上场也很难发挥好。如此一来队中又折一名主力,往届首发只剩下孤掌难鸣的梁胜男,群龙无首的年轻队员攻防不成体系,心慌意乱下更没了斗志,最终津海队仅位列小组第四。

开局就创下十一届联赛最差成绩,后面八强赛还怎么打?为遏止当下颓势,章志强忙向排管中心申请,紧急从塞尔维亚聘来两名外援,补充到主攻和接应位置。但这当口招来的净是些二三流选手,仓促间难与球队磨合。

也该着晦气,八强赛一上来,津海队又遇上来响任队长的闽南队,主客场相继告负。来响趾高气扬地率队离去,津海队失落沮丧,士气直跌落至冰点,继而客场再遭辽沈队零封。

返津途中,车外浓雾弥漫,车内寂寂无声。梁胜男觉得太过憋闷,想组织队友搞点儿小节目,活跃一下气氛。可刚站起身,大巴骤然急刹,她一屁股又摔回座位,车上其他人也身体前倾,有的脑袋还撞到了前面靠背上。

梁胜男尽量控制着情绪,大声问司机:"师傅,什么情况?"

"对不住!雾越来越大,路况太差了。"

"真背,哪儿哪儿都跟咱过不去。"梁胜男堵心道。

见此情形,几位教练担忧起来:如此恶劣的天气,万一高速公路关闭的话,大家就无法按时赶回津海。由于明年国际赛事频繁,5月份有亚锦赛,8月份要打世界杯,为给国家队集训让路,国家排协只得将本届联赛赛程压缩为一周双赛。三天后,津海队就有一场同江浙队的比赛,若今晚航班被延误,那可如何是好?

大巴尚未驶入河北省地界,司机便得知唐津高速全线被封,何时开启,只能静等天气变化。

"昨儿还说是轻度霾。这叫天气预报吗?一点儿准都没有!"徐国祥道。

"自打进入11月就没见着晴天。老吸霾,监测仪器也中毒了。"李和平调侃道,"网上说,现在清华的校训都改成'厚得载雾,自强不吸'了。"

坐在前排的章志强转过身:"你们还有心思逗闷子?刚跟排管中心联系过,津海那边雾更大,若大雾下午还散不了,全队就得在路上趴一天。"说着他凑近司机,询问是否有其他办法可绕着回津。

司机回答得很直白:"咱能想到的,别人也会想到,国道土路肯定堵满了。不过这种天气,飞机也得晚点。"

"它再晚点,我们也不能困在这儿呀。天寒地冻没吃没喝的,再把孩

181

子们折腾病了。"徐国祥焦急地说。

又耗了两个多钟头，雾霾依旧未见好转。大家正束手无策，梁胜男兴奋地上前道："我三叔回电话了，球迷协会与这儿的相关部门协调好了，让咱把车开到唐津高速入口，武警派人把咱带出去。"

大家鼓掌叫好，赶紧启动前行。最终在当地武警的引领下，大巴车兜了个弧线，从唐山斜插进津海。此刻，浓雾才逐渐消散，天也黑了下来。司机摇下车窗，见高速方向成千上万盏车灯一眼望不到边，不禁叹道："别看咱走的是弓背，若还在原地傻等，估计后半夜也回不到市里。"

因本轮雾霾持续时间较长，干道交通全面受阻，进入市区的路同样举步维艰。一车人颠簸了十多个小时，已人困马乏。这时，排管中心来电，让大巴车直接开往机场，市政府同相关方面打过招呼，已为球队开启一条安检通道，所有手续按特殊情况快捷办理。另外，饮食问题也做好了安排。

临近子夜，女排一行总算抵达津海国际机场。才下大巴，排管中心主任和几位职员便迎上前，带着众人直奔后楼的贵宾候机室，食堂的宁师傅早在此等候。见姑娘们进屋，他忙掀开身旁两个特大号保温桶，给大家盛上一碗碗热气腾腾的番茄鸡蛋手擀面。饥寒交迫之际，喝碗暖和可口的汤面，真是鲜美又舒服。与此同时，那边的登机手续也全部办妥。

待全体成员在机舱坐定，章志强无比激动地说："大家伙儿看见啦，市领导为咱想得多周到！津海球迷的拳拳之心也足可感天动地，他们并没有因为球队今年战绩不佳而嫌弃慢待，依然始终如一、竭尽全力地伸出支持、帮助的双手。今后，咱就是不蒸馒头，也要为津海争口气！"

刚才的那段插曲和章指的一番鼓动，让队员又找到了方向，她们在飞机上很快安心入睡。转天，精力充沛的姑娘们客场轻松击败宿敌江浙队。

42

仅靠一场胜利,无法挽回大局,津海女排还是无缘四强,提早告别联赛。整个赛季累计下来,津海女排成绩位居第七,跌至 2001 年以来联赛最差排名。对此个别黑粉儿喜不自胜,极力吵嚷:"本赛季惨败,标志着津海女排从此走向没落。"津海球迷立即严词反驳:"你们净玩些'发章楠'的下作把戏,赢了也不光彩!胜败乃兵家之常,别得意得太早,等明年津海女排主力悉数归队,我们必能重振雄风。"

排球迷网上激辩的同时,津海体育局有关领导也在排管中心召开例行总结会。会上,主帅章志强汇报本届联赛过程,并对落败结果进行了认真反思:"自 1996 年全国女排联赛开启,前六届是我们的蓄力期。从首次带队夺冠至今,我们一共获得了九金两银一铜。这些好成绩主要得益于市委领导、体育局领导的扶持和梯队建设的不断完善,虽也有阶段性受挫,只要两大根本优势未变,津海女排就会长久位列国内强队之林。至于今年这个最差成绩,虽有诸多客观因素,自身问题也不少,尤其球队作风偏软、部分队员思想问题未能及时解决,但是,身体力行和知人善用向来是主教练必备的能力,对此,我要负主要责任。如下届还不能打翻身仗,我将主动辞职。"

这等于当众立下军令状。

会后,徐国祥不解地问:"你都这岁数了,还把口儿封那么死?"

"十年九冠,你我是年过半百,功成名就,可眼下这拨队员呢?有幸者混个一冠两冠,劳而无功者一冠不冠。大家练得这么苦,总不能让她们空着俩手退役吧?"

徐国祥连连颔首:"也是呀。但不添加新人,下届又从何入手?"

"就从聚拢军心、提振斗志抓起！"

"拢军心？你还是先把自个儿闺女拢回来吧。"徐国祥笑道，"你们爷儿俩都够轴的。章楠是你孩子，就活该吃亏？她私下告诉我，感觉右腿韧带松得厉害，可她并不敢对你讲，你这当爹的也得好好想想了。"

章志强一惊："有这事？看来，我这爹当得真叫不够格呀！"

放完春节长假，球队立即安排章楠到医院做全面检查。诊断结果出来：章楠右腿韧带已断裂，需要马上手术。女儿腿伤已到这个地步，章志强更觉愧疚。手术当日，他罕见地向队里请了半天假，同爱人一起在医院手术室外焦急等待。

将近中午十二点，主治医生宣布手术成功后，夫妇二人揪着的心才算放下。章志强问："术后恢复需要多长时间？""明天就能下地，八周后脱拐，三至六个月便可摘掉支具。"医生道。

伤筋动骨一百天，这回可得好好养养了。自此，章志强经常抽空下厨房，然后带上饭菜去探望女儿。

父亲的举动大大出乎章楠预料。她打开饭盒一看更为惊喜，除了自己爱吃的醋熘土豆丝和西红柿炒鸡蛋，额外还有块黑椒牛排。

"您不怕我体脂超标啊？"

"刚做完手术需要营养，体脂超了再练下去。敞开吃吧。"章志强就势坐在床边，坦诚道，"是爸不好。总觉着疏者宽亲者严，对你太苛刻啦。"

章楠没想到父亲会主动向自己承认错误，感动之余连忙道歉："您都是为我着想，我不该耍小性。"

"闺女家家的，哪有不耍小性的？但耍过了就要翻篇。"章志强心疼地抚摸着女儿的头，"以后有想法了就照直跟爸说，别总憋在心里边。"

章楠紧紧抓住父亲粗壮的手臂，泪水却围着眼眶来回打转。

父女俩冰释前嫌，章楠心情愉悦，身体也迅速康复，半年后便归队训练。章志强让她先练习接一传，孰料她刚一下腰，训练馆里立时响起"发章楠"的叫喊声。章楠打了个愣,旋即明白这是父亲特意为自己营造的场外干扰。而这招还真灵验,没出一礼拜,再大的吵嚷声也钻不进她的耳朵了。

章楠逐渐找回状态,但到底是动了大手术,能否盯得住整个赛季,谁也说不准,而津海女排后防线再不能像上届那般脆弱了。章志强找到一传技术过硬的老将尹倩,前段时间其腰伤基本痊愈,但要再承担高负荷的主攻重任仍有些吃力,于是让她改作自由人,与章楠交替上阵,以确保全队防御无忧。

章志强用商量的口吻道:"我打算给你换个角色,不知你愿不愿意?"

尹倩灵透得很,马上猜到章指要说什么。作为眼下这支队伍里的老大姐,她深知排球比赛环环相扣,主攻网前扣杀是过瘾,但一传不好,会增加二传压力,进而影响全队得分。

"没问题。只要您认可,我打哪个位置都行。"尹倩干脆地应道。

"自由人这份苦差受累不讨好,委屈你了。"

尹倩摇摇头:"赢球才是硬道理。连着两届没拿冠军,这届若再失手,就更让人说嘴了。我退役之前,必须再气疯几个黑粉儿。"

章志强一听乐了:"还退役呢,竟说些孩子话。"话说回来,当年可爱的"豆豆"现已二十有七,又腰伤严重,她这是为了球队在坚持。于是章志强关心地问道:"你新房布置得怎样了? 啥时候办事儿? 到时可得请我喝喜酒。"

"我就是吃了豹子胆,也不敢不请您啊! "

师徒俩开心地击掌。

此次备战联赛,球员们有个重大发现——章指除还像以前那样严格训练,对大家的身体状况也特别上心。已正式担任队长的梁胜男,也学会关照师妹们的日常生活了。队内的人情味越来越浓,凝聚力越来越强。

10月底,尹倩与田径队的男友喜结良缘。是日,津海女排新老成员齐聚,除了孙红雁、倪鹃、陈静妹三人,就连谭晓岚都从深圳赶了回来,国家女排主帅郎指导也通过视频给新人送上了祝福。

婚庆公司别出心裁,让身穿白纱的尹倩吊着威亚从天而降。来宾无不拍手称奇,梁胜男更高声说:"也太浪漫了吧,仙女下凡呀!"新郎得意道:"尹倩就是我的仙女。不浪漫怎对得起她?"

结婚不到一周,新赛季联赛就开始了。尹倩已事先与丈夫商议好:放弃蜜月,归队参赛。

上赛季输得灰头土脸,今年再打不了翻身仗的话,就意味着连续两年颗粒无收,因此本届联赛对津海女排第三代球员来讲,是球队荣誉及自身价值之战。可理想很丰满,现实很骨感。相比其他队的新人辈出,津海队则是捉襟见肘,章楠大伤初愈,陈静妹更因手术还在恢复调养期,算来算去,还是得靠尹倩、梁胜男、吕萌几位老将苦苦支撑。

一天训练下来,疲惫不堪的尹倩瘫坐在长椅上,抬眼望见当年凌副市长的题字,禁不住连连摇头,感慨道:"唉,'精神永续,青春无敌',我这精神还凑合,青春可彻底没了,拿啥无敌呀?只能拼老命喽。"

梁胜男讥讽道:"拼老命又不是让咱去死。瘦死的骆驼比马大,我'梁大锤'真豁出去了,就这一通猛砸,够那帮小毛孩儿受的。"

吕萌在旁哼了声:"甭吹牛,老不以筋骨为能,体育吃的是青春饭。咱们老三代也该给年轻人让让道儿啦。"

梁胜男颇为不屑:"谁想挡道?你不是没看见,咱队小字辈还都没立个儿呢。咋办?就得你我去堵枪眼!"她用力挥舞起右臂,接着说:"姐儿几个,拼啦!把身上这点儿余热全发出来,成就十冠伟业,咱也来个永载津海女排史册。"

闻此,尹倩眼里也闪现出光彩,站起身:"还真是的,拿下十冠王,风风光光地退居二线!"

梁胜男伸出右手,摊开五指:"说定啦!"

"说定啦!"

"说定啦!"

尹倩和吕萌的手先后拍了上去。

三大主将振作起来,这股精神很快感染全队,大家铆足劲儿要夺取联赛十冠。见球队如此面貌,章志强打心眼儿里高兴:"胜男长大了,不光能当队长,当球队的精神领袖也挺像样。"

这话传到梁胜男耳朵里,她脖子梗着,虽满脸通红,但内心颇为享受。

43

梁胜男这人向来说到做到,此番出征联赛,果真拿出股拼命三郎的架势。在她和尹倩等老将带动下,津海女排重新焕发出青春活力,一路狂飙突进,先后将诸多强敌斩于马下,再次杀入总决赛。

此番与津海队争冠的换成了近期飞速蹿升的姑苏队,该队主帅正是曾执教过国家队、被业界号称"小诸葛"的魏兵。章志强深知其足智多谋、精于算计,布阵上很难找到破绽,只得利用姑苏队年轻队员缺乏决赛经验这一点,边消磨其锐气,边伺机反攻。

打球恰似打仗,双方不光斗勇,更要斗智。你章志强主意多,人家魏兵也一肚子弯弯绕。眼见首轮交锋被津海队抢得先机,魏兵立马调整首发阵容,不但起用两名主力接一传,还派技术全面的副攻改打接应。这一大胆变阵完全出乎章志强预料,津海队队员一时难以适应,很快被对方的犀利进攻击溃。尝到甜头的魏兵此后连续改变首发,尽管章志强临阵经验丰富,仍被对方牵着走,四轮过后,两队总比分2:2。双方站在了同一起跑线,而历经多场鏖战,津海队老将们已经异常疲惫,夺冠形势不容乐观。

"四战变三阵,'小诸葛'名不虚传。"助教徐国祥道。

助教李和平则道:"他'小诸葛',志强还'智慧囊'呢,咱是联赛变阵的祖宗,就不能给他也变一个?"

徐国祥摆摆手:"咱手里就这几张牌,还能变出啥花样来?"

章志强想了想道:"双方实力都摆在那儿,这个时候再变什么阵,也不如场上队员打出擅长的快变最管用。另外,津海队是十年九冠,对手是一帮小年轻,人家什么负担也没有,就是泼命冲击我们。一会儿就召集全队开个动员会,强调一些细节,关键还得给大家解压。"

会后,身为队长的梁胜男深觉责任重大,特意将尹倩、吕萌等主力叫到自己房间,对大家讲:"刚才章指说了半天,概括起来就四个字——血拼到底。"

吕萌附和道:"既然没了退路,不拼就是等死。"

"咱现在的处境,就跟庭姐、鹃姐她们当初血拼军旅队时一个样。"尹倩道。

"这种仗,打赢了才叫有成就感。"梁胜男兴奋起来。

尹倩补充道:"那如何保证能赢呢?所以,章指的作战方针里还有八个很重要的字——以守待攻,后发制人。"

"太对了!"梁胜男又道,"咱得将这个核心精神反复念叨给大伙儿。告诉她们,明天谁在关键时刻掉链子,大年三十的饺子就别想吃痛快!"

2016 年 1 月 30 日,农历腊月二十一,地处江南的姑苏大地格外阴冷潮湿,直至正午,空中还飘落下细细的冰丝。然而,聚集一起的数千本土球迷连同随队而来的津海球迷,哪还顾得上难受的天气,早早就跑到延陵大学体育馆为球赛提前预热。因为今天在这里上演的终极对决,将见证究竟是津海女排实现十冠王伟业,还是姑苏女排成为又一个联赛新科冠军。大家拉开架势攒足劲儿,都准备为自己的球队呐喊助威。

不久,两队相继抵达。下午两点整,比赛准时打响。

姑苏队主帅魏兵又摆出第三场使用过的战阵,期盼再度零封对手。面对姑苏队潮水般攻势,津海队只能被动防御,待逐步稳住阵脚,才靠快球、拦网连续追赶,将分差不断缩小。可惜津海队定点强攻还是弱于姑苏队,22:25丢掉首局。第二局,姑苏队全力压上,前半程一直保持领先,姑苏队小将们觉得胜利已唾手可得,精神有些松懈,反让津海队趁机打出个小高潮。此后双方展开激烈的网口争夺,赛况愈加胶着。危急关头,梁胜男毫不手软,用4号位的一个钉地板扳平比分。在她带领下,球队又顽强地连夺三个局点,最终28:26拿下该局。

双方跌宕起伏的激烈争夺,让央视主播连发感叹:"同样是命悬一线,姑苏队队员浑身发紧,手都在抖,没能扛住压力呀。还得说津海队,这么多年屹立排坛积累下了冠军底蕴,无论遭遇怎样凶险的局面也从不放弃。"

第二局成为全场的转折点,津海队气势陡增,打吊结合,进退自如,攻防颇有章法,控制了场上主动权,一鼓作气又连下两城,重夺联赛魁首。这也是林庭等第二代球员退役后,第三代球员凭借自身实力首次夺冠。

颁奖台上,章志强难掩内心澎湃,双手高高举起来之不易的冠军奖杯。

旋即,就有几名津海球迷代表跑下看台为球队献花,小山子还特意送上一面印着"十全十美十冠王"的红色条幅。望着条幅上的七个金色大字,津海队姑娘们激动万分,连忙拉开条幅,开心地同球迷代表合影留念。

梁胜男笑得合不拢嘴,这回她这个队长真是做到了兢兢业业,比赛中眼神充满坚定,每扣中一球必振臂高呼,立马点燃队友激情。即使扣球被拦死,她也总是拍着胸脯喊:"我的!我的!"整个赛季,其发扣拦总共贡献了 439 分。

赛后新闻发布会上,见梁胜男大大气气坐在教练身旁,一名男记者挤到前排问:"梁队,还记得我吗?"

模样、声音都似曾相识,未及梁胜男开口,那名记者便饱含歉意道:"上次我的提问给你惹了不小的麻烦,真是对不住!"

"你是说'五五开'吧?"梁胜男爽朗地笑了,"其实,你问的没毛病,是我回话时措辞未加斟酌,让广大球迷产生了误解。这件事看似对我困扰很大,但对我今后的成长同样帮助很大。所以,我还应该谢谢你呢。"

闻此,包括那名记者在内,在场的人都连声感佩:"'梁大锤'变得淡定了,更学会了宽容。"

女排再为津海市赢得殊荣,本是一件值得庆贺的事,可陈静姝非但乐不起来,心里还很不是滋味。同为津海女排第三代领军人物,自己却没给球队的第十冠做贡献,这让她遗憾、歉疚不已。

自 2014 年年底到芝加哥大学医学院治疗开始,一切便不再由陈静姝自主。经各种精密仪器细致检查,华裔主治医师柯教授愁眉紧锁,他考虑的不是陈静姝能否尽快重返赛场,而是如何保住她的双膝。反复斟酌后,柯教授还是决定进行彻底的大手术,先将整个膝关节滑膜全部清理,再采用微骨折技术来促进软骨再生。

手术很成功,但康复期也相当漫长。术后两个多月,陈静姝依然无法自如行走,半年后才开始恢复性训练。由此,她错过了 2015 年 5 月的亚锦赛,只能通过电视机看队友们横扫日本队、泰国队、韩国队,兵不血刃地畅快复仇。

转眼就是 8 月,月底即将在日本举行第十二届世界杯。中国女排真是多灾多难,陈静姝尚未达到参赛状态,另三位主力又先后倒下,其中两个属于正常的运动性损伤,主攻兼队长齐茹蕙却病得邪乎,稍一增加训练量就面色苍白、汗流如雨,继而呼吸困难。

队里送齐茹蕙到医院全面检查,其被诊断出"室上性心动过速",这是一种足以导致恶性心律失常乃至心源性猝死症,其根源则是感冒引起的病毒性心肌炎,须马上做射频消融术,即由大腿动脉插一根导管直入心腔,再通过导管内的电极放出电热能,烧掉那些"短路"的心肌。

中国女排出征前的最后时刻,齐如蕙却要做大手术,这届世界杯简直没法打了!犯愁之际,主帅郎指导做出个惊人决定:带二传手陈静姝一道出征。许多人大惑不解:世界杯仅允许各队上报十四位选手,中国队本就缺兵少将,怎还让个伤员挤占参赛名额?

对此,陈静姝自己也没想到,但又不好直接问郎指导。还是男友严临旭一语道破:"郎指导要拿你给队里其他人做个榜样,告诉她们,只要选择坚持到底,教练绝不会放弃追求梦想的每一名球员。"

陈静姝确实盼望上场冲锋陷阵,无奈尚未恢复的双膝还不能胜任这种顶级大赛。抵达日本后,她只能坐在替补席上拍巴掌,从松本、冈山一直拍到名古屋,以致被某些搞怪球迷戏称为"拍手姝"。

44

由于整个世界杯期间充当着拍手客,场下的陈静姝方惊喜地看到球队中大批新秀在苗壮成长。以主攻手朱珠为首的几位小将已成为扭转战局的关键人物,从辽沈队选拔来的年轻二传技艺突飞猛进,与陈静姝是伯仲之间。中国女排本就特别低调,经郎指导运筹帷幄,球员均以冲击者的姿态面对所有对手。

正所谓哀兵必胜,遭逢诸多不利因素,在事先并不被看好的情况下,中国队竟超水平发挥,十轮过后,以九胜一负的战绩居所有球队之首,只要最后一轮战胜东道主,即可获得冠军。而郎指导正想借此良机,痛打真锅政义率领的日本队,一雪当年之耻。此役尽遣朱珠等得意门生,陈静姝则依旧稳坐替补席。战至第四局,中国队以压倒性优势,顺利拿到本届杯赛的冠军点。此时,郎指导突然举手示意换人,首次把陈静姝派上场。

一股暖流涌遍陈静姝全身,她深知郎指导此举饱含着莫大的关怀,那是为了让自己赛后能与大家共同享受夺冠的快乐。为避免失误,陈静姝的发球略显保守,对方一传到位,迅速发起快攻,队友没能拦住,少了一个赛点。陈静姝暗恨自己出手太软,但身经百战的她即刻调整心态,准备组织一攻。

孤注一掷的日本队球员大力跳发,后排队友前扑垫起,陈静姝马上横传4号位,朱珠挥臂重扣,对方勉强救起,推过来的却是无攻球。机不可失,陈静姝果断再传4号位,朱珠奋力一击,排球落地开花。漂亮!25:22!

中国队3:1战胜日本队,时隔十一年再获世界杯冠军,顺利拿到里约奥运会的入场券。

此时,央视主播高声呼喊:"十一年啊,让热爱女排的全国人民等待太久了!但是,为了这激动人心的一刻,再漫长的等待也值得!"

其实上一场击败俄罗斯队后,女排姑娘们便猜到了最终结局,所以那晚已提前流淌过幸福的泪水,今天她们脸上全是胜利的喜悦。荣耀登顶之时,大家还特意带着两位因伤缺阵队员的球衣站上领奖台,让此刻坐在电视机前的所有人,都深深感受到中国女排这个集体的团结与友爱。

单项排名中,朱珠无疑获"最佳攻手"称号,另有多名队友得奖,唯独陈静姝两手空空。尽管也捧起了自己职业生涯首座三大赛金杯,但她被许多人说成寸功未立,纯属躺赢世界冠军。

诸如此类的声音让陈静姝极不舒服却无力反驳，她只盼膝伤痊愈后用实力证明自己。可时至年末，考虑到要对国手多加保护，津海队教练组并没安排陈静姝随队参加本赛季联赛。而齐茹蕙术后不到半年便征战联赛，并率姑苏队夺得史上最佳战绩。两相对比，便有球迷毫不客气地讲："陈静姝没用了，不能再打球了。"

　　冰冷的言语直扎陈静姝心上，她不禁自怨自艾地对严临旭道："伦敦奥运会没进四强，世锦赛拼了老命才拿个第二，世界杯当了超级观众，小字辈们倒夺冠了。看来我这人命中注定就当不成世界冠军。"

　　严临旭打趣道："咱可不兴宿命论啊！依我看，是你的球打得太好了，人又漂亮，老天爷羡慕嫉妒恨，于是就让你多些磨难。但好事往往多磨。"

　　"老天爷怎么想的你都知道，这不更迷信吗？"陈静姝咯咯笑起来，转而道，"说归说，逗归逗，我担心的是，一旦恢复正常了，郎指导还会不会用我？"

　　"肯定会！你看看前几天体育频道对郎指导的采访，心里就踏实了。"严临旭说着掏出手机，搜索出那段视频，递给陈静姝，"我是特意为你下载的。"

　　视频上，但见记者向郎指导提问："现在球队中的新人如此优秀，为何还要保留状态不复当年的老将？"郎指导郑重道："那些从伤病中站起来的老将，是球队的宝贵财富。她们能战胜伤病，就一定能在困难时刻战胜自我，帮助球队摆脱不利局面，带领新人获得胜利。"

　　郎指导的这段话给了陈静姝巨大鼓舞，她感激地望着严临旭："真谢谢你的视频，里约奥运会上，我会让你看到最好的陈静姝。"

　　2016年，全球体育迷即将迎来又一届奥运狂欢。

　　展望今年奥运女排前景，大家既热盼也不免担忧。中国女排虽拿了世界杯冠军，其中不排除有侥幸成分，一是欧美诸强还没摸透中国队路数,二是意大利队、巴西队两大劲旅因故缺席。中国队只有实打实地在里约奥运会上夺冠,才算令人信服地重返世界排坛之巅。

关于这个问题,津海女排两位前奥运冠军无疑更有发言权。孙红雁说:"朱珠这批新人,论技艺绝对超越曾经的我们,又有郎指导把舵,无论技战术还是先进理念,客观上应该具备夺冠实力。但奥运会这种大阵仗,只现场气氛就能把胆小的吓趴下;关键场次、关键点的压力更不是一般人所能承受的。胜负还得说心理,当初雅典奥运会决赛时,俄罗斯队的'两娃'多厉害,到底还是被我们打崩溃了!"

林庭点头道:"所以,奥运会才是对运动员的终极大考。今年里约奥运会,津海队派出的考生只有陈静姝,若她还是打世界杯时的状态,估计连大考资格证都拿不到。"

老队员陆月洁忧心道:"以往国家队各个位置都有咱的人,雅典那届津海队一气儿出了三个奥运冠军,现在怎就静姝硕果仅存呢?"

林庭道:"时过境迁,亚洲传统小快灵打法早已落伍,日本队防守再好,近些年不也一蹶不振吗?由此,津海队往后选拔培育后备人才的方式也必须要变。"

…………

聚会结束后,林庭突感心情沉重,前两年因女儿太小,难免牵扯精力,如今孩子已上幼儿园,自己应该为津海女排梯队建设和未来发展多动些心思了。

春节长假后,体工大队召开例行会议,商讨今年工作重点,而女排向来都是重中之重。林庭遂详细阐述了自己的规划想法,尤其强调要"走出去,请进来",一方面让本土球员与国外球员进行交流合作,另一方面要把国际高水平排球赛事引入津海。而最快落实这两点的有效办法,就是向亚排联申办亚俱杯,将来依托组织亚俱杯的工作经验,再向世排联申办世俱杯。此外,她还表示新时期更要注重年轻队员的思想教育,要加强球队的党支部建设。

与会领导边听边频频颔首："小林谈得很好,有见地、有思路、有方向。明年,第十三届全运会就在咱津海举办,武阳到泊洼一线将建一批新场馆,这样,'请进来'就有了设施保障,但亚俱杯能否落户津海,从顺利运行到最终举办成功,诸多细节还需我们做足功课。"

"只要上级支持,我们有信心将相关事宜安排到位。"

林庭天生是个做大事的人,为尽快把引进亚俱杯的设想落实,在拟定具体方案的同时,她就着手组建团队,天天忙到通宵达旦。

妻子如此辛苦,何钊既心疼又多有不解："现在大家的目光都聚焦在里约,你折腾的活儿没人看得见,何必这么赶罗自己?"

"干活儿就为给别人看吗?"林庭笑道,"你也是搞体育的,应该明白,对基层来讲,本届奥运会已成过去时了。现在就要着眼将来,至少得想,再过四年津海队还能给国家队输送多少人才,去出征东京?"

何钊竖指称赞："老婆眼光看得长远。你现在完全进入领导角色了!"

林庭莞尔："在家里,咱俩谁是领导?在单位,我不过是一个普通管理者。作为十冠王,津海女排今年却尴尬到把所有希望都寄托在陈静姝一人身上。"

"难怪你有这种忧虑和紧迫感。想想也是,但愿她能为全市人民争光露脸。"

林庭冲老公一挑大拇指："往大了说,还有全国人民。"

45

深知背负太多人的期望,陈静姝压力山大!

就在前不久,郎指导也说过,陈静姝需要解决的问题是跟上全队进攻节奏,要跳传。现在陈静姝的身体已基本康复,训练也达到了国家队的要求。

此话传到陈静姝耳朵里,严临旭逗她道:"怎样,还不放心?那我就给你传达一下。"严临旭学着郎指导口气,"一个健康的陈静姝,除了速度,其他方面在当今世界女子排坛,也是世界级的! 这样的陈静姝哪个国家不需要? "见严临旭装模作样的样子,陈静姝捂嘴笑了。

又经过半年的配合训练,大家终于熬到7月底,心中惴惴的陈静姝如愿以偿地搭上奥运航班,随国家队前往里约。

巴西是举世闻名的足球王国,自2002年日韩世界杯后,却再未捧起过大力神杯,反倒在排球项目上狂飙突起。国家男排女排均称霸排坛十余年,女排尤其蝉联了北京、伦敦两届奥运会冠军,虽说接应谢拉、主攻娜塔莉亚、副攻法比亚娜等名将已英雄迟暮,但威风不减当年,她们发誓要在自家门口留下这枚金牌。

抽签时,中国队幸运避开了巴西队这支强悍的上届冠军,却陷入更为凶险的死亡之组。同组另外五支队伍除波多黎各队实力稍弱,余者皆为虎狼之师。这是郎指导作为主帅第三次率队征战奥运,经验丰富的她已预料到前路必将困难重重,无心观赏里约热内卢狂欢之城的美丽海滩与浪漫桑巴,命大巴车直接进驻奥运村,而后球队便开启连续三天的突击训练。首轮小组赛,中国队迎战荷兰队,但首发阵容中并没有陈静姝。

比赛打得很不顺,前两局1:1。郎指导换下状态不佳的辽沈队二传,派陈静姝上场。终于等来了机会,陈静姝表现积极,调动灵活,全队进攻效率大为提高。陈静姝还打出两记漂亮的二次球,中国队很快以25:18拿下第三局。

眼见要输球,荷兰队强势反扑,双方对抗越发激烈。陈静姝自然要拼尽全力,岂料,一直精心呵护的双腿此时又被拉伤,打到第四局后半程,只要一跳传小腿就抽筋,很难组织起前排快攻,荷兰队乘势连赢两局。对手笑到了最后,而中国队初战受挫,弄个开门黑。

赛后,陈静姝狠狠地捶着自己的两条腿:"半场球都盯不下来,后面还如何指望你?"回到宾馆,她找队医抽完积液,又去康复师那儿进行咨询。后者觉得问题不大,但需调养休息。

两日后中国队迎战意大利队,陈静姝整场坐在板凳上。而在她缺席的情况下,球队自失得到控制,关键分把握也很出色,成功零封对手,赢得首胜。

照此下去,自己不成了可有可无之人?陈静姝积极争取,第三轮郎指导派她首发,她帮助球队击溃了弱旅波多黎各队。但康复师还是建议她再歇几天。

"歇着?那大老远跑这儿干吗来?这可是奥运会呀!"陈静姝仍急道。

严临旭劝慰道:"还是听大夫的吧。待调到最佳状态,郎指导肯定给你机会。"

闻此,陈静姝只得乖乖回到替补席。

但令人万没想到的是,球队之后竟遭遇了恐怖的两连败。至此五轮小组赛全部结束,中国队两胜三负仅获 7 分,小组第四,勉强进入八强。

按照交叉赛规则,B 组第四要对 A 组第一,中国队不得不与东道主巴西队迎头对撞。过去八年,在同巴西队交手的十九场比赛中,中国队仅胜过一场,处绝对劣势。在 A 组,巴西队以一局未失的强劲势头横扫五个对手,几乎无队能挡。八进四又是淘汰赛,倘若失利,中国队只能打道回府。这何止是被逼至悬崖,中国队大半个身子已吊挂半空,仅剩一只手死死抓着崖边那棵枯藤。

之前国内没人料想得到,此番中国女排远征巴西,会比四年前伦敦奥运会小组赛输得还要惨。残酷的现实让一些媒体对国家队前景忧虑不已,表示按现在形势,理论上讲,中国女排的奥运之旅已提前宣告结束。

国内许多球迷更是想不通：趋势、细节、辩证法，是郎指导手里的三大制胜法宝，球队还有天赋异禀的朱珠，按说这拨队员网口并不吃亏、球技更非粗糙，哪儿哪儿都远胜于往届，怎会打成这样？作为实战经验丰富的奥运三朝元老，陈静姝看得非常清楚，毛病主要出在大家心理上，若像第二轮对阵意大利队时那样放开打，中国队绝不至于此！

至于心理这一致命坎儿，郎指导虽反复提醒队员不要多想成绩，但这种现场打分制的比赛，年轻球员无法控制自己不去瞅记分牌，比分越落后，越怕追不上，心理越紧张，不但分散了精力，还导致技术动作变形，也就越丢分。以往每遇失利，郎指导赛后都会总结原因，并一个动作、一个配合、一个组合地落实细化到训练计划中。而奥运赛程总共才半个月，每个轮次间隔不到两天，哪有时间容你停下来纠错？

队中小字辈球员才二十岁上下，四年后的东京奥运会还可从头再来，陈静姝却等不起。她意识到，弄不好中巴之战就是自己运动生涯的最后一役，通过几日休整，身体已能够担负重任，于是她主动向郎指导请缨。郎指导未置可否地说："你做好准备就是了。"

8月14日这一天，陈静姝过得极其漫长。早上全队仍是正常训练，午间休息时，她发现平时练习用的皮球被助教悄悄撒了气，莫不是在为输球后方便回程做准备？不过，从郎指导沉着的目光中，她没找见一丝放弃的念头。郎指导这样意志坚定的人，是不会因一时失利而有所退缩的。

直到赛前动员，郎指导还一脸轻松地对大家讲："教你们一招制胜的绝技，就是不用去想国家队先前的那些败绩，因为那些败绩，大部分都不是你们打的。上个月的大奖赛，你们不还剃巴西队光头了吗？今天，还照那样打！"

其实郎指导心里清楚，当时巴西队刚飞抵澳门，三十个小时路程还没倒过时差。但,管他呢,能在奥运会之前赢一场,队员就多些信心。

　　首发阵容出炉,陈静姝依然榜上无名。可她没有灰心,既然郎指导让自己做好准备,那就耐心等待。

　　当地时间晚十点,中国队进入里约马拉卡纳齐诺体育馆。能容纳一万两千人的主场馆座无虚席,其中90%以上都是当地观众。比赛尚未开始,激情四溢的巴西人就发出震耳欲聋的欢呼。在家乡父老的鼓劲声中,巴西队队员神气活现地拉开架势,似乎欲犁庭扫穴般一举摧垮中国队。

　　开场哨一响,巴西队便展开碾压式攻击,网前全面开花,中国队被打得喘不过气来,一传到位率仅26%,二十分钟不到,巴西队便以25∶15轻取首局。因提不起气来,央视解说高航连同被请来做嘉宾的中国女排原队长、雅典奥运会冠军马昆,也显得无精打采。

　　面对自己球队的崩溃节奏,郎指导清楚,对巴西队一定要把握好主动得分这一环节,不能指望巴西队失误送分。前两局比赛中国队必须拿下一局,这样一来巴西队的心理状况就会起变化。

　　见替补席上的陈静姝搓着双手心急如焚,郎指导扭过头,轻声冲她问了句:"准备好了吗?"陈静姝用力点点头。"第二局你首发!"

　　陈静姝替换下那位年轻二传时,双手已搓到掌心发烫。场上有齐茹蕙和余筠筠两位参加过伦敦奥运会的老将, 连同朱珠等三位实力小将,完全构成中国女排最强组合。尽管兵临绝境,但现在已输无可输,陈静姝不再有杂念,想的只是放手一搏。

　　此时,陈静姝的稳定性发挥了作用,面对空前压力,她没有紧张慌乱、泰然自若、有条不紊地调动场上攻手,顶住了巴西队一波又一波重炮狂轰,顶住了主场上万观众的嘘声和倒好声。而她传得越稳、喂得越舒服,朱珠越能展现强大的破坏力,无论前攻还是后攻,给对方构成威胁的同时,更制造不少麻烦。队长齐茹蕙则进可攻退可守,使中国队二点攻弱轮不致被卡死。"南长城"余筠筠几个单挑,也让对方攻手心生畏惧。

至此,中国队逐步扭转场上被动局面,14平后,便与巴西队展开艰苦的拉锯战。至23平,朱珠重扣,对方打手出界,中国队抢到局点,随即2位号拦死谢拉的强攻,25:23扳回一城。

见齐茹蕙体能下降,郎指导用替补主攻柳筱虹将其换下。柳筱虹虽籍籍无名,却体力充沛,且打球路数没被研究过,正是郎指导手中的奇兵炸牌。这一换人果真有效,巴西队不得不派专人盯防柳筱虹,如此朱珠等队员在陈静姝的穿针引线下,有了更多下球机会。第三局后半段,中国队已确立领先优势,最终25:22实现反超。

志在卫冕的巴西队气急了,便以不讲理的狂攻硬吃对手,第四局总算遏止住中国队势头,也以一个25:22将决赛拖进决胜局。

46

球打到这会儿,按当时流行说法,是双方都使出了洪荒之力。从1平打到7平,气氛紧张得令人窒息,观众席一位巴西小球迷甚至哭着扎进妈妈怀里,不敢看下去。眼见队友相继出现自失,陈静姝以自己热到极点的手感,稳定控制着局面。中国队率先过了10分,形势明显有利于我方,但巴西队仍紧咬不放。

14:12,中国队夺得赛点,一只脚踏进四强门槛。巴西队毫不示弱,一攻得手,追成13:14。

胜负攸关时刻,郎指导果断再叫暂停,布置完针对性战术,陈静姝悄声同郎指导商议了几句,郎指导点头认可。副攻余筠筠忙问:“这球怎么打?”“我传2号位,你打背快。”陈静姝道。

上场前,陈静姝还递过来一个眼神,余筠筠以为肯定由自己出手,暗自充分准备。一传起球后,陈静姝身子故意后仰要传2号位,余筠筠见状立即跨步起跳。巴西队两名队员见状,急奔过来上前封堵,其他球员的目光也都被吸引。哪知陈静妹使的是诈术,她一变手腕,将球高高传至4号位,早已埋伏好的朱珠飞身开网暴扣。巴西队情知中计,却已来不及拦防,绝望地瞅着排球"砰"的一声落在自家场心。15∶13!

此时,电视中传来高航沉稳的声音:"此番中巴五局大战,是足可载入排坛史册的经典战例。中国队姑娘出乎所有人意料,3∶2淘汰了不可一世的东道主。"

嘉宾解说马昆在旁接着道:"是的,中国女排的神奇逆转,再次证明了一条真理,那就是紧要关头永不放弃,绝望才会变成希望!"

这场四分之一淘汰赛的神奇大逆转,陈静妹表现得可谓居功至伟,特别是其过硬的心理素质和顽强的意志品质,在球队遇到困难时发挥了稳定军心的作用。这也印证了郎指导所言,从伤病中站起来的老将一定能战胜自我,帮助球队摆脱困境,赢得比赛。

而经历了鏖战巴西队的封神之役,中国队也痛苦地完成了一次灵魂蜕变。半决赛前的准备会上,郎指导目光坚定地对大家说:"什么叫置之死地而后生?我们虽闯过了巴西队这道关,但接下来所打的每场比赛,都是最后一场!"

此后,中国队半决赛3∶1击败荷兰队,继而同塞尔维亚队争冠。在首局失利的情况下,中国队姑娘连扳两局,第四局又以24∶23率先拿到冠军点。此时,郎指导叫了暂停,布置如何拿下最后关键一分。大家上场后,我方发出一记刁钻侧旋球,塞尔维亚队接一传的球员仓促下直接将球垫过网口,齐茹蕙没客气,一个眼疾手快的探头,将球打中。

"我们赢啦!"此时此刻,央视演播室嘉宾席上的马昆按捺不住喷薄而出的激动,高声叹道,"太神奇了!太不可思议了!从一开始到现在,中国女排一直在困难中成长,一步步前进,一步步努力,最终我们站上了领奖台。中国女排最棒!"

高航也激情洋溢道："又是在第一个赛点、第一个金牌点，十二年后中国女排再次赢得奥运会冠军。本次中国女排可以说是低开高走，经历了无数磨难，但她们顶住了压力，再次迸发出固有的队魂、固有的拼搏精神，依靠团队力量，摆脱了小组不利局面，不断创造奇迹，第三次拿到奥运冠军。这样中国女排也追平了古巴女排在奥运史上三次冠军的纪录！"

当最后一球落地时，这些年来，所有的坚持和付出都是值得的。就在队员们拥抱在一起，又蹦又跳大声欢呼的那一刻，中国女排主教练郎指导，却是泪眼蒙眬。

通过里约奥运会的夺冠，中国女排当之无愧重新登上世界排坛的巅峰。朱珠还以发扣拦总共 179 分的成绩，荣获"最有价值球员"和"最佳主攻"称号。

女排的辉煌战绩令国人欢欣鼓舞，成为本届奥运会中国代表团的最大亮点。球队凯旋时，社会各界均予以女排姑娘们英雄般的礼遇。

在中国女排荣获"CCTV 体坛风云人物最佳团队奖""《感动中国》2016 年度特别致敬奖"等一系列殊荣后，陈静姝也终于圆梦，戴着光灿夺目的奥运会金牌返回家乡。津海体育界领导再次隆重庆贺，并颁授其诸多荣誉称号。只有陈静姝自己最清楚，能咬牙挺下里约奥运会，已超越了她自身的极限。正如一位球迷所言："陈静姝就像一名退伍前的老战士，打完枪膛最后一颗子弹，之后光荣结束职业生涯。"

已经二十八岁的陈静姝更懂得浮华终将归于平淡。她接下来的日程是进高校深造学习，选择新工作，适应新岗位，然后结婚生子。

因陈静姝要去北京体育大学冠军班读书，严临旭要随国家队训练、比赛、装修新房、筹办婚礼的琐碎活儿，基本上被两家父母承包下来，无论再忙再累，当爹妈的心里也高兴。转年，一切事宜准备就绪，婚期定在国庆长假。

婚礼星光熠熠,犹如中国排坛大聚会。郎指导夫妇莅临现场,国家排管中心主任也到现场庆贺,以齐茹蕙为首的两代国家女排冠军球员纷纷盛装亮相,津海女排全体成员也悉数到场。

作为嘉宾代表向一对新人致辞时,郎指导还特意幽默道:"希望你们早生贵子,东京奥运会带着小宝宝去给中国女排加油,记住最好多生闺女!"

队长齐茹蕙接过话筒,结果在夸赞陈静姝为国带伤出战时,却激动地哽咽起来。

开启崭新人生的陈静姝苦尽甘来,津海女排除她之外,尹倩、梁胜男、章楠、吕萌等骨干成员也面临退役。第三代球员即将谢幕,新生代尚未登台,球队无疑会出现"无人打球"的断崖期。

其实,这一头痛问题早就相当突出。近来老将们再次被伤病捆住手脚,尤其尹倩的被迫伤退,让后防线一下失去了核心力量。教练组对本赛季联赛深感担忧。

因里约奥运会夺冠,女排赛事越发受到关注,各省市对这届联赛都更加重视,津海体育局当然也期望自家球队能够卫冕。然而,如今几个主要对手都完成了新老交替,皆处上升期,尤其宿敌姑苏队,主力多是九五后,又有奥运冠军齐菇蕙坐镇,可谓兵强马壮,当地球迷也叫嚷着要"报仇雪耻"。反观津海队还都是帮八五后,体能没法比,且伤兵满营,搞大换血也已来不及,万一再有一两个伤退的,就只能伸脖子让人宰了。

多年来,津海女排之所以长盛不衰,就是因为重视对后备力量的大力培养。球队一直保持着从排球发展不太好的省份选拔苗子的传统,可这些娃娃尚在青年队,远水不解近渴,为今之计,只有靠外援补齐短板。于是,教练组向上级打报告,申请引进一名主攻手配合梁胜男,以加强球队的进攻端。

津海排管中心遂与多方联络,最终选中塞尔维亚女排主攻手米哈伊洛维奇。她可绝对是世界级大牌球星,且正在当打之年。里约奥运会上,她以47%的进攻成功率高居扣球榜第二,仅次于朱珠。

在奥运会赛场上,米哈伊洛维奇曾两度同陈静姝交过手,称赞陈静姝是非常棒的二传,希望彼此能成为好朋友。陈静姝向她介绍了中国女排联赛的情况,告诉她津海女排已多次夺得联赛冠军。所以面对津海女排的邀请,米哈伊洛维奇颇感兴趣,双方一拍即合。完成电子签约后,米哈伊洛维奇很快抵达中国,旋即便与津海女排队员开始封闭训练。

本以为有强援加入,球队起码在进攻环节能压垮敌手,万没想到,米哈伊洛维奇这种典型的欧洲强攻选手扣球变化少,发蛮力较多,往往遇到专门拦网就很难下球。由于小球串联技术粗糙、防守技术孱弱、自失环节把控不力,她短时间内难以融入津海队的快变打法。为保障"米氏重扣"效果,就要有人替她接一传,球队整体速度由此大幅下降。津海球迷见状,连声感叹:"看来,请外援必须实用且接地气,否则名头再大也是摆设。"

幸好还有梁胜男,即便对手拦堵住米哈伊洛维奇,她这门重炮还可发起攻击。津海队虽打得不如先前顺畅,仍胜多负少,始终位列联赛前三强。

大麻烦出在了半决赛,对手是宿敌姑苏队。其主帅仍是"小诸葛"魏兵,他看准一传乃米哈伊洛维奇之罩门,就让队员追着她发球,结果真奏效,竟打出一波9∶0的小高潮。米哈伊洛维奇彻底哑火,本就堪堪不敌的津海队,仅靠梁胜男单线进攻明显孤木难支,最终主场被对手零封。

算上交叉赛,津海队连负姑苏队三场。队长梁胜男急红了眼,直白地向教练提议,首发阵容将米哈伊洛维奇拿掉。可让花六百万元请来的巨星坐板凳,实在有点儿不好交代,再者弃用米哈伊洛维奇,又有谁能顶上去?章志强左右为难,只得让梁胜男担负更多攻防重任。球队过分依赖一名主力,就好比把全部鸡蛋放同一个篮子里,章志强明白此理,但别无他法。

47

为了球队争胜,明知被透支使用,梁胜男也毫无怨言。她不惜气力地奔跑、跳跃、扣杀、扑救,结果拦网下落时不慎伤及右脚,痛苦地摔倒在地。这一意外不啻雪上加霜,意味着球队进攻体系彻底坍塌。

背水一战的章志强深感力不从心,只得把老将吕萌替换上场。吕萌是保障型主攻,由于身高不足,一向强攻不强,主要靠技巧得分,难以弥补梁胜男的缺阵。

眼见津海队两门重炮都没了,"小诸葛"绝不给对手喘息机会,只要双方比分一接近,他就用叫暂停的办法打乱对方的攻防节奏,抑制其反扑势头。此种情况下,无牌可出的章志强自知毫无胜算,索性派几名年轻队员上去锻炼锻炼,等于将冠军争夺权拱手相让。

对阵津海队五连胜,姑苏队斗志高昂,进而击败江浙队,摘得首个联赛冠军。

联赛即将告终,国家排协特意为本赛季增加了一场南北明星赛。南方明星队阵容姑苏队选手就占据四席,魏兵自然是该队教练;北方明星队中只有一名津海队球员,教练也不是章志强,而是由东鲁队主帅出任。

十冠王遭此冷落,搁谁心里能好受?看着脚上厚厚的绷带,梁胜男却出奇平静。她轻声叹道:"老虎不发威,被人家当病猫。以前一个球就可以打死,现在三四个球都拿不下来,唉!"

章楠和吕萌都劝道:"你也甭逞能了,打完全运会咱们一起退。"

成绩摆在那儿,自己更得知进退。深思熟虑多日,章志强在总结会上明确表示,这个全运周期后,自己退居二线,并提议由负责青少队的赵亮接管津海女排。

自 1959 年始,四年一届的全国运动会,历经半个多世纪才轮到在津海举办。可目前津海女排全靠伤病缠身的老将在撑场,想夺冠势比登天。教练组成员纷纷找到章志强,希望他出面,从青少队挑些尖子来充实一队。

　　章志强马上予以否定:"原则上,这批小孩儿不能动,她们在全运会青年组也有夺冠任务。"接着,他这样解释说:"抓青训这些年,赵亮已形成一套独特的手法,与成人队的路子不尽相同,仓促间二者很难捏合。联赛时,我也试着把唐菁晶几人派上去练手,结果她们与老队员无法相融。所以两边队员一旦交叉使用,极可能鸡飞蛋打,还不如彻底保一头。好容易当把东道主,自然都想拿金牌,但无论多困难,也不能打二队的主意。"

　　章志强的用意,老搭档徐国祥非常理解,也就点头默认了。助教李和平仍心有不甘:"志强,你可就要退了,临走前不想再风光一把?"

　　"月圆月缺,新陈代谢,一支队伍达到顶峰后,若想保持长期辉煌,是十分艰难的,也非常人做得到。和平呀,自 2003 年起,九次夺冠,带出四位奥运冠军,又一度执教过国家队,从一名排球运动员到国家队教练,我觉得已经够风光的了。我虽栽过不少跟头,老实说,有些东西直到现在还是没悟透。"

　　章志强顿了顿继续道:"眼下咱这批三代球员就算有出息的了,最后一哆嗦,能打到啥地步就啥地步,我不想再强求什么。"

　　李和平又道:"那帮后起之秀,不就全便宜赵亮了?"

　　"话不能这么讲,跟自己人还算计?"章志强反诘道。

　　章志强之所以坦然放弃,除不愿与同仁相争,还有更深层考虑,本届全运会对津海的意义非同寻常。自中华人民共和国成立后,全运会只在北京、上海、广东三地轮流举行,直到二十一世纪初,才在国内其他省市相继举办。之前津海也曾多次申办,2011 年与陕西、四川、湖南、湖北展开激烈竞争,经三轮不记名投票,最终获得第十三届全运主办权。这是各省市间软硬实力的综合比拼,津海通过举办全运会,在扩大影响的同时,也势必会促进市政建设、文体事业的发展。

作为现代化大都市的一张名片,津海女排理应在全运会上有所斩获。章志强不愿动用二队球员,就是想力保新生代在全运会上争金夺银后,再以足够的信心和崭新面貌,集体亮相全国联赛。

2017年8月27日,第十三届全运会在津海奥林匹克中心隆重开幕,陈静姝作为运动员代表当场宣誓。在大型文艺表演《逐梦远航》中,全运会吉祥物"津娃"和机器人"优友"点燃了主火炬塔。

随后的十二天里,来自全国各地八千多名运动员,参加了三十二个大项的比赛。由于津海市领导高度重视,组织精心周到,志愿者热情参与,整个进程相当顺利,本届运动会获得了巨大成功。

全运会赛事虽多,津海人最上心的当然还是女排。随着比赛进入关键阶段,津海女排成人队成绩却不尽如人意,至全部比赛结束,排名仅列第六,民众难免唉声叹气。直到赵亮率领津海青少队与青年组各队分别打了个行云流水,六场大战看下来,大伙儿才呼出一个字:"爽!"

新老交替,岁月流转,津海女排在冠军的金色年华中谋求变革,唯一不变的是对冠军的追求和对荣耀的捍卫。这帮瞅着就特带劲的九五后甚至〇〇后,就如同一群下山小老虎,个个活力四射、锐气逼人,平均身高更远超前三代队员。左手大主攻唐菁晶一米九二,主力副攻汪嫒嫒更高达一米九五。最终在冠亚军决赛中,津海青少队击败辽沈青少队,摘取金牌。

津海球迷欢天喜地:"津海女排自此改门风了。小孩儿们球下得又爆又脆,对手被打得披头散发。"外省各路杠精几乎被气疯,他们以为后继无人的津海女排,称雄国内排坛的时代行将终结:"几个小屁孩儿,全运会上偶尔露峥嵘,端到成人联赛左不过白菜价。"

外行再怎么说外行话也没人笑话,何况现在言论自由。但搞专业的谁不清楚,高快结合才是当今排坛大趋势。早前,章志强就认定这批新生代前途无量。就拿姑苏队讲,只因有两个奥运冠军,就可牢固霸占网口。现在唐菁晶这批小将已与之不相上下,即便不能在年底联赛中夺冠,但身体条件出众又技术过硬的她们,也一准会横空出世。

由此,章志强极为安心地交出帅印,赵亮走马上任津海女排主教练。见章楠等人相继退役,梁胜男本也要退,怎奈新帅赵亮执意挽留,希望她能像林庭、倪鹃当初那样给年轻球员擂鼓助阵。为大局着想,梁胜男表示服从教练组安排。经她鼓动,好友吕萌便一同留下,以老带新再打一届。

退役可以暂缓,婚期再不能拖。那位篮球小子与梁胜男已执手相爱十五年,也该让人家转正了。

终于等到正日子,得知心目中响当当的"梁大锤"大婚,小山子代表津海球迷协会给这对新人送来一幅大红锦缎,上绣两行大字:"愿你温柔对待世界,亦被这世界温柔相待。"

新郎一见大喜,赶快双手接过,同时学着相声演员的腔调,对身边的梁胜男道:"有这就行了! 有这就行了!"

梁胜男的婚礼不仅隆重热烈,更趣味无穷。作为多年闺密兼室友,章楠以娘家人身份建了一支"姐妹闹事团",轮番对新郎进行拷问,并严令道:"你可得好好待胜男姐,胆敢欺负她,小心我们集体拿排球扣你!"新郎摆摆手:"还用集体拿球扣? 只她一柄大锤,就能把我砸趴下!"章楠还不依不饶,让新郎当众做出保证。新郎提高嗓门儿拉着长声道:"我保证,今后,我上班来我挣钱,我挑水来我劈柴,我纺线来我做饭,生了孩子——哎,我来带!"逗得在场全体哄堂大笑。

婚宴后,章志强同助教徐国祥、李和平边聊边朝酒店外走,无意间瞥见角落里有人正低声跟梁伯成谈着什么,样子极其谦恭。恍惚间,章志强觉得那人有些眼熟,定睛观望,竟是多年未见的萧茂元。

这个时候，早已发了大财的萧老板不在酒店内吃喜宴，缘何跑到这里嘀嘀咕咕？如今他又黑又瘦，前额也已秃了，不仔细看真就没认出来。

章志强等人停下脚步，直至萧茂元向梁伯成告别，点头哈腰地要从角门离开，几人才迎上前打招呼。见是旧日同事，萧茂元不好转头走人，但表情颇为尴尬。在章志强探问下，他极不情愿道出了实情。

48

几年前，萧茂元通过津海地产生意豪敛过亿资产。但并不知足的他，又将手伸向外埠，在沙口市选中一片地皮。地价倒便宜，当地政府却另有附加条件：须先在市郊碧湾湖旁建一座五星级酒店，才能拿地盖商品房。

萧茂元反复核算，以为即便如此，自己照样有大赚头，于是拍板签约。哪知却掉进了无底洞。五星级酒店的建设难度远超他想象，工期一再拖延，所投资金几乎是预算的两倍。好容易建成了，效益又极差。门可罗雀不说，人吃马喂的还得月月往里贴，公司几乎被掏空，偏赶上房地产市场不景气，逼得萧茂元只能四处举债来维持。为脱离困境，他决定"壮士断腕"，将地皮和酒店一并兜售出去。问题是，哪个冤大头愿当接盘侠？

趔摸了大半年，萧茂元终于找到一位姓毕的老总，后者许诺一次性拿出九千万元。萧茂元明知对方乘人之危，但若能由此止损，亏本也得卖，起码先抹平账面上的债务，往后就算守着剩下的家底也是个富家翁，若得机会，说不定还能杀个回马枪。

商谈具体收购事宜时，萧茂元发觉毕总并没那么多资金，极可能是要借茂元实体套取贷款。违规买卖土地，诈骗银行，明显触犯国法。不过，这些行径皆是姓毕的所为，自己就假装被蒙在鼓里。

为还清拖欠的高利贷,急于弄到钱的萧茂元抱着侥幸心理,与毕总达成交易。但直到来年秋天,没等毕总的钱到位,萧茂元却接到公安机关的一纸传唤。萧茂元知道传唤不具有强制性,硬着头皮置若罔闻。没多久,毕总及下属皆遭逮捕,萧茂元这边的传唤证也变成拘传证。最终,他被押上警车。虽然他并非主犯,但罪责也不轻,外加以往的经济问题,弄不好面临五年以上有期徒刑。

　　财富过亿的大老板沦落至银铛入狱,萧茂元几近崩溃,直到这时他才意识到,钱乃身外之物,要想避免重判,唯尽力弥补给国家造成的损失。萧茂元忍痛将房子、车子凡能出手的都出手,还好,只坐了两年牢,就被提前释放了。

　　二十多年的努力化为乌有, 五旬开外的萧茂元恐怕很难再咸鱼翻身,能把欠下的罗圈债还清就不错了。今天的婚礼他并未受邀,却主动登门道贺,其实是想借机恳请梁伯成减免债务。

　　梁家从不放高利贷,与萧茂元也无生意往来,双方就一笔变相的三角债,数额也不算多。正值女儿出嫁,梁伯成心情大好,欣然同意收回七成本钱即可,期限也延后半年。

　　望着萧茂元佝偻的背影,徐国祥轻轻哼了声:"《无间道》中有句话说得太对了,出来混,迟早要还的。想当初全民皆商,如今真正成功者能有几人? 梁家大伤元气,萧科更赔个净手!"

　　"所以,我急流勇退是对的。巅峰是个既荣耀又危险的地方,它会面临八面来风、四方箭雨。走上巅峰不容易,站在巅峰更危险。要保持住正确姿态,就得放下虚荣别忘乎所以。姿态一旦出问题,就会走下坡路。"顿了顿,章志强又直逼症结道,"这些个能耐人呀,常常就毁在'贪'字上。我认识的那些下海者中,萧科做得最大,他如知道适可而止,后半生何至于此。"

　　"做生意有几个不贪的? 挣得再多也没个够。"李和平道。

大伙儿这么聊着,赵亮却始终一言不发,刚才婚宴上他也话不多。近来他时常两眼发直、若有所思,敢情他满脑子转的全是即将开始的排球超级联赛。

全国女排联赛经历二十余年发展,现在时机业已成熟,中国排协决定将 2017—2018 赛季女排联赛升级为女排超级联赛,简称"排超"。参赛队伍由之前十二支扩充至十四支,延长了赛程,调整了赛制,冠亚军决赛也改为七场四胜制。运动员转会则进一步放宽限制,赛季中间允许自由流动。此外,所有比赛还将配备"鹰眼"辅助裁判系统。

因是排超元年,国内各球队都跃跃欲试。矢志卫冕的姑苏队想抢得头彩。多年没尝过冠军滋味的沪上队更舍得下血本,早早把津海队原二传来响招至麾下,又不惜重金聘请来曾有"世界第一主攻"之称的韩国名将金延璟,连同队里三位前国手,组成豪华阵容,挑明了剑指冠军宝座。

而津海队从章志强时代进入赵亮时代,迎来有史以来最彻底的一次大换血,不仅球员一锅出地被整个从二队端上来,教练组也一水儿的原青训组班底。体育局领导清楚,队中新人没有打成人联赛的经验,遂降低指标,提出打进八强就算完成任务。

打进八强就算交了答卷?赵亮可不干。他在二队摸爬这么多年,终在首届排超跃身为成人队主帅,况且自己手中有一群小老虎,尤其脱颖而出的唐菁晶,全运会决赛对阵辽沈队,她一人独得 37 分,这数据也太华丽了吧。

一说起唐菁晶,赵亮总是不吝赞美之词。在刚结束的全运会一战成名后,小姑娘直接就被狂喜的球迷誉为"津海女排之重器"。大家还发现,这名左手小将不仅基本功扎实,进攻手法灵活多变,心理素质出色,且善于打硬仗。2015 年在秘鲁举行的世界少年女子排球锦标赛上,唐菁晶凭借 166 分的总成绩获得"最佳主攻"称号。

对于这拨手把手教出来的队员，赵亮特有信心，但如何进一步激发她们天不怕地不怕的冲劲儿，目前尚办法不多。此时已为球队领队的杨絮建议道："正好，局里不是通知咱近日迁往泊洼新址吗？搬过去的头一天，我们先组织大家进行参观，之后搞个观后交流，以此提升全队的向心力和战斗力。"

"主意不错，那就赶快着手办！"

原体工大队所在地位于市区核心，前往女排主场地人民体育馆最快捷。全运会期间，为减少来回路程，方便球员训练休息，津海女排并没随其他运动队入驻刚落成的泊洼体育中心。

泊洼体育中心是为筹备 2017 年全运会，由津海市委市政府倾力修建，集运动、教育、科研于一体的现代化、集约化、生态化的综合体育园区。除各类竞赛训练场馆，新闻中心、教学楼、宿舍楼、餐厅、医务、物业等设施一应俱全，建筑面积超过五十万平方米。经此大力投入和着眼未来的改造，昔日偏僻荒凉、芦苇遮日的泊洼，眨眼间便拔地而起为一座充满时代生机的亮丽新城。

步入综合训练馆，场地之轩敞、硬件之先进，都是原先体工大队难以比拟的。见小球员们不同程度地受到震撼，杨絮适时引导大家："就是拿到世界上，泊洼体育中心也是一流的！身为体育人，我们应该感到无比荣耀。但要问心无愧地享受这份荣耀，只有像津海女排前三代球员那样，披荆斩棘、奋勇拼搏，创造辉煌的伟业！是她们，挥洒了二十多年的汗水，才把今日的女排打造成津海的名片！"

小队员们参观得特别开心，杨领队的话更引来她们的阵阵热烈掌声。

面对崭新的一切，唐菁晶的心一直在激烈跳动。九岁时，还有些奶声奶气的她由天寒地冻的鹤城来到津海，与父母远隔千里，独自生活在异乡,训练时的苦和想家时的痛,其他人是绝对难理解的。

…………

49

提起唐菁晶到津海的来龙去脉,还得从当年赵亮北上鹤城"挖新苗"讲起。

北江鹤城因其为丹顶鹤的故乡而得名。赵亮在该市教育局主管文体工作的匡副局长引荐下,结识了当地传奇教练石秋成。

石秋成原是足球运动员,还练过百米跑和中长跑,但因成绩不理想,体校进修时改学排球,毕业后被分配到冬鹿小学。校园不大,教室还是平房,操场面积不及正规足球场的四分之一。就在这巴掌大的地方,石秋成竟挨班挑苗子组建起一支排球队。为提高学生对排球的认知和兴趣,他潜心自创了一套"魅力排球"韵律操。几年苦功练下来,从市级到省级的学生运动会,冬鹿小学一路打出了名气。后来冬鹿小学与邻近的十三中合并,石秋成是中小学生一起抓,排球队伍不断壮大,更具备了较高的专业水准。

近些年来,鹤城女子排球战绩越来越好,不但夺得全国少年女排锦标赛乙组第三名,还代表北江省参加过全国青年排球锦标赛,2008年更摘得全国中学生女排联赛冠军。

上述情况,赵亮之前已有了解。但石秋成挑选球员"测骨龄"的那手绝活儿,赵亮、段军两人还是头回听说。

所谓骨龄就是骨骼的年龄。其实人的生长可用两个年龄来表示:一是生活年龄,即日历上的年龄;二是骨龄,也叫生物年龄。由于骨骼发育过程具有连续性和阶段性,不同年龄阶段的骨头具有不同的形态特点。

对于从小开始训练的孩子,骨骼的生长发育对他们的运动生涯起着重要作用。

对于小运动员来说,测骨龄除了评估其身体发育和健康状况,还可预测其长高潜力,进而确定这个运动员身体条件有无发展前景。凭多年教学经验,通过看手腕部位的 X 光片,石秋成就能测出骨龄来,预测身高上下不差一厘米。

见面时,石教练裹着件长款军大衣,说起话来满嘴大碴子味儿,非常爽朗质朴。得知津海女排的需求,他立时带着赵亮、段军前往操场。

观看了一会儿初中球员训练,主抓青训多年的段军喜出望外,这地方孩子的身体条件确实强出津海的孩子一大截。赵亮则半开玩笑地对石教练道:"您真舍得让我们随便挑?"

石教练直言道:"换作我,当然捞干的。俺们这旮沓没有合适平台,好多有才能的队员后续得不到发展。如果哪个孩子能被津海女排这样的冠军队看上,将来打联赛,没准还能进国家女排,我这启蒙教练脸上岂不有光?"

赵亮竖起大拇指:"您真是个大明白人,太敞亮了!今后咱两边就常来常往。"

"这是必须的!"石教练呵呵笑道。

经认真选拔,赵亮、段军共挑出五个条件出众的球员,决定带回津海试训。其中最满意的要数初三年级的赵萍和才上初一的孔蔓,她俩身高都接近一米九,副攻、接应位置都没问题,而以孔蔓沉稳的性格,还可往二传方向培养。略感遗憾的是,未能发现称心的主攻苗子。

返回石教练办公室,三人还在议论相关话题,这时,随着门外一声细嫩的"报告"声,一个又高又瘦的小姑娘走了进来。只见她有着一双仙鹤腿、两条长胳膊,手指细长,甜笑中一对小虎牙尤其可爱。见屋中坐着两位陌生面孔,"小虎牙"腼腆中带着怯意,忙向赵亮、段军鞠躬行礼:"老师们好！"直起身后才问石教练："您找我啥事？"

"你妈刚才来电话说，你爸又病了。"

"啊，严重吗？"小姑娘脸上的笑骤然消失。

为不使其太过紧张，石教练有意放缓语速："没大事，还是老毛病，已经送医院了。你现在回去看看吧！"

"知道了！"小姑娘说完又鞠一躬，转身离开办公室。

段军注意到，"小虎牙"出门时是用左手拉的门，难道是个左撇子？

"刚才怎么没见到这孩子？"段军问。

"她是冬鹿小学的，现在还不够十岁。"石教练说。

"什么！这么高的个子还是小学生？目测少说也得一米八。"赵亮惊诧道。

石教练微笑着点点头："将来，她肯定能超一米九。"

"这孩子，是不是左手打球？"段军又问。

石教练又点了点头。

"将来一旦调教出来，那还了得？"段军显得异常兴奋。

据石教练介绍，这小女孩名叫唐菁晶，父母都是当地工人。以前家里日子还说得过去，这几年，随着时代发展，东北这个曾经的老工业基地却越发不景气。夫妻俩厂里效益不好，唐父又患上急性心包炎，动不动就眩晕，以致无法工作，现只靠唐母不高的收入维持生活。好在这孩子又乖又听话，从不惹爸妈着急生气。

上幼儿园时，高个子的唐菁晶就已鹤立鸡群，小学一年级时两条长腿放不进课桌，她只能侧身坐着，结果被石教练一眼相中，当即招进校队。这孩子虽有些内向，却心眼灵秀，还特别能吃苦。一个雨天，她跟着大姐姐们到室外训练，边看教练示范，边做准备活动。没注意，她脚下一滑摔倒了，胳膊磕在带尖的碎砖上，划出老大一口子，流血不止，赶紧去医院缝了针。第二天，胳膊还肿着，可她仍然早早去训练。三年下来，她的排球底子已非常扎实了。

"石教练，打我这儿说，这孩子我是要定了！"段军果决道。

"段老师好眼力，唐菁晶的未来不可限量。只是岁数还小，别的不说，单她上学就是个问题。要不，等她上了初中再跟您走？"

石教练所说确实是个问题。回到宾馆后，段军心里仍放不下那个细细高高的"小虎牙"，遂将见到的情形电话告知了章志强。

章志强闻此也来了兴致："先把孩子带过来，真是好苗子的话，说嘛也得摁住。再等几年，万一被人撬走，到时咱后悔都来不及。"

转天，赵亮、段军又去找石教练，后者有些为难："你们想过没有，这么大点儿的孩子，生活上好多事还不能自理，离得开爸妈吗？她父母也未必舍得。"

听石教练又往深里揭了一层，段军不知怎么回话。多亏了赵亮，他当年做过生意，能应承又会说软话。经不住其一力央求，石教练这才答应到唐家去做工作。

见到唐母，石教练也不绕弯子，只恳挚地说："鸟往高处飞，人往高处走。津海女排可是五届全国联赛冠军，是眼下实力最强的地方队，孩子真能在那儿站住脚，起点得多高？您得为女儿的长远发展着想，这等机遇千万别错过。"

唐母心想：话虽如此，毕竟两地相隔三千多里，当娘的怎忍心年仅九岁的女儿跑去那么远的异乡独自打拼？可把孩子留在身边，真耽误了她前程，我必将追悔莫及。现在自己既要上班，还得照顾患病的丈夫，哪还有精力管女儿？

到底如何选择，唐菁晶母亲实难决断，只得与丈夫商议。唐父犹疑多时，最终咬紧牙关道："就咱家这情形，能给孩子提供啥条件？到外面是吃苦，跟着咱俩照样吃苦。不如让她到大城市接受更好的教育，咱养活儿女不就为她日后有出息吗？"

　　当晚，唐母将此决定告诉女儿。她拉住女儿的手，表情凝重地说："石老师说，津海女排的教练选中你了。要知道，人家一旦把你当成好苗子来培养，是要给你落津海户口的。这么重视，可不是儿戏。"唐菁晶起初没听懂，等弄明白怎么回事，险些哭出声来。但唐菁晶自小深知爸妈不容易，她看得出来，爸妈既想为她好又舍不得她离开，于是强忍着心中的惶惑不安，反过来安慰爸妈道："爸妈放心，我去了保证不偷懒耍滑，早早练出名堂来！"

　　然而，要想将鹤城的孩子带回津海，仅本人和家长乐意还不成，必须孩子所在学校、当地教育局、当地体育局乃至相关派出所一路绿灯才行。上层虽已做好沟通，但具体办事也要一番折腾，等全办利索了，众人才英雄凯旋般返津。

　　看完这批新招募球员的训练表现，章志强等人喜不自胜，尤其赵萍和孔蔓更获得一致首肯。对那个害羞不已的唐菁晶，大家意见却不相同。虽说这细高个儿女孩儿身体条件很抢眼，但毕竟年龄太小，将来到底发展成啥样还是个未知数。

　　对此，章志强不以为然。他不但看好唐菁晶的未来前景，还以自己为例力排众议："我也是左撇子，深知左手打球的人本身就具有特殊优势。由于习惯与常人相反，拦防一方很难适应，进攻威胁就可以成倍增加。"定完调子，章志强特地叮嘱段军，对这个孩子，要多下功夫重点培养！

50

　　小菁晶能被主教练相中，足以证明自己选才的眼光，段军高兴又痛快，回家的路上，不停冲杨絮炫耀："这趟东北行真没白忙活，挑来的孩子个个拿得出手。就那唐菁晶，少见的好坯子，日后肯定是津海女排的一张王牌。"

"什么日前日后，耗不到阴历年，她就得回老家。"杨絮边开车边抱怨，"真是大老粗，没注意小丫头眼睛红红的？背地里指不定哭过多少回呢。"

"哭？还多少回？为啥？"段军不解地问。

杨絮"嗤"了一声，轻叹道："还能为啥？想家呗。你们可真行，才多大点儿孩子就敢往回领！不开玩笑，打算留住她，先得给她配个保姆。"

段军一听乐了："保姆？就你啦！那唐菁晶好歹快十岁了，怎么也比咱没满周岁的女儿好哄吧？"

"真能给我找事干。不过也行，只要你们放心，我完全可以老母鸡似的把千里之外招来的小宝贝护在翅膀下。"

"先代表章指谢谢你。你办事，我从来一百个放心！"

"真的？"杨絮不无讽刺地剜了一眼，段军的脸一下红到耳根，杨絮却满是柔情地握着方向盘。自从有了女儿，两年来夫妻俩感情升温，杨絮的面颊也越发饱满滋润，不但脾气和顺了，管理队员也更加精细。有一种幸福叫满足，杨絮不知自己的人生是否美满，但眼下她开心快乐，所以她满意知足。

自此，杨絮真把唐菁晶当成自己的孩子，除照顾其起居饮食、陪聊天、辅导功课，还时不时送她个小礼物。生活上杨絮对唐菁晶悉心呵护，训练中更怕累坏了小朋友，有意给她减量。可唐菁晶不想被其他姐姐小瞧，再苦再累也与大家同步。那股要强劲儿让杨絮好像看到了当年的自己，感觉这小丫头确实不一般。

在与队友相处方面，懂事的唐菁晶也让杨絮省心，既不娇气也不是非，极少与人争执。她话虽不多，性格却不孤僻，队里有了热闹好玩儿的事，她露着那对小虎牙也随着一起乐和，由此被队友们亲切地唤作"妹妹"。

真正令杨絮头疼的还是唐菁晶上学的事,给这孩子找所合适的小学太不容易了。市内一般学校本就不爱接收外地插班生,何况还是高个子体育生,普通课桌她根本坐不下。此外鹤城与津海教材差异很大,特别是英语,唐菁晶一点儿基础没有,跟上同年级孩子很吃力,强行降一年级又说不过去。到排球传统校应该可以,可唐菁晶得跟着青训,如不参加校队,人家一样不愿接收。

杨絮跑了快俩月,多方托关系,才把唐菁晶调进同光里小学,之前落下的许多课程还得想法补上。为此段军和杨絮费尽周折,将语数外三科老师全请来,利用训练间隙为唐菁晶补习。

每天的时间被排得满满当当,这对一个小女孩无疑是超负荷的。可忙也有忙的好处,晚上累得脑袋沾枕头就着,她连想家的工夫都没了。反倒是星期日下午的半天休息最难熬,一闲下来便会想家想爸妈,忍不住了她就开始抹眼泪。

同宿舍的孔蔓看到这情形,转而告诉了领队杨絮。杨絮想了想,立即带着唐菁晶满大街转悠。看着唐菁晶开心笑了,杨絮心里明白,无论自己如何用心,终不能替代孩子的亲妈。

"还是让菁晶先回去吧,起码读完小学再来。"杨絮与丈夫商议道。

段军摇摇头:"我死乞白赖把人要了来,谁舍得?"

"孩子想家想到经常一个人躲楼道哭,也太可怜了。"

段军踌躇多时才道:"怎么也得等到春节放假。过完年,唐菁晶要是不想回来,咱就是再替她上心也没用。"

很快就放寒假了,石秋成来津接小球员返乡过年。他深知,一个高品质的平台对运动员日后发展有多重要,所以真心希望鹤城的这些孩子都能在津海扎下根。为此,石秋成特意带她们游五大道,逛劝业场、古文化街,最后到体工大队东边的肯德基大快朵颐,炸鸡、汉堡、薯条、蛋挞……只求能拴住孩子们的心。

"津海多好啊！现代化大城市,讲究、气派,麦当劳、肯德基遍地都是。"

"嗯嗯！"孔蔓边嚼着菠萝派边道,"还有必胜客的比萨,贼好吃！"

"天也暖和。咱那旮旯一年有大半年出不了门。"石教练接着道,"我还听说,每次津海女排主场比赛,段教练就让你们当球童。这种观战机会多难得！"

赵萍点头道:"在现场看比赛感觉就是不一样,全国联赛的水平就是高。"

大伙儿这边说得热闹,唐菁晶只闷头吃汉堡,头也不抬。

"咋啦? 你咋不说话?"石教练关切地问。

唐菁晶啜嚅半天才道:"我还是更爱吃津海包子。"

一句话逗得众人前仰后合。

真心讲,唐菁晶已喜欢上了津海。全国联赛上,夺金拿银的津海女排更深深吸引着她,可这里训练太苦了,累到睡不着觉时,身边又没爸妈可诉苦。

在石教练带领下,唐菁晶首次踏上回家的路,盯着车窗外片片残雪覆盖的庄稼飞逝而去,她的心也随之越跳越快。刚下火车,一眼看见早就等在站台的父母,唐菁晶飞奔过去,一头扎进妈妈怀里"哇"地哭了起来。唐母天天思念女儿,苦等半年才见上一面,这样的日子太煎熬,于是也紧搂着女儿泪如泉涌。见此情景,石教练真担心这娘儿俩会打退堂鼓。

元宵节前夕,唐母给石教练打来电话,明确地讲:"孩子在家念叨好几天啦,她是真喜欢排球。但要将来有出息,除了去津海没别的选择。我也想过了,今后不管多难,也不能半途而废。趁过年促销,我给菁晶买了部手机,以后再想家,我们娘儿俩就可以打电话了。"

闻此,石秋成甚是感动。他相信唐菁晶这朵小花,此后必会在以女排姑娘为城市英雄的那片沃土生根发芽。他所期待的,是这孩子能尽早地蓬勃绽放！

鹤城球员重返津海后,便投入艰苦枯燥的训练之中。当初在石教练手下,以为运动量已到了极限,现在看来,以前的跟这儿比起来简直是小儿科。

有一次,因训练太苦,唐菁晶又累哭了,排管中心副主任林庭得知后,放下手头的工作特意跑来安慰并鼓励她:"我也是从你现在这个年纪走过来的,能理解你心中的难过。但我要说的是,这个世界不会辜负一个执着的人。只要你能下狠劲儿,受得了折磨,你想要的,命运一定舍得给你。"说到这儿,林庭心疼地擦去小菁晶脸上的泪水,接着说:"你无法选择自己的生日,也无法选择自己的家庭和出生地,却可以选择在自己的世界里去努力,从中寻找到改变命运的契机。当你持之以恒做好一件事,时间会看见的。"

林庭的指引,教练、领队无微不至的关怀,加之对排球的热爱,让唐菁晶挺过了一个个白天。可到夜深人静之际,她还是忍不住想家,因为怕爸妈惦记担忧,每次给家里打电话,只说在津海一切都好。但毕竟是个没长大的孩子,有回她与母亲随口聊起鹤城特色小吃,思乡的酸楚陡然涌上来,忍不住"哇"地哭出了声。唐母赶忙好言安慰,答应定期给她邮寄家乡小吃。

此后近半年时间,每到月初,除了零花钱,唐母必会寄些鹤城特产,外加一罐澳大利亚进口蛋白粉。唐菁晶虽不知蛋白粉售价,但光看其高档的包装,就知道非常昂贵,以家里的经济状况怎么负担得起?她打电话向母亲问询,唐母解释说:"你爸近来身体恢复得挺好,都能外出打工了,这样省下大笔的医药费,再加上你爸的收入,咱家日子宽裕了许多。你现在正是长身体的关键时期,训练又那么累,就得喝有营养的蛋白粉补一补。"

唐菁晶将信将疑,之后多次探问,母亲总是拿这套话答复,反倒让她越发不踏实,由此就更想家了,连日常训练也变得心猿意马。对此,赵亮、杨絮极为担忧,眼下这种情形,再靠讲大道理和日常关怀已起不了多大作用,必须从根上解决问题。

51

见赵亮想不出啥好主意,杨絮就去跟段军商议。后者也觉得很挠头,琢磨来琢磨去,只能求助唐菁晶的启蒙教练石秋成,或许他有治本的办法。杨絮以为老公所言在理,即刻将电话打到鹤城冬鹿小学。

石教练闻讯,沉吟良久,蓦地冒出句:"看来该让孩子知道真相了。给我点儿时间——最多一个礼拜。"

五天后,石教练专程来津海。赵亮、杨絮将其接到训练中心。这下唐菁晶可算见到了亲人,搂着老教练的脖子抽搭起来。看见孩子这副可怜样儿,石秋成也不禁眼圈湿润。

依照事先商定,杨絮安排师生二人在接待室的小套间单独交谈。唐菁晶急不可耐地问起父母的情况,石教练遂掏出手机,从图库内打开一张照片:"你瞅瞅这是啥?"小菁晶定睛观看,大为惊诧。照片上一双手,比枯槁的老树皮还粗糙干裂,手背更有三四块黑紫色冻疮,她从右手拇指边的青痣可以认定,那是自己父亲的手。

"我爸?他的手怎么这样啦?"

"还有呢。"石教练缓缓翻着图库,里面每一张照片都令唐菁晶触目惊心。她看到父亲在鹤城滑雪场的大门外,从早到晚给游客磨冰刀,磨刀石旁的水盆里冒着热气,可盆边却已结了许多冰碴,尽管盆中不断被添进开水,却又很快上冻。而父亲就坐在这冰天雪地里,不停地磨着一副副冰刀,双手还必须经常浸水,能不被冻裂冻伤吗?

"我爸有心包炎呀!这么冷的天,他咋能干这活儿!"唐菁晶啜泣道。

"再看看你妈吧。"

石教练继续往后翻,接下来几张照片都是大雪纷飞中,唐母在街边卖烤地瓜的画面。只见她两颊冻得透红,眉毛上却挂着融化的水珠,虽然戴了棉手套,但为及时翻转火炉中的地瓜,十个手指都露在外面。那手指,看上去就像十根僵直的炭条。

"这都是前些天我拿手机偷拍的。"石教练语重心长地说,"可怜天下父母心啊,他们怕你缺钱花,怕你营养不足,自己苦苦去挣。如果你不把球练好,甚至中途放弃,你爸妈这些罪也就白受啦!"

唐菁晶一句话也说不出,趴在桌上呜呜大哭起来。

…………

获悉唐家的实情,赵亮、杨絮也都难过得潸然泪下。杨絮声音哽咽:"从现在起,小菁晶每月的蛋白粉我包了。""零花钱,我包了。"赵亮也道,"千万别让她爸妈再这么玩命啦。"石教练用力点点头。

翌日,石教练返回鹤城,转达了津海教练们的心意,唐家夫妇深表感谢,但不愿接受他人的资助。双方为此在电话里反复推让,最终唐家夫妇勉强答应由杨絮负责唐菁晶的蛋白粉,而其他费用仍由他们自己支付。

转眼间春节临近,鹤城来的小球员放假返乡。刚出火车站,孩子们便看到父母已在站外迎候。唐菁晶飞也似的跑上前,紧紧抱住爸妈,一家三口喜极而泣。

回到家中,父母为唐菁晶整理行李,发现一个提包中全是高级的防冻膏、护手霜。夫妻俩立时明白,这几个月给女儿寄的零花钱,她是一分没舍得花,都攒起来买了防冻膏和护手霜。孩子大了,越发懂事了,这让爸妈倍感欣慰。三口人坐在一起,打开电视机,开心地包起了小菁晶最爱吃的酸菜馅饺子。

这次再返回津海,唐菁晶彻底安下心来练球,不论吃多少苦,受多大累,她都能咬牙坚持。

为增强小队员的赛场意识，章志强指示赵亮、杨絮，经常带孩子们观摩实战，现场见证津海女排如何夺取一场场胜利，开阔小队员视野，让冠军球队的精神内核潜移默化地影响她们。

　　那次观看伦敦奥运会，眼见中国队惨败日本队，当时还不到十三岁的唐菁晶暗暗发誓：将来我一定要参加奥运会，帮咱中国队夺取胜利。

　　光阴荏苒，当年爱哭鼻子的小菁晶已出落成大姑娘，此前她在国少队、国青队都有上佳表现，可中央电视台和地方电视台都不转播"娃娃"赛事，所以球迷观众对她知之甚少。全运会初露锋芒，跟着又迎来排超元年，唐菁晶意识到，这是自己积累多年全面爆发的绝佳时机。她暗自发誓，要以石破天惊的表现，给父母、教练，以及所有关爱自己的人回馈一份厚礼。

　　2017 年 10 月 28 日津海队首战东鲁队之前，唐菁晶给家里打了个电话，提醒妈妈别忘记看自己的比赛。

　　"这事还能忘？你千万别紧张。另外，养兵千日，用兵一时。津海女排培养你这么多年，现在报答球队的时刻到了，你可要不惜力气，打好每一个球呀！"唐菁晶记下了妈妈的话，按规定关闭了手机，之后随队伍进入津海人民体育馆。

　　下午三点三十分，里约奥运会冠军、中国女排原队长陈静姝为比赛开球。俄顷，尚带着一脸婴儿肥的唐菁晶便领衔青年军，在首届排超联赛上掀起了狂风巨浪。起初津海队小将进入状态较慢，多次失误，比分迟迟拉不开。直到后半段，找到感觉的唐菁晶扣杀不断得手，发球也让对手难以防范。很快，津海队以统治性优势，直落三局轻取东鲁队，唐菁晶也无可争议地获得本场"最有价值球员"称号。

　　自这场比赛起，唐菁晶便一发不可收拾，场场都有亮眼表现，得分总在两位数以上。尤其第十轮主场对战沪上队，她独揽 45 分，超过朱珠十九岁那年所创单场 43 分的纪录。央视解说嘉宾、中国女排原自由人黎樱赞道:"作为少见的左手主攻,唐菁晶的球路非常怪异,加之她力量出色,冲破对手的拦网就显得轻而易举。唐菁晶左手 2 号位、4 号位进攻打得都很顺,这种球感,不是单靠苦练就能练出来的。她称得上是朱珠之后,又一个极具天赋的女排队员。"

网上更有外地球迷这样评论说:

"津海队老一代队员就很会打球,好球发力打,不好打的搓搓拍拍,吊球质量高,点儿也搓得巧。她们不但头脑清楚,手上功夫也相当出众。现在来了个'唐元霸',津海队想不夺冠都难!"

"唐菁晶之前,津海队一直没有大主攻,硬凭出色防守和小球串联开创了一个王朝。现在又出了个唐菁晶,意思就是'走自己的路,让别人无路可走'!"

"津海队总这么幸运,关键时刻总会有人站出来。有时候真的很羡慕津海球迷,能这么多年享受女排夺冠所带来的快乐!"

小组赛十四轮结束,唐菁晶发扣拦共获 325 分,比排名第二的球员高出 51 分,由此引起业内外广泛关注。

津海球迷美翻了,如获至宝般地对唐菁晶赞不绝口。"这就叫'小马乍行嫌路窄,雏鹰初飞恨天低'。"小山子又得意地侃上了,"作为资深津粉儿,鄙人断定,有菁晶这样的天才少女,津海队必将一路高奏凯歌,直至问鼎。"

这番言论在"女排球迷吧"一出炉,立时引来不良球迷的狂喷。所谓"出头的椽子先烂",不少人轮番爆唾小山子为"津吹",更调转炮口,利用上星期发生的一个小事件,撺掇球迷对唐菁晶的人品和素养进行谴责攻击。

"都花钱雇的吧? 真好,又气疯几只!"小山子连怼带损地反唇相讥。

这一闹,贴吧上更炸窝了。

52

原来,客场迎战江浙队那天,赛前双方球员于各自半场做准备活动,江浙队球员一个发球过网,直接砸在正练球的唐菁晶脸上,她登时眼冒金星,脑袋嗡嗡作响。可比赛在即,唐菁晶没工夫过去理论,江浙队球员也始终未道歉。

也是该着,此战为排超联赛以来,津海队打得最惨的一场。全队都不在状态,尽管唐菁晶拿到 24 分,仍难挽回败局。0:3 惨败后,唐菁晶别扭至极,脑子一热,发了条微博:"故意往人脸上发球,是你们的战术? 球发到人脸上连歉意都没有,家教呢?"她还配上《猫和老鼠》的图片,以示讽刺。

毕竟是个不到十八岁的小姑娘,孩子气一上来,在自己微博里宣泄几句也属正常。可如今唐菁晶已是津海女排的领军人物,任何行为都会被无限放大。

她前脚刚发完微博,一连串劈头盖脸的谩骂便接踵而至:

"还是先学会做人再来打球吧!"

"太拿自己当回事了,联赛刚赢几场就膨胀,要是打国际大赛,还不蹿上天去!"

"人的教养决定成就高低,瞧你这心胸,就没太大出息。"

…………

这些跟帖还算文明,那些早就憋着一口气,想要喷津海女排球员的球迷,可算逮着了话把,素的荤的越说越难听,简直不堪入耳。

网络时代让生活变得方便,同时也让我们的个人生活、个人言行无法置于网络之外。一场比赛,让粉丝因地域关系分为不同阵营,而不同阵营中的人，又为各自喜欢的球队球员，毫无顾忌地隔空对撕，甚至打到不可开交。事情愈演愈烈，手足无措的唐菁晶也意识到自己出言不当，连忙删除了那条微博。但"家教门"还在持续发酵。她算领教了网暴讨伐的厉害，却又无力还击，只得躲在宿舍暗自抽泣。

两天后，有官媒发表了题为《磨砺，成长的必修课》的文章，指出唐菁晶在社交媒体上的言论遭受质疑，说明运动员的成长不能只局限于赛场，场下也要不断修炼。同日，国家排协也发布通知，要求各队加强运动员思想教育。赵亮、杨絮忙为此专门开了个会，告诫球员们要规范自己的言行。

空前压力让唐菁晶背上了巨大的心理包袱。转年1月2日，八强排位赛，首战她的成功率就有所下降，第二场状态更差，第三场她神勇全无，津海队对战军旅队居然以吞蛋收场。

眼见冲击四强形势严峻，杨絮、梁胜男一起找到唐菁晶。梁胜男讲述了当初自己的"五五开"事件："我这人根本不信命，但教训多了就发现，人有时也会被命运推着走。其中既有个人原因，也有自己无法控制的东西。通过这次的事，妹妹你记住了，无论遭遇怎样的委屈和诋毁，既不要动摇，更不要辩解。今后，你打球有多高调，做人就得有多低调。"

杨絮也严肃道："你联赛上的表现和数据确实非常出众，但优秀的人总在翻山越岭。长大的意义，不是你由二队升入一队就算化茧成蝶，不是你被球迷期待追捧着就叫凤凰涅槃，而是你要学会独立思考，由此从困境中走出来。"

唐菁晶不住地点头，她明白了领队和队长的语重心长，马上在微博公开致歉："我太冲动了，不应该这么讲话。我的言论造成了不好的影响，恳请大家谅解！"

唐菁晶真诚道歉后，网上的负面攻击虽大幅减少，但仍不时冒出些尖刻之语，让人看了就心里堵得慌。

周末，队里难得放一天假。别的球员都抓紧时间到外面逍遥快活，唐菁晶仍闷在宿舍里，早饭也懒得吃。

室友孔蔓见状，忙近前道："还为那事过不去？真憋出病，球可打不成啦！"

唐菁晶绷着脸，缄默无语。

孔蔓拽拽她的胳膊："走，姐请你吃饭。"

"有啥好吃的？"

孔蔓略加思虑，蓦地道："诶，吃过咱东北人摊的津海煎饼吗？那店开老多年啦，据说味儿贼拉香。"

唐菁晶眨了眨眼："陶梦好像也提过，是不是他家有三胞胎，读书都特牛？"

"对对对。"

孔蔓拉着唐菁晶出了体工大队，过俩路口，再拐个弯儿便到了三宝早点铺，临近店门便有股高汤的浓香扑面而来。煎饼摊设在门旁，煎饼锅、面糊桶、刮板、铲子、刷子，连燃气灶也干干净净。摊煎饼的师傅二十上下的年纪，脸皮挺白皙，戴副眼镜，像个文化人。

已过早九点，摊前仍排了五六位顾客，那小师傅忙得手脚不停。待唐菁晶二人排到个儿，小师傅笑问："二位吃煎饼？绿豆、紫米还是棒子面的？带鸡蛋了吗？"他的普通话略含一丝东北味儿。

"两套都棒子面的，用你家鸡蛋、生葱、小料全要，就别放辣。"孔蔓看了眼摊前的价目表，"一共十六，对不？"

小师傅点点头，用木勺在面糊桶里轻搅几下，舀出满满一勺，均匀倒在锅面，用竹蜻蜓刮板娴熟地旋转了两圈，玉米糊就舒展成荷叶大小，金黄金黄的，铺满煎锅。同时，他信手从篮中取出两枚鸡蛋，用力一捏，蛋清、蛋黄滑落煎饼上，蛋皮则就势丢进脚下的塑料篓，那动作潇洒帅气得

228

仿佛在跳拉丁舞……

待两套煎饼摊完，小师傅用油纸包裹好，双手递过时才转头打量两位高大的女顾客，瞬间惊呼起来："你——你是唐菁晶吧？我们家都是女排铁粉儿！"他回身大声召唤："妈，快出来瞧！贵客！贵客！"

话音刚落，店里走出个年近五旬的妇女，唐菁晶莫名感觉有几分像自己妈妈，遂生出一种亲切感。那位阿姨喜出望外道："哟！女排的！唐菁晶，是吧？快屋里请！屋里请！"唐、孔二人推辞不过，被让进早点铺。阿姨又道："光吃煎饼多干啊，我给你们整两碗馄饨，新鲜高汤煮的，老香啦！"

"别麻烦了，阿姨。"

"不麻烦，不麻烦！"

没多会儿，两碗馄饨端上桌，里面香菜、冬菜、紫菜、虾皮一应俱全，还飞了蛋花，点了香油，真是喷鼻儿香。唐、孔二人连声称谢。

唐菁晶看店面不大，但相当整洁，桌椅擦拭得一尘不染，由衷赞道："您这儿收拾得可真好。"

"吃饭的地儿埋汰，谁稀罕来呀？咱从小地方到大城市，不用心干，能立得住吗？"

阿姨挺健谈，闲聊中告诉二人，他们家原是辽宁的，两口子双双下岗，偏又赶上生了三胞胎，只好跑来津海讨生活，这些年就靠不辞辛苦地卖早点把孩子们拉扯大。好在两儿一女都挺争气，一个赛一个地勤奋读书。前年高考时，二闺女考进北大医学院，三儿子考进清华物理系，唯独老大没考好，又复读了一年。

"那去年考得咋样？"孔蔓迫不及待地追问。

"凑合吧，考上咱津大的土木工程专业了。别看他只比弟弟妹妹大几小时，那也是大哥，得多帮爹妈分担些，所以功课就差点儿。这不，刚放寒假，又回家帮我们卖煎饼啦。"

孔蔓笑道："津海大学还不行啊？既是 985，又是 211。"

"只是上个好大学，将来有没有出息，还没准儿呢。"阿姨道，"不比你们，年纪轻轻就能拿全国冠军了。"

"我们这冠军才真叫没准儿呢！"孔蔓叹道。

"有唐菁晶这大主攻，还怕啥？"

听到这话，唐菁晶羞愧地耷拉下脑袋。

"您不知道，现在网上天天有人说菁晶坏话，弄得她都没心思打球了！"

阿姨"哼"了一声："这事我听儿子叨咕过。"她又转向唐菁晶道："闺女，网上有一帮人吃饱了撑的胡咧咧，你千万别往心里去。听蝲蝲蛄叫唤，还不种庄稼啦？"

这时，阿姨的爱人送完外卖回来，夫妻俩便一块儿劝导，唐菁晶心中颇感温暖。

吃罢早点，孔蔓要扫码付款，阿姨坚决不收。双方推让时，小师傅进来提议，唐、孔二人跟他一家照张合影，算给小店做宣传了，以此来抵早点钱。这下大伙儿都喜笑颜开。

拍完照片，一家三口将唐菁晶她们送出门，阿姨又一个劲儿叮嘱："闺女，好好打球！为咱津海，为咱东北人争气！"

唐菁晶用力点着头。

从三宝早点铺返回，唐菁晶重新振作起来，一心搁在打球上，比赛中更展露出前所未有的破坏力、冲击力，很快让刚在全运会夺冠的姑苏队攻手相形见绌。

53

因津海队分在 B 组，联赛第一阶段未能与 A 组的姑苏队交上手，直至跨年后的 1 月 19 日,两队才打上照面。

"小诸葛"魏兵认为,津海队就靠唐菁晶的一点攻,故网前常常安排三人拦网对其全力封堵。最初这招还灵验,姑苏队先下一城。但津海队没受失利的影响,赵亮派队长梁胜男配合自由人稳定一传,命副攻汪婳婳加强拦网的同时,更以快球牵制对手。姑苏队顾此失彼,终被唐菁晶线路、手法变化,以及各种下球方式冲得大乱。其中一个推攻球得分,姑苏队队员瞪眼看着球落在离自己十几厘米处,却毫无办法,把场边的魏兵惊得大张着嘴巴,足足愣了一分钟。

经五局激战,津海队大比分 3∶2 客场获胜,唐菁晶单人砍下 41 分。

经此一役,老辣的魏兵也看出,一点攻只是表象,在津海队的一传体系当中,接应队员同样作用不小。主力接应虽进攻端能力平平,却接满六轮一传,后排保障堪比自由人,堪堪唐菁晶的"保姆"。姑苏队这边拦防唐菁晶,津海队副攻便趁机偷袭,稍一放松拦防,这小"左撇子"就连连得分。这么说吧,只要津海队二传有球扔向 4 号位,唐菁晶就有办法得分,成功率还相当高。

魏兵很清楚,年轻队员最大的缺陷就是情绪容易起伏。打顺了,谁也挡不住;一旦受挫,便稀里哗啦失去控制。

但这回"小诸葛"可失了算,本想干等唐菁晶状态下降,可无论如何他也没料到,这小孩儿不但沉稳持重,还有颗超出自身年龄的大心脏,即便发力打,依然很少失误。至排位赛收官,唐菁晶已累计得分高达 523 分,她也带领津海队青年军顺利进入四强。

联赛进行到这会儿,按排协新规则,被淘汰的球队允许其选手二次转会。因梁胜男体力不支,津海队从北汽队引入另一奥运功臣柳筱虹,与唐菁晶打对角。据此网上纷纷热议,外埠球迷更预言柳筱虹年龄不小了,柳、唐组合,必让津海队止步半决赛。结果,津海队不但三战三捷,且砍瓜切菜般赢得干脆利索,三场比赛仅让辽沈队拿走一局。当沪上、姑苏两队正为决赛资格打得难解难分时，津海队小将们早已回到体工大队，调整休息，以逸待劳了。

新生代的战绩大大超乎人们预想，津海体育局欣喜之余，对球队全体成员进行决赛动员："从现在起，放下包袱，无论能否夺冠，你们都超额完成了任务！"

很快，另一场比赛有了结果，沪上队将与津海队对阵决赛。

大家纷纷预测谁将成为排超元年的冠军，可谁能阻挡津海女排掀起的"青春风暴"，谁又能阻挡石破天惊的唐菁晶？

此时，"女排球迷吧"有人不但指名道姓敲打唐菁晶，还可着劲儿泼冷水："初生牛犊不怕虎？沪上队花高价引进了金延璟，人家打过的球比你吃的饭都多，牛犊再牛，也是喂老虎的命。"

话说得难听，但也所言不虚。韩国名将金延璟确实非同凡响，翻开这位世界顶级主攻的履历，满眼皆是殊荣。

出众的身材和极佳的运动天赋，金延璟出道不久即被视作韩国女排复兴的旗手式人物。2009 年世界女排大奖赛，国际排坛崭露头角的她，前后排进攻极具杀伤力，一招拿手的大力跳发更让人眼前一亮。当年便荣获"最佳得分"称号。此后，金延璟影响力与日俱增。尤其 2012 年的伦敦奥运会，她率领韩国队小组赛横扫霸主巴西队，四分之一赛又勇克劲旅意大利队，晋级四强。尽管半决赛不敌美国队，金延璟本人整个赛程总共轰下 207 分，力压群雄，荣膺"最有价值球员"。

这之后，金延璟在国内及亚欧多家俱乐部的各种比赛中获奖无数，令欧美名将望尘莫及。有媒体毫不吝惜地用二十个字来赞扬她：技术全面，扣球凶狠，富于变化，落点刁钻，球风霸气。

此次沪上队砸下重金搬来金延璟，目的就是力保排超元年夺冠。而本赛季金延璟的绝佳表现，也让沪上队方方面面觉得物有所值。从小组赛到半决赛，沪上队始终位列榜首，半决赛打败姑苏队，金延璟更当记首功。

至于引人注目的津沪对决，第一阶段循环赛双方已两度交手，表面看平分秋色，实则沪上队赢得相对轻松，甚至有零封津海队的纪录。就算五局大战，津海队也是 16 : 14 勉强获胜。如今七场争冠，为保万无一失，沪上队分别从北汽队、江浙队二次转会来两名国手。

面对志在必得的沪上队，津海队阵容不变，策略战术不变，继续采取以唐菁晶为核心的打法。赵亮指令颜怡能打则打、能拦则拦，不用顾及下球得分，专心做好后排保障。一招鲜吃遍天，津海队既然握有独门绝技，干吗不用到极致？赵亮相信，被彻底解放出来的唐菁晶只要放手扣杀，沪上队再能拦网，面对唐菁晶也形同虚设。

津沪大战，球迷总结出两大看点：一是排超得分高居榜首、刚满十八岁的天才小将唐菁晶，与奥运会"最有价值球员"、曾经的世界第一主攻手、年近三十岁的老将金延璟火星撞地球般的大对决；二是陶梦与来响两代津海队二传手的隔网角逐。无论结局如何，七场四胜制的总决赛，必是一场精彩的龙争虎斗。

2018 年 3 月 13 日第一回合，虽客场作战，唐菁晶用五连发开局便打沪上队一个 5 : 0。本土作战的沪上队球员压力过大，个个像在梦游，攻防体系全乱了套。金延璟干着急，自己打不下去，也无心拦挡对手。第三局、第四局沪上队竟以 15 : 25、17 : 25，大比分惨败。

首战告捷，且赢得如此轻松，津海队小将格外兴奋。但明眼人看得出，沪上队包括金延璟在内，事先没把这帮首次打联赛的毛丫头放眼里，更低估了唐菁晶。经此挫折，睡醒的老虎焉能不反扑？等着，真正的较量还没开始呢！

3 月 17 日，移师津门再战。沪上队与第一场判若两队，防守稳固，一传到位率明显提高，金延璟更是杀伐骁勇，锐不可当。津海队小将虽敢硬碰硬，但攻击点单一，总被对手压着两三分。赵亮见状，指令大家竭力拦防金延璟,如此一来,自己2、3号位就出了漏洞,不断被对方偷袭。加上小队员还不适应打逆风球,虽奋战两小时,津海队还是1:3告负。

大比分1:1,双方重新回到原点。

主场告负,津海球迷非但没埋怨指责,还对小将们各种安慰。可队员心里却难以承受。最初满不在乎的她们立时觉得泰山压顶,休整期间只闷头训练,返回宿舍也没人说笑。

因小组赛和排位赛积分略高,按规定,七场决赛沪上队有四个主场。津海队本来就少个主场,哪禁得起这么输?见赵亮一筹莫展,杨絮万般焦虑,忙去排管中心找林庭商量办法。

其实,林庭这两天也在琢磨对策。见到杨絮,她立马想到前不久带队参观泊洼体育基地的事,于是来了主意:"不如搞个仪式感十足的战前动员,规模气势越大越好。让年轻选手赛前感受津海女排几代球员的拼搏历程以及十冠王的来之不易,激励大家积极挽回颓势。"

"满满正能量呀,好主意!这心灵鸡汤一灌下去,指定提振球员斗志。"杨絮拍手赞道。

杨絮一表扬,更让林庭来了灵感:"这还不够。2017年全运会时,由于咱女排成绩不如以往,赛场上座率就下来了。我为什么提起这个?因为,成绩好的时候,到现场看球的人就多,我们总打出精彩的球,观众看球的热情才能长久。这些日子,我反复在想,要怎样去理解一项运动?当然,竞技比赛的目的就是要赢,但这不是唯一的目的,其中魅力特点、本质内容也是非常重要的。"

"你的意思是,我们必须打到一定境界,才能把脑子里总想的输赢舍弃掉?"

"这就是问题的两个方面。反之,你打得再好看,打得再有内容,却老不赢球,那也不行!为让津海这个全国最棒球市的主场比赛场场爆满,排管中心一直在积极打造顶级赛事、打造顶级场馆,搞这个战前动员活动,可以将全市球迷的热情都带动起来。"

"真是服了你了。那好,咱说干就干!"

54

在林庭组织筹划下,3 月 20 日第二个主场开赛前,人民体育馆大屏幕上,滚动播放着津海女排十次夺冠的集锦视频,随着现场直播解说大声叫着名字,林庭、孙红雁、陆月洁、倪鹃、陈静姝、章楠等十五位已经退役的冠军球员一一闪亮登场。大家穿上昔日的队服,像当年比赛时那样与现役球员们击掌相庆。随后体育局领导、排管中心负责人、前主教练章志强也现身主席台。

在体育局领导慷慨激昂的开场白后,所有人庄重肃立,伴随着 We are the champions 的歌声,人民体育馆正中冉冉升起十面联赛冠军旗帜。瞬间,全场爆发经久不息的掌声和呐喊加油声。

林庭以老球员代表身份发言,她动情地对小师妹们道:"这十面旗帜告诉我们,只有与时俱进,不断学习,方能在时代潮头中熠熠生辉! 这是最好的时代,谁也拦不住我们从芸芸众生中脱颖而出。每一面旗帜,都承载着一段光辉的战史。看着这些旗帜,每位津海女排的后继者,都应该有份沉甸甸的责任感。请告诉我,接下来的比赛,大家打算怎么做?"

队长梁胜男上前一步,朗声道:"把首届排超的冠军旗帜留在津海!"全体队员随之振臂高呼:"冠军! 冠军! 我们是冠军!"

能看到津海女排四代同堂,并共同见证十面冠军旗帜的升起,现场观众一片沸腾。如果将津海这座城市比喻成王冠的话,津海女排就是王冠上的那颗明珠! 全场球迷被燃爆,不约而同地唱起:"咱们老百姓呀,今儿个真高兴……"

球迷们不知道的是,这之后还有惊喜:女排功勋球员先为持有年卡的球迷抽奖,然后又为购票球迷抽奖。当晚简直成了球员与球迷的狂欢节……

津海女排升冠军旗帜的活动,在社会引发了轰动效应和积极反响。市政府负责文体的领导特意致电表扬林庭:"多年来津海女排是名副其实的国内老大,正因为津海女排的理念比较前卫,众志成城打造了一支铁血军团。你们这个活动搞得好!让津海人精神振奋、情绪激昂、身心愉悦,真切感受到体育给全市人民带来的快乐。津海连年不断上升的幸福指数和安定指数,始终稳居全国前列,这里面就有女排做出的巨大贡献。今后还要将此类活动深入持久地开展下去。"

有形的升旗仪式,转化给年轻队员的是无形动力。随后的比赛,津海队在先失一局的情况下,奋起直追,连扳三局,反败为胜,将大比分改写为2∶1。

三轮较量过后,津海队形势大好,沪上队则被逼到墙角。沪上队教练急红了眼,勒令队员不惜一切也要封堵住唐菁晶。

3月24日,双方重返沪上进行第四场较量。赵亮惊愕地发现,沪上队干脆全力死招唐菁晶,就连主二传来响也放弃自己位置,跑过来协助三人拦网。为打破封锁,唐菁晶一改暴扣,多次造打手出界,扣球越发注意线路变化。

排超打到现在,唐菁晶回回打满全场,扣球多达千余次,已超出体能极限,就好比《岳飞传》里的高宠挑滑车,任你再神勇过人,迟早也被拖垮。眼见唐菁晶体能大大透支,完全依赖一点攻的赵亮还不思变阵,直至将唐菁晶累至胳膊都挥不起来了。

唐菁晶攻击力下降,津海队战车如同卸去了发动机。反观沪上队,除去金延璟,小主攻、接应、副攻都在下球,可谓多点开花。津海队实在无力应对,终以0∶3败北。双方大比分第二次拉平。

津海队只剩最后一个主场，无论如何也得拿下，助教们纷纷献计献策，对此，赵亮只对大伙儿笑笑，仍坚称原有战术不变。

　　转眼就是第五场比赛，3月27日沪上女排二度飞临津海，二传来响始终面无表情。有体育记者问起当年转会之事，来响一脸淡然道："都是年轻人，队员间有矛盾很正常。当时刚输完球，大家难免冲动。一切都过去了，现在我同章指、章楠涣然冰释，和好如初。"

　　"渡尽劫波兄弟在，相逢一笑泯恩仇。"即便与津海队的划痕业已擦拭，代表沪上队出战的来响于隔网对垒中，也丝毫没有手下留情，因为这是专业运动员起码的职业道德和操守。凭借来响精妙的调度，沪上队发起如潮攻势。而津海队由于唐菁晶肩伤发作，一干小将慌乱得不成样子，苦苦招架下连丢两局。第三局更彻底晕菜，津海队11∶25被沪上队打得溃不成军。唐菁晶虽砍下21分，也未能"救主"。本场"最有价值球员"称号，被发挥更抢眼的来响得到。

　　球迷对赵亮大为不满：

　　"赵亮站那儿傻了吧？临场指挥也太一根筋了。"

　　"他这是要累死唐菁晶呀！"

　　而经此完败，津海女排两胜三负，虽说后面还有两场比赛，却都是客场，照球队现在的状态，翻盘几近渺茫。面对媒体雨弹般的逼仄，主教练赵亮率先降下调子："我们既无外援，又全凭新人主打，就算屈居亚军，也超额完成了任务。我会给队员减压，后边的比赛还会努力去争取。"

　　赵亮所言不假。客观上，津海女排确实超额完成进入八强指标，但一代人有一代人的使命，一代人有一代人的责任，竞技体育没有指标只有更强。凭什么冠军的旗帜要从我们手中被人拿走？凭什么津海女排在困难面前不低头的韧劲儿被我们给弄丢？我们既然来了，这个冠军就必须带走！

人狠话不多的唐菁晶,从未在比赛上选择过认命。她虽没当众表态,心却笃定得很:本届排超我已拿到 727 分,有十场为 30 分以上。如不能夺冠,一是对不起球队多年的培养,二是难补一生的缺憾。眼下自己除了体能问题,手感还在,信心还在。没有赢不了的对手,只有超越不了的自己。只要养足精神,重新调整,我就能同沪上队拼到底。

身为运动员,重要的是要有一颗永不言败的心,不管领先还是落后,关键时刻就得冲得上去。同唐菁晶一样,其他津海队小将也都渴望放手一搏,同去找领队杨絮请战。与大家沟通后,杨絮旋即来见赵亮,直截了当道:"别再减压了,士气只可鼓,不可泄!"

自觉一点攻战术已被限制,赵亮依然温暾暾地朝杨絮摆摆手道:"鼓也好,泄也好,归根到底是如何破解金延璟。你能不能容我再想想办法?"

"算上小组赛,七度交手咱们三胜,津海队不算落下风,说明孩子们还能打。特别是唐菁晶这样的头号得分手,对方想完全限制住也不容易,关键在于第二点和第三点。沪上队限制了唐菁晶,却限制不住柳筱虹,如两边限制她们又实在太累。所以,咱还得发挥团体作战的优势,不能让菁晶一个人唱独角戏。"

"这个我懂。可副攻汪媗媗很难起到牵制作用。"赵亮发愁道。

"那是你太执着高点强攻,可再高再强,也是一个点。要逆转后边的比赛,必须多点开花。媗媗她们基本功都过硬,应该让孩子们放开了打。同时还得相信柳筱虹,她可是在里约奥运会见过大阵仗的。我们调动起每个得分点,金延璟再能打,三十岁的老将了,不信她折腾得过咱这拨滚过全运会的小敢死队。"

"拉出这么个架势,确实可以分散对方注意力,减轻菁晶负担。但前提是得打得出来。"赵亮仍有顾虑。

"还有,越是这个时候,越得讲究疏导。以前韩指、章指都强调,决赛最后阶段,战略战术已在其次,拼的是斗志,比的是心态。不如给队员放三天假,让孩子们好好休息一下。"

赵亮连连点头:"养精蓄锐,以利再战,好,你去通知大家。"

三天的小长假,让唐菁晶等年轻人得以充分恢复体力,她们又变得生龙活虎起来。临出发前,杨絮把大家聚到一块儿,打气鼓劲道:"排球是圆的,比赛场上什么都可能发生。沪上队老将经验老到,体能却是最大的问题。只要拖住她们,笑到最后的不定是谁!"

经过几天思考,赵亮也有了新想法。他叮嘱二传,分配球时,要随时关注汪媗媗和柳筱虹,一旦出现机会,就多传她二人。

3月31日,沪上龙湾体育馆,津海女排迎来排超总决赛的第六场。这无疑是津海女排的背水之战。

55

仰仗主场之利,沪上队气势如虹,开局便3∶0领先。津海队在一传不理想的情况下,二传陶梦连续短传给3号位,汪媗媗以近体快球将比分追平。对此,沪上队立即做出调整,命专人拦防汪媗媗,怎料,唐菁晶这边又开始下球。津海队由一点攻变多点攻,两队展开对攻,比分始终没拉开。局末,沪上队把握住关键球,26∶24先下一城。

局间,赵亮鼓励大家说:"虽然丢了首局,不过才输了两分。相信凭能力和顽强作风,你们能拼回来。"主教练的话似给队员心火上浇了一勺油,场上再战,大家便主动发起攻击,缠斗到23平,津海队双人拦网获局点,经七八个来回,唐菁晶后排进攻得手,扳平局分。

不会又打满五局吧?这是沪上队最不想要的。怕同津海队耗下去,她们第三局加快攻防转换,金延璟通过拿手的大力发球致使津海队严重卡轮。比分迅速拉开,形势再次出现一边倒。沪上队25∶15获胜,离排超冠军只一步之遥。

这场比赛后，央视解说直白地讲："在总比分领先的情况下，津海队已无法阻挡沪上队胜利的脚步。"

主办方也认为大局已定，开始为随后的颁奖典礼做准备。只见工作人员搭着领奖台来到场边，礼仪小姐也身着盛装、手捧鲜花列在主馆入口。唐菁晶气愤道："比赛还没分出高下，就提前庆祝啦？也太不把我们当回事了。"转会来的老将柳筱虹更气不过地来了句："铆铆劲儿，把这帮礼仪小姐赶回去！"

"加油！"津海队队员嗷地一嗓子，群情激奋地冲进赛场。

第四局，沪上队依然强势。唐菁晶、柳筱虹杀得满脸通红，一直在拼命追分，一老一新两位主力的忘我境界很快带来了连锁反应，其他队员也豁出去了，死死咬住对手。金延璟怎么都没想到，自己拿出洪荒之力也没将对面的小孩儿打趴下，赢一个球，她们又蹦又跳，同时还发出气人的尖叫。见分差总是拉不开，体力下降的沪上队球员焦躁起来，无谓失误明显见多。

僵持到 22 平，津海队的接应发球，沪上队一攻不到位，柳筱虹重扣制造打手，津海队 23∶22 反超。沪上队队员个个紧张僵硬，津海队趁机连扣带拦各得一分，25∶22 扳回关键一局。

眼见一只脚踏上了冠军领奖台，却又被拖进决胜局，沪上队完全不能接受，金延璟已没了笑模样，第五局开局便气鼓鼓地连得 4 分。津海队比分始终落后，小将们既没胆怯更没退缩。此时，金延璟正准备来一记暴扣，身高一米九五的副攻汪婠婠伸手一个极具侵略性的拦网，脆生生将来球拦死。能直接单挑不可一世的金延璟，汪婠婠大声吼叫着绕场跑了一圈。跑到主教练跟前时，禁不住高高跃起与赵亮击了下双掌。这画面太感动人了，就连场下的津海队替补队员，都跳起来为汪婠婠鼓掌叫好。

津海队比分一点点逼近,还在关心输赢的沪上队球员,下球、救球总是慢半拍,多次犹豫下,反没把控好优势局面。津海队 12∶11 再次神奇反超,进而凭汪媗媗、唐菁晶的轮番发威,14∶11 抢先拿到赛点。之后,唐菁晶又一记精彩漂亮的小斜线,比分定格在 15∶12。

　　这场被媒体戏称为"天王山决战"的比赛,最终以津海队的惊天大逆袭而结束。唐菁晶个人豪取 34 分,成为津海队取胜的绝对功臣,柳筱虹、汪媗媗也分别贡献 16 分和 14 分。全队士气高涨,夺冠之路重现光明。

　　不同的年代、不同的队员,唯一相同的,是津海女排小将们同前辈一样越挫越勇、逆境胜出的豪迈磅礴,使球队又一次上演起死回生的大戏,这是一种传承,更是一种精神基因。

　　精彩激烈的六回合大战,已将主客场球迷观赛热情燃至爆点,接下来,到底鹿死谁手?

　　总决赛第七场的门票十天前就已售罄,黄牛党虽将票价炒高四五倍,门票仍然供不应求。没抢到票的球迷只得早早赶回家等待直播。

　　如今看直播有多种方式,中老年观众还是喜欢看大屏幕彩色电视;因能参与点评互动,多数年轻人则选择手机或超薄笔记本电脑。津海女排小丫头们打得如此气吞山河,球迷协会会长梁季兴美得张牙舞爪,他连忙吩咐负责物业的老赵,速速为球迷总会添置两台可连接电脑的液晶电视,以供来此观赛的球迷自由选择。

　　球迷观赏角度也千差万别,有的爱看津海台直播,觉得自家电视台的解说更接近本人观点;有的爱看央视,认为央视的解说不偏不倚客观公正;还有的专选沪上台看,想听听对方如何评论津海队;更有人几个台来回穿插着看,于对比中收集各家解说员观点。

　　第七场比赛也颇富戏剧性,几乎完全复制了之前的第六场,还是五局大战,还是津海队 3∶2 实现大翻盘。津海台直播画面下方,不时有弹幕滑出,其中一条幽默地写道:"这场球我看过。"见此,津海台的解说嘉宾笑了："这准是位老球迷,知道津海女排绝地反击成常态了。虽说都是逆袭,却各有各的精彩。"

果然,今晚的决赛高潮迭起,看点多多,尤其决胜局,津海队小将简直打疯了,是什么球都敢接、都敢打,每一次拦网,每一个扣杀,都伴随着她们的尖叫狂吼。青春的活力与激情,如同破土而出的新笋,无可阻挡又恣意疯长,排山倒海般的攻势把以金延璟为首的沪上队压制得没了脾气。可也因为兴奋过度,眼见胜利在望,急于求成的津海队开始失误频频,对手借此机会径直追平了比分。13 平时,靠汪媗媗的霸气抽杀,津海队抢到赛点,金延璟 4 号位全力重扣,又将比分拉至 14 平。此时,场内外观众紧张得几乎要犯心脏病。

关键时刻还得看唐菁晶,她脸上洋溢着自信的微笑,打出一记拿手的神仙球,使球队重夺赛点。金延璟仓促起跳,本想一捶将球扣死,却用力过猛,直接将球扣出了界。金延璟怎能甘心,示意教练挑战,经鹰眼复原,挑战失败。主裁判举起左手的那一刻,津海队教练连同替补队员一起冲上去,与场上主力功臣们紧紧拥抱,欢呼雀跃。

电视解说也被这喧腾的气氛感染,岔着音高喊着:"今晚,一群不满二十岁的小将,在龙湾再次掀起一场青春风暴,这风暴吹倒了曾经的世界头号主攻手,更将津海女排送上了排超巅峰!"

经此一役,津海女排不但荣获首届排超冠军,还将十一冠王的旗帜抢到手中。赛后,津海市委市政府即向津海女排发来贺信:

欣闻你们在 2017—2018 赛季全国女排超级联赛中,顽强拼搏,努力奋斗,战胜挑战,以全新阵容,时隔两年第十一次夺得全国联赛冠军,为津海赢得了新荣誉。在此,向全体教练员、运动员和工作人员致以热烈的祝贺与亲切的慰问。津海女排是津海体育的杰出代表,在新赛季的征程上,你们继承发扬了"锐意进取、迎难而上、顽强拼搏、争创第一"的女排精神,为球迷奉献了一场场精彩纷呈、激动人心的比赛,展示出优异成绩和良好精神风貌,令全市各界倍感鼓舞,深感自豪!成绩来之不易,精神尤为宝贵。希望你们继续发扬津海的女排精神和光荣传统,不骄不躁,勇往直前,不断取得新佳绩、新突破⋯⋯

热情洋溢的贺信令球队上下无比激动。从联赛首冠至今,津海市领导班子已更换数届,却对女排的支持一如既往。近二十年来,军旅、辽沈、江浙、姑苏、沪上等球队如洪峰一波波涌来,津海女排始终屹立潮头,就是因为有从政府到民众这后盾的关爱和支持。

56

七场大战勇战韩国名将金延璟,加之发扣拦无人能及、独得国内联赛有史以来最高分 804 分的骄人战绩,唐菁晶毋庸置疑获得本赛季"最有价值球员"称号。有国内权威媒体这样盛赞道:"唐菁晶性格沉稳,有能力、有定力,关键时刻能沉得住气,将来必成大器。"

出色的成绩也换来了丰厚的回报,不光市里、局里颁发奖金,排超主办方还给予一笔巨额奖励。自己账户里一下有那么多的钱,唐菁晶喜不自胜,第一时间将此事告知家里,同时美美地对母亲说:"我要用这笔钱作首付,在津海买套房,把您和我爸都接过来,到时你们就能到现场看我打球了!"

女儿小小年纪就这么懂得孝敬父母,母亲举着电话高兴地抹着泪,同时提醒道:"你刚拿冠军,不能太嘚瑟,还得踏踏实实把球练好,把比赛打好!"

津海女排排超夺冠,也给林庭带来特大利好。经她筹划运作,亚排联已批准从 2019 年起,亚俱杯永久落户津海。小字辈队员的表现这样亮眼,有望实现办赛与参赛的双重佳绩。

最高兴的还是津海球迷。连日来,大家以各种方式庆祝津海女排后继有人。二十多年里,这支铁血之师从没让痴心爱着她们的球迷有过失望。因为她们,幽默的津海人才越活越快乐,包容的津海人才越活越自信,日日揽着大海入睡的津海人,才越活越品出幸福的味道。

新一届国家队大名单出炉,津海队凭借排超出色表现,共入选五名球员,这其中当然少不了超级新星唐菁晶。

来到名帅郎指导麾下,唐菁晶志忐大于兴奋。很早她就知道,双主攻接一传是当今国际排坛上的潮流打法,作为一支球队的生命线,一传于比赛中的重要性越来越明显。郎指导曾这样说:"中国女排的所有边攻手都要具备一传能力。这不仅是中国女排屹立于世界巅峰的基础技术,也是保障中国女排未来发展的基础技术。一名攻手如在进攻和一传上不均衡,是无法在国家队站稳脚跟的。"

唐菁晶心想:就连中国女排最强火力点朱珠姐,照样得练一传技术,而且具备不俗的能力。我在队中很少接一传,这与郎指导的要求相差甚远,万一短板明显,一传过不了关,那我可怎么办?

头顶着排超得分王的光环,唐菁晶似乎理所应当要被委以重任。郎指导对她也是另眼相看,集训一个月后的世界女排联赛北仑站,便安排其担纲大主攻。唐菁晶不断给自己打气:首秀一定要高光出彩。

首场对战多米尼加队,中国队兵不血刃,轻松完胜。唐菁晶发球、进攻、拦网,包括一传都表现不错,并拿下全场最高分 17 分。翌日,球队又以 3∶0 击溃比利时队。尽管两连胜,但打败这种三流球队不算啥本事。

接下来,中国队迎来本站关键一役,对阵韩国队。这也是排超联赛后,唐菁晶与金延璟代表各自国家队的首次较量。想不到的是,中国队竟令人大跌眼镜,输得一塌糊涂不说,且三局均未过 15 分,唐菁晶二十三扣五中,金延璟则独揽 21 分,完爆唐菁晶。赛后郎指导一点儿情面没留,当众把唐菁晶批了个体无完肤。

五天后中国队移师澳门,唐菁晶生怕再丢丑,玩命地扣杀。可她越这样,发挥越失常,不但与二传洪露配合欠默契,且进攻受阻时自我调整能力不足,率队苦战五局,仍 2:3 输给水平一般的波兰队。

新闻发布会上,郎指导明确表示:"世界排球在进步,要求球员越来越全面,中国女排需要多学习其他国家女排的成功经验。"有记者让她谈谈唐菁晶的表现,郎指导更加生气地直言:"一名优秀的主攻必须技术全面,不能得 19 分送 18 分,没这样算账的!"郎指导如此定了调,从没停止唱衰唐菁晶的不良球迷,终于逮着了机会:"不是天才少女吗?咋一到国际赛场就露馅了,立马变成废柴。"

自香港站比赛开始,郎指导派柳筱虹与朱珠打对角,唐菁晶则退居替补,上场机会明显减少。待蒋宝宁伤愈复出,国家队恐怕更没她的位置。

难道真像网上传说的,自己已被边缘化?唐菁晶异常苦闷。她想直接去找郎指导,可表现这么糟糕,怎么好意思开口?好在队里还有位津海来的教练,不妨向他探探虚实。

唐菁晶大着胆子,去见代理领队严临旭。后者则道:"来得正好,郎指导还让我抓空儿同你谈谈呢。"

唐菁晶深深埋下头,好半天才蹦出一句:"不是要把我退回去吧?"

闻此,严临旭哈哈笑道:"你自己看看,这可是前任队长齐茹蕙穿过的 12 号球衣。你不是把齐茹蕙当偶像吗?足见郎指导对你寄予多么大的期望。"

唐菁晶愣住了,这种小事郎指导都了解?于是她小心翼翼地对严临旭道:"想不到,郎指导会这样关注我。"

"排超第一得分手，郎指导能不关注？"严临旭逗了下唐菁晶，之后收敛了笑容，"输波兰队后，郎指导批评的那几句，你可能一时没转过弯儿来，那些喜欢你的球迷也难以接受。网上不断有人谴责郎指导太过严厉，觉得你毕竟只是一个刚满十八岁的小女孩儿，这么严厉的批评对你而言太刻薄了，让你坐冷板凳更是太不公平。郎指导这么爱护队员的人，这样不顾自己声誉公开指出你的不足，你慢慢就会悟出她的用意和初衷。"

晚上训练结束后，唐菁晶没有回宿舍，一个人悄悄在训练馆外的操场上走了一圈又一圈。回想着严领队的话，她的心渐渐透亮了，她明白郎指导是在用不同寻常的方法，既是敲打提醒又是关爱保护着她，关键是自己值不值得、配不配得上郎指导的这番良苦用心。那么，今后除了下苦功补上短板，就是塌下心来多向朱珠等前辈学习，不能让郎指导再为自己劳心伤神。

唐菁晶的积极态度，细心的郎指导全看在眼里，为了尽快使其成为队中又一名全面型主攻手，郎指导单开小灶，先对唐菁晶一传进行特训，之后又严调发球。为避免唐菁晶像穆亦蕾那样体重超标，影响将来发展，平时用餐时，郎指导总要在唐菁晶桌前转一下，看其饮食是否够营养，又是否卡路里超标。而唐菁晶从小就过集体生活，有着极强的自律性。她听从郎指导指令，强忍着不吃那些滋味诱人的垃圾食品，减脂减重，增强肌肉训练，不到俩月就暴瘦了十几斤，身体更加轻盈。

2018年9月，唐菁晶首次以国手身份参加女排世锦赛，尽管在四名主攻中排名最后，对心心念念要登上世界大舞台的她而言，也算一份盼望已久的殊荣。为让唐菁晶多些实战磨炼，小组赛通常打到第三局时，郎指导总要给她上场机会。

此次征战世锦赛，中国队起初还顺风顺水，直至与意大利队狭路相逢，终于踩到威力无比的炸雷。意大利队原本就是世界女子排坛的传统强队，近两年又引进了一名刚满二十岁的黑人接应埃格努。一米九三的惊人身高、出众的弹跳、结实的肌肉和超强的爆发力,让她在场上有"小怪兽"之称,甚至有人怀疑她是男性运动员。

2015年世少赛上,埃格努与唐菁晶共同崭露头角,短短三年一瞬而过,如今的埃格努已蹿升为意大利队的战术核心和重要得分手。其统治力和侵略性,远远胜出巅峰时期的巴西队接应谢拉,仅凭其凶悍恐怖、时速常常过百的大力跳发,就能将每个对手打到崩溃。有了埃格努的意大利队,第一阶段五战五胜,仅失一局。拥有世界头号主攻朱珠的中国队1:3不敌强劲对手。相比埃格努狂砍29分,朱珠才拿到20分。

强敌拦路,中国队完全可在六强分组赛最后一场耍个心眼儿输给荷兰队,或许可以避开意大利队。对此郎指导霸气回应:"打谁都一样!中国女排要想站上最高领奖台,必须从每个对手身上踏过去。"在这种信念指引下,中国队一路过关斩将,再次勇敢地面对如日中天的意大利队。

中国队除朱珠等几名主力首发外,唐菁晶应算最具实力的替补。反观意大利队,不仅有埃格努,主攻塞拉、二传马里诺夫、自由人德吉纳罗等场上主力无不是世界级水平。由于"板凳"队员深度不够,意大利队没有两点换三点战术,但仅凭这个横扫千军的强悍首发,足令中国队难以抵挡。

比赛过程异常艰苦,中国队顽强地与意大利队激战整整五局,打到局末,虽接连挽救五个赛点,仍输掉了比赛。自1986年第十届世锦赛夺冠后,中国队再未在世锦赛折桂,想不到三十二年后的今天,意大利队又成为中国队冠军路上的拦路虎。

57

痛失决赛权固然可惜,但通过大赛,郎指导也在不断考察新人。她认为唐菁晶的进攻、发球、拦网表现不错,后边与荷兰队争夺季军时,可作为自己手中的奇兵。这场比赛郎指导除偶尔让她上场外,并没安排她打主力。

翌日,中国队重整旗鼓,这回郎指导果断变阵,上来就安排唐菁晶首发,并担纲大主攻,反让朱珠保她的一传。队员们把所有的劲儿都使出来了,齐心协力多点开花,直落三盘将对手击垮,拿到世锦赛宝贵的铜牌。

本场比赛,唐菁晶独得 20 分,表现可圈可点,但仍难掩惜败意大利队的遗憾。球迷也都发出质疑:唐菁晶与埃格努同时起步,人家两年前便随意大利队南征北战,现已成为世界级球员,唐菁晶却还是个替补,原因何在?

专业人士解释说,欧洲女排职业化程度高,国际交流广泛,更有利于球员的发展。除此之外,她们二人所打位置不同,不必接一传的埃格努更能全力打好进攻;而在中国队的战术体系中,唐菁晶至少要接三轮一传,进攻自然受到牵制。

结束世锦赛之旅,国手们各回母队,准备参加新一届的排超联赛。

郎指导刻意嘱托津海队主帅赵亮,一定要在联赛中多多锤炼唐菁晶的一传,补齐这一短板,内心越发自信的她就可在国家队挑大梁了。赵亮当时允诺,但放下电话后,他又翻出自己的理论:比赛的目的就是赢球,待用一点攻蝉联冠军后,再练一传也不迟。

从实际出发,使人才最大限度地实用化,这也是各地方队教练的无奈和取舍。因为举国体制下,地方队教练只有在联赛和全运会两大硬指标上取得好成绩,才有望评上高级职称。虽说津海女排冠军已拿到手软,但从上面到赵亮本人,谁能嫌荣誉多?

国内赛场上,唐菁晶的实力毋庸置疑,赵亮担心的是这位当家明星的肩伤。上赛季唐菁晶总共扣球近一千五百次,每场比赛都超负荷,加之不间断密集的赛事,唐菁晶左肩裹着的绷带始终没除去。今年唐菁晶更是各队重点严防的对象,但愿她神勇不减,一如上届般过五关斩六将。

就在不久前,队长梁胜男正式退役,柳筱虹也返回母队效力,津海女排夺冠重任全压在唐菁晶为首的新生代肩上。

秋末,本赛季排超拉开序幕。为了给国家队征战世界杯的集训挤出更多时间,排协重新调整赛程和赛制,小组赛每队只打六场,且集中一地,一周内赛完。

安排在辽沈赛区的津海队,上来便豪取四连胜,且前三场全部零封对手。经过国家队的历练,唐菁晶球技更上一层楼,球风也更凌厉,每场扣球都在五十次以上,轻而易举就轰个二三十分。其大斜线、小斜线、绝直线、轻拍、吊球、后三、后二……一次次跃起,一次次钉地板,让球迷看着那叫一个过瘾。但估计郎指导不会太高兴,因为唐菁晶还是不怎么参与一传。一场比赛下来,她最多接三轮一传,与郎指导的要求相去甚远。

之后的八强排位赛采取主客场双循环,决定谁进入四强。为在半决赛占据有利位置,赵亮命队员们加强攻势,津海队全力以赴,一举夺得八强之首。

领队杨絮看得清楚:尽管津海队胜仗一个接一个,但俩月二十轮交战,几名主力几近累劈,八强赛最后一场对阵东鲁队时,唐菁晶都快蹦不动了。而半决赛将遭遇宿敌姑苏队,肯定又是难缠的来回战。

趁赛前春节放假,杨絮提议让球员充分休息,同时抓紧引进内援。赵亮表示认可,很快从闽南队、东鲁队各引进一名副攻和一名接应。

人是来了,但赵亮觉得还是老班底用着顺手,俩内援跟摆设差不多。没法子,以唐菁晶为首的"七仙女"接茬儿得打满全场。经四轮交锋,津海队三胜一负掀翻姑苏队,自身也消耗了大量体能。而决赛对阵的北汽队因连胜三场,比津海队多出一周养精蓄锐的时间。

水平居于国内二流的北汽队,之所以在本赛季脱颖而出,主要是花大价钱请到美国两员悍将以及澳大利亚的一名重炮手,由此变成当初永太队那样的国际联合纵队。八强赛后,北汽队又通过二次转会,吸收了辽沈队的国手二传。凭借众多内外援,北汽队首次闯入联赛决赛。遇上这么个硬茬,津海队想要卫冕真不好说还有几成胜算。

今年排超总决赛改回五场三胜制。积分领先的津海队虽有三个主场优势,也未必就稳操胜券。一件事情成功的条件有许多,除天时、地利、人和外,还包括运气、神助、格局等其他因素。运气、神助不敢多想,因为可遇而不可求,但若能着眼联赛的全盘格局,根据对方和己方的优劣势去考虑布局,调动活手中每一枚棋子,或可将神助变为神用。

也是急于摘下唾手可得的冠军成果,为确保万无一失,主教练赵亮似乎已将转会来的两名内援忘在一边,依旧尽遣老班底。但津海队小球员尚未养足精神又要投入决赛首轮,此时用兵过于保守绝非上策。将决赛的胜负成败全部寄予肩绑绷带的唐菁晶和那些尽显疲态的小队员身上,结果会如何?

见津海队仍照方抓药,摆出固定的一点攻,北汽队主帅眯着狡黠的小眼睛乐了:"老母猪去赶集,里里外外一身皮。从去年到现在,是好吃多给,完了抹嘴不埋单?看今天我如何扒下你们这身皮!"随即,他指令麾下主攻轮番以力大刁钻的发球冲击津海队的一传。这一招果然切中要害,因组织不好一攻,二传很难分球,津海队攻手打得极其别扭。在失去副攻掩护的情况下,攻击点太过暴露,被对方重点拦防的唐菁晶很难得手。

唐菁晶是津海队的战术核心,只要把她按哑火,其他点下不了几个球。但唐菁晶并没有畏缩,靠灵活多变的手法,尽量撕开对方防线。

打这种消耗战,津海队队员无疑吃着大亏,更何况北汽队三名外援不是吃素的。既然唐菁晶的位置无可替代,赵亮就应以换人方法,或打乱对方节奏,或让队员下来冷静冷静。结果反倒是对方主帅,不但找个机会就提出鹰眼挑战,更走马灯似的不停换人,不断被打乱的津海队是眼花缭乱,尽受折磨。

在先失两局的情况下,津海队咬牙将比分扳平,决胜局更由 11∶14 打到 16 平,追回五个赛点,可惜最后一刻未能实现逆转,以 16∶18 憾负。

丢掉首场未必山穷水尽,随后两个客场比赛只要捞回一场,希望就还在。关键是此时若能对北汽队的车轮战术做出针对性调整,还能为善打逆风球的津海队留有翻盘余地。但为了求稳,赵亮依然坚持己见不肯改变,这就大事不妙了。

三天后易地再战,津海队首发照旧,打法照旧,被动局面自然照旧。有了上一场经验,北汽队主帅心中更加有底:"全力冲垮津海队一传,切断唐菁晶的补给线!运不上来弹药,看她们的火炮如何发威。"同时,他决定干脆放弃 2 号位,就是让接应颜怡偷袭几个球,也左右不了大局。

对手那边花招百出,赵亮却仍一味催促球员加紧进攻,想靠 4 号位重扣硬吃。津海队姑娘们拼尽全力,几乎每局都打到 25 分以上才分出输赢。但呆板的战术早被对方看死,关键人、关键分只能处处受制于人。1∶3,津海队再次失利,被逼至绝境。

赛后,赵亮认为自己的战术部署虽有瑕疵,但终究瑕不掩瑜。北汽队不是没有漏洞,只要津海队加强进攻端,去年打沪上队的神奇逆转还会出现,因为津海队拥有唐菁晶。

杨絮急得火上房:"光提去年的神奇逆转了,怎不用对付沪上队单点变多点的办法来对付北汽队?"

赵亮脑袋摇得拨浪鼓一样:"你脑子糊涂了吗?那会儿柳筱虹转会津海队,现在人家已是北汽队队长,咱这边的战术意图早带给她们教练了。对于北汽队,我们已无秘密可言。不是不能变阵,万一再变出其他问题来,那可得不偿失。所以,我们就得以不变应万变。"

杨絮被说得哑口无言,知道再拗下去将不利教练组团结,只好默默离去。

3月9日,无路可退的津海队迎来了生死决战。通常这个时候,津海队总能绝地反击。北汽队主帅也怕对方使出杀手锏,致使自己阴沟里翻了船。可等两下一交手,他的小眼又笑眯成一条缝儿:"还是程咬金的三斧子半呀,那引颈就戮吧!"

不单主帅胸有成竹,两连胜后,北汽队队员也对击败津海队充满信心,打得更加顺畅,首局25∶21,第二局25∶15,大有摧枯拉朽之势。

被动局面下,津海队队员仍在艰难鏖战,赵亮却大脑出现短路,始终呆若木鸡、茫然无措,也不知他在想什么。

见主教练耷拉着双手毫无反应,唐菁晶意识到,眼下除硬拼再无他法,于是不顾左肩的伤痛,频繁挥臂猛扣。一个打手出界,裁判却认定没有打手,判北汽队得分,唐菁晶忙举手示意赵亮挑战。按赛制规定,各队每局有两次挑战机会,北汽队主帅回回全部用完,甚至为扰乱对手,明知挑战会失败也有意为之。可赵亮就像舍不得用似的,总决赛以来一次挑战都没用过。

见赵亮对唐菁晶的示意熟视无睹,领队杨絮忙在一旁提醒,赵亮反朝场上摆摆手,似在帮主裁判印证确实没有打手。主教练的麻木表现,大大刺伤了还在拼死抵抗的小队员们,唐菁晶沮丧地回到原位,大家也立时情绪低落。

于是,失败也就无可避免。又是1∶3,津海队没等返回自家主场,便三战三负痛失排超冠军,目送北汽队创造历史。

58

津海队队员们难掩悲恸,一个个泪流满面。四局比赛,大家扳回十个赛点。奈何赛制太紧,人手不够,无力回天。从北汽队二十二人的庞大领奖团队来看,这场比赛津海队输得有尊严。哭得尤其伤心的唐菁晶此番虽壮志未酬,但她的未来仍拥有无限可能。

津海女排多年的辉煌离不开球迷支持,而津海球迷对冠军的渴望甚至比球员还强烈。颁奖典礼后,现场就有人坐不住了,认为此次失利责任完全在教练,甚至扬言要举报教练。但绝大多数球迷却懂得,这个时候,津海队队员更需要他们。当北汽队球迷散尽,体育馆内还滞留着大量津海球迷,为伤心的津海队姑娘奋力加油。

转天,队里破例给大家放了一天假,情绪还有些低落的唐菁晶扫了辆共享单车,沿海河一路骑至永安桥。流光溢彩下,衣着时尚的年轻男女有说有笑不断从她身边掠过,唐菁晶被感染到了,她很快登上"津海之眼"摩天轮,转至最高处,夜幕下的津城一览无余,真是华灯万盏,璀璨夺目。抬头仰望,星河荡漾,繁星绚烂。

十年来,她不仅爱上了津海,更融入了这座有着六百多年历史的文化名城,早将这里当作自己的第二故乡。她想起前不久对母亲的承诺:买套房子,把辛苦半生的爸妈接过来,一家三口共同享受津城的繁华美丽。

想到此,唐菁晶立马掏出手机,拨通家里的电话。听女儿还在坚持买房,爸妈也表示同意。回到宿舍,唐菁晶赶忙上网搜寻房地产信息。室友在旁提示:"买房子可以找咱梁队,她老爸就是地产大亨。"唐菁晶不以为然。她一向不愿麻烦人,买房绝非小事,若让梁队帮忙找门路,不知得搭多少人情,何况自己的钱足够交首付——这些年的积蓄,加上国内外各种比赛所得奖金。

对普通中国百姓来讲,房子算是天大的物件,即便有钱,也不敢在这上面任意乱花。唐母觉得闺女年轻没经验,还得专心训练,于是特意从鹤城赶到津海,替闺女跑腿。

偏赶上那两年房子贵得邪乎,津海市区的房价更是暴涨。即便这样,只要稍好的房源立马被人抢空。唐母心里发毛,连跑几家中介,折腾得头晕眼花。新房断不敢想，现房贵不说，楼层、朝向还都是挑剩下的；至于期房，样板间看着特漂亮，可难说会不会烂尾，即便真盖起来，还不知变啥模样。看来，还得买二手房。

但想买套称心的二手房同样难于上青天。被中介的电动车驮着，唐母转悠了半个津海，有的房型太老，厕所里没法安淋浴；有的地点偏僻，且交通不便；有的楼层过高，还没电梯；更有一套又脏又破，黑黢黢活像个煤铺，就因是学区房，竟要八万元一平方米。

好容易碰上套比较满意的，房主说儿子要在深圳买房结婚，急等着用钱，才忍痛低价出售，只要先付三十万元定金，就立即成交。唐母认为机会难得，赶忙去银行取钱。哪知就这么会儿工夫，另一买主提着五十万元现金，抢先一步将房买走。

唐母绝望地对闺女讲："你挣俩钱不容易，别都搭进房子里，我跟你爸在鹤城住习惯了，就维持现状挺好。"看着母亲心力交瘁的样子，唐菁晶实在不忍，她万没想到，买房竟会如此艰难。无奈之下，她只得送母亲登上回鹤城的列车。

唐母的"买房奇遇记"不胫而走，闻者无不摇头喟叹，这两年有太多人经历过类似的购房之苦，大家自是感同身受。

刚参加完裁判员培训的梁胜男闻听此讯，立即联系唐菁晶，告诉小师妹："房子的事包在我身上。""梁大锤"向来古道侠肠，撂下电话便马不停蹄去找老爹。梁伯成深知唐菁晶是津海女排新一代领军人物，如今声名大噪，把房子卖给她，比当初卖房给孙红雁家更具宣传效应，何乐而不为？经梁伯成安排，没出一个礼拜，梁胜男便拉上唐菁晶去看现房。唐菁晶一看，地点、房型、朝向都称意，价格也实惠，真是喜不自胜，对梁师姐万分感激。

"进了咱津海女排就是一家人，姐们儿间互相帮忙，应当的，说谢就见外啦。"梁胜男笑道。

房子总算有着落了，但办理父母的居住证并不顺利。闻讯后，领队杨絮旋即找到林庭，希望由她出面协助。林庭笑道："凡女排的事情市里都特支持，菁晶是咱的大宝贝，欢迎她的家人迁来津海！让她放心好啦，管保一路绿灯。"

与此同时，2019年第二十届女排亚俱杯隆重开幕。作为东道主，津海女排将与来自亚洲十个国家和地区的女排队伍进行角逐。

为支持这一排坛盛事，津海市从政府到体育局都投入了巨大的人力物力，比赛场馆定在新近落成的武阳体育中心，住宿、交通及餐饮尽最大可能地提供便利。作为组委会秘书长，林庭亲自率领团队对志愿者招募、车辆保障、球迷服务、票务合作诸方面都做了精心筹划和安排，整个赛事运行相当顺利。

国家队特批唐菁晶、汪媛媛、陶梦等从漳州训练基地归津海队助阵。由这几位国手领军，津海队凭借网口优势，顺利夺得第五个亚俱杯冠军，如愿获得世俱杯入场券。唐菁晶轰下全场最高分40分，并荣膺本届赛事"最有价值球员"。

时隔七年，重又摘取亚俱杯桂冠，津海女排一扫排超落败的阴霾，全队欢欣鼓舞，唐菁晶脸上再次绽放出甜甜的笑容。

林庭以其出色的领导力，为亚俱杯在津海成功举办立下首功。经上级审议批准，其将升任为排管中心主任兼党总支副书记。

新官上任三把火，林庭履职当天，强调了自己的三个工作要点："以党建引领工作；做好梯队建设，多为国家培养输送高水平人才；开阔视野，加强交流，提升津海女排在国际上的影响力。"

另外，趁着夺取亚俱杯冠军的喜气，林庭又搞了一次大型社会活动，组织球队去新港开发区参观。真是不看不知道，一看吓一跳。一路走下来，方知空客A320、国家新一代长征运载火箭、超级计算机天河一号、百万吨乙烯工程全部落户津海。据开发区领导介绍,新港将来要向北方航运中心、国际物流中心发展,成为中国经济第三增长点。亲身感受近年来津海的巨大变化,大家倍感喜悦和振奋。

最后一站是津海生态城动漫产业园。其占地一百万平方米,在此负责接待的不是外人,正是梁胜男的弟弟梁胜宝。

自从被网红姚贝蒂弄得灰头土脸后,梁大公子收敛了很多,老爸梁伯成还经常拿他跟排坛上风光抢眼的姐姐对比,斥责其不思进取。梁胜宝也暗自寻思:"难道我就干等着继承家产,当个吃白食儿的?"

有一次,他看到一本漫画写着:"青春是最贵重的资本,但也最经不起挥霍。"梁胜宝深受触动,可自己又该朝哪儿发奋呢?他大学主修的是计算机专业,但真正喜欢的还是绘画。梁胜男鼓励弟弟学习动漫,并请出韩指女儿、津海美院的郑佩玲教授做其老师。

梁胜宝在绘画方面果然有天分,经郑教授指点,学有所成。大学毕业后,梁胜宝向父亲贷款百万元到新港开发区创业,如今"神界动漫"在业内已名气斐然。梁胜宝介绍说,动漫园现在拥有上万动漫人才,年效益达数十亿元,初步形成以动漫影视游戏、互联网科技、出版传媒与金融投资四大领域为主体的文化创意产业集群,有望成为亚洲最大规模的动漫基地。

"用不了多久,什么皮克斯、宫崎骏都会被我们踩脚底下。"

林庭则认真道:"你这话未免有些大。战鼓不是擂的,牛皮不是吹的,人家日本有《排球少年》那样精良的动漫,你们整天守着中国女排、津海女排这么励志的好题材,为啥不尽快开发出来?"

"林主任,这方面我们已经关注到了,但您提醒的是,我们的步伐还是慢了些。之后我们一定努力赶上,尽快做出属于自己的优秀体育动漫作品!"

见梁胜宝"啪啪"拍着胸脯子,林庭与众人一边冲他鼓掌,一边大笑不止——真不愧是"梁大锤"亲弟弟,说话办事跟当年的梁胜男简直一个模子扣出来的。

59

新房钥匙拿到手,父母迁居手续也办理停当,唐菁晶兴冲冲的。她旋即与另一位津海队国手陶梦乘机抵达漳州基地,经短暂集训,便随国家队征战本年度世界女排联赛。

世联赛由女排大奖赛演变而来,来自不同国家、地区的十六支女排队伍,分不同小组、不同站点进行较量。世联赛乃国际排联主持下规模最大、水平最高、影响最广的女排商业赛,也是参赛队伍备战世界三大赛的绝佳练兵场。

近两年,在与世界诸强多次交锋中,无论是对阵美国队、巴西队,还是俄罗斯队、荷兰队,甚至是塞尔维亚队,中国队均有过胜绩,唯独没从意大利队这块硬骨头上啃着肉。算上世锦赛,中国队业已六败其手。特别是那个埃格努,此番再扳不倒这只"怪兽",今年的世界杯、明年的奥运会,真就找不到抑制意大利队的好办法了。

主帅郎指导与女排队员们都暗憋着一口气,誓要磕一磕这个最强对手。

三周后的香港站,中、意两队终于迎来正面交锋的机会,本届世联赛冠军争夺战的压轴大戏,即将在著名的红勘体育馆上演。对于全世界排球迷而言,其激烈空前,就是传说中的星球大战之升级版。一万两千多张门票瞬间被抢空,各家电视台和网站争相直播,香港名流、明星悉数到场,而林庭及津海队十几位小队员也坐在看台上。

任职排管中心后,几年下来,林庭为津海女排发展干了不少实在事,在球迷中的人气也越来越高,认为她接地气、有能力,视野开阔、格局大气,是中国女排"黄金一代"球员中脱颖而出的优秀管理人才。总结经验教训,林庭越发意识到培养后备人才的重要性,此次率领青少队队员现场感受国际顶级赛事,也是自己"走出去"既定方针的一部分。中、意对垒香港站,届时自家球员唐菁晶、陶梦必会上场助阵,津海排管中心提早出手,事先订好了球票。

作为香港著名地标性建筑,上阔下窄、精美如钻石般的红磡体育馆,极像一座倒置于水平面上的金字塔,为不阻碍视线,馆内不设一根支柱,无论从哪个角度观看比赛,观众皆可一览无余。随林庭步入主馆后,津海女排小队员立时被恢宏雄扩的场馆,以及上万观众扑面而来的热气腾腾震撼得瞪圆了眼睛。

"看到了吧,这才叫大场面、大气概。在这种地方打比赛,才称得上大阵仗!"林庭适时引导。

须臾,在全场观众山呼海啸般的呼唤下,中、意两国队员列开阵势。但听总裁判长一声哨响,双方旋即投入战斗。

意大利队凭头号重炮埃格努迅速抢得主动权,刚开场便遥遥领先。为压住对手气焰,中国队队长朱珠也积极参与拦防,其他队员却放不开,打得过紧。本来一传就是中国队的短板,遇上埃格努时速过百且杀伤力巨大的跳发,中国队自由人竟直接被硬生生砸倒在地,中国队简直没有还手之机,始终被对手压着打。

这局面,令央视解说焦灼万分,情不自禁地连声道:"中国队要醒醒啦,现在可是全面受制啊!"

形势虽如此严峻,郎指导仍然不慌不忙。她清楚,面对意大利队这样的队伍,就得按照自己球员条件去布置擅长的技战术。于是,她一脸平静地开始调兵遣将——用唐菁晶替换下首发主攻,派柳筱虹改打接应,继而又两点换三点……在不断调整变换中试探着寻找破敌之法。很快,中国队跑动进攻连连奏效,再通过唐菁晶的发球连续追分,中国队虽22∶25又丢掉第二局,却已逐渐起势。

第三局,唐菁晶首发。一上来,中国队就很积极,精神特别集中,从第一分开始就给对方施加压力。见势头不妙,意大利队主帅指令埃格努用几个凶悍的钉地板使比分反超。郎指导叫过暂停后,通过调整接应队员,加强中国队网口高度,越打越活的中国队再没让对手拉开距离。双方比分交错到23平时,唐菁晶一记小斜线拿到局点。中国队发球冲击意大利队一传,埃格努勉强打调整攻,却被唐菁晶和副攻的双人拦网直接掐死。25∶23,中国队扳回一城。

此时,看台上的林庭暗自感佩:郎指导知己知彼,指挥若定,将场上队员调配得出神入化,面对不可一世的意大利队,硬是把比赛拖进了自己的节奏。

第四局伊始,唐菁晶靠发球直接得分,士气大振的中国队队员脸上也有了笑容。而埃格努则神勇依旧,攻击力分毫不减。两队都放开了打。局末,从22平战至24平,挡住埃格努如出膛炮弹的发球后,中国队靠朱珠重扣和对方失误连得两分,顽强地拼入了决胜局。

到了关键一博的时候,郎指导用人不疑,继续留唐菁晶在场上。决胜局的每一分都价值千金。唐菁晶不负所望,关键时刻发球直接得分。之后,唐菁晶几乎把自己几个得分手段都用上了:拦网、发球、进攻,就在双方僵持至13∶13时,她坚定地举起两条长臂,单人拦死埃格努。为球队夺得赛点后,唐菁晶尽抒胸臆地仰天长吼。

见自己进攻屡屡受阻,埃格努暴躁起来,手上便没了准头,竟挥手将球扣出了底线。中国队以3∶2艰难取胜,从而打破对意大利队六连败的魔咒。

裁判哨声响起的那一刻,红磡体育馆内万众欢腾了。林庭开心地对拍红了手的小队员道:"记住,当团队需要时,有人能站出来,那叫勇敢;

当团队身处逆境,有人能挺身而出,那叫担当!你们要以朱珠和唐菁晶为榜样,对胜利充满渴望,对战胜对手拥有信念,逆境中坚持永不放弃的精神。回去后,大家要刻苦训练,提高技能,将来也为中国女排冲锋陷阵。"

说到激动处,林庭的泪水盈盈而出,不禁想起当年津海队苦战军旅队首夺联赛冠军的场景。那会儿自己和唐菁晶她们一样年轻,充满朝气和活力,在赛场上恣意奔跑跳跃,把最美好的时光全献给了排球。虽说付出太多汗水,落下累累伤病,但也拓展了生活的厚度,收获了充实的人生。而今追问自己,可以豪情满怀地回答:"青春无悔!"

直至率队离开红磡体育馆,林庭的心绪方逐渐平静,进而想到,眼下中国女排虽有朱珠、唐菁晶这样善于进攻的球员,可保障突出的队员并不多。而且国内各地方女排普遍存在教练战术单一、临场指挥呆板、不会随机应变等问题,如何改进提高?津海女排也一样,下赛季如若要夺回排超冠军,更急需改变和突破。好在中国排球学院已落户津海泊洼体育基地,首任院长便是郎指导,执行副院长则为好友孙红雁。凭这层关系,排管中心可邀请郎指导做顾问,给津海女排教练组讲讲排球战术理论——比赛中如何智慧地指挥调度,如何在兵临绝境时化不利为有利、变被动为主动。还有,为备战世界杯,朱珠已与土耳其队解约,今年肯定留在国内。津海女排若能引进这位世界头号主攻做内援,不但引爆球市,整个球队必将踏上新台阶。

机不可失,从香港回津海后,林庭即刻拟定一份详细计划呈报上级。计划中特别强调,津海拥有其他省市不具备的几大优势:首先,论私交,章指当年做过郎指导的陪练,助教严临旭乃陈静姝老公——津海的"姑爷";其次,津海女排是国内女排联赛领跑者,年年为夺冠大热门,朱珠虽荣誉无数,独缺国内联赛金牌及"最有价值球员"荣誉,到津海来也是互相成就;最重要的是,津海女排进攻端火力大增后,不但能在国内联赛取得好成绩，更将着眼于世俱杯。

以往体育局领导对女排工作都是赞同和支持，这一回他们竟犹豫起来。朱珠乃国际排坛上的"最有价值球员"，号称"收割机"，她加盟土耳其队的年薪相当高。另外，朱珠是中国女排的台柱子，要到哪里打球，必须郎指导甚至国家体委点头才行。

事关重大，局领导当天便紧急磋商，最终一致认定请来朱珠对津海女排发展具有特殊意义，这才对林庭的报告予以肯定。

自己的想法获得上级批准，林庭兴奋异常，立马着手运作。

由于这是一项绝密计划，林庭在面对小山子等津粉儿球迷喊话时，笑眯眯地告诉众人，千万别忘了买套票。实际上，聪明的林庭已通过另外一种方式，含蓄地暗示津海球迷朱珠加盟津海女排的好消息。

2019年9月，第十三届世界杯在日本举行，中国队派出十六人的大阵仗，并以上届冠军身份参加比赛。经过香港站与意大利队惊心动魄的五局大战后，郎指导对球队充满信心，赛前接受采访时罕见地高调道："我们要打出精气神，为国争光，目标只有一个：升国旗，奏国歌！"

郎指导兑现了承诺，本届世界杯成为中国女排多年来整体发挥最出色的一次出征。从赛前准备到赛中状态调动，那种精神饱满真是前所未有。无论对手强弱，郎指导都要求队员们全力以赴，前十轮比赛中国队仅被巴西队偷走一分，在与美国队、俄罗斯队、巴西队这些强手的较量中，表现得近乎完美。

中国队提前一轮就已实现卫冕，但在郎指导的理念中，有始有终最为重要。末轮对战弱旅阿根廷队，她要求球员们认真打好收官战，秉持不到最后一刻不放松的理念。最终中国队3:0轻取阿根廷队，以十一连胜的战绩拿到世界杯第五冠。朱珠再度获得"最有价值球员"称号，成为蝉联世界杯"最有价值球员"的第一人。

三代女排人，奋斗四十年，终成十冠王。中国女排凭借顽强战斗、勇敢拼搏的精神,成为世界杯史上夺冠次数最多的队伍。而津海女排也从此又多出了唐菁晶、陶梦、汪媗媗三位世界冠军。

60

正值中华人民共和国成立 70 周年大庆之际,中国女排第十次荣膺世界排球三大赛冠军,这无疑为国庆献上了一份厚礼。被亿万民众盛赞的同时,女排姑娘也得到了最高级别的褒奖。国家领导人不仅第一时间发去贺电,还亲切会见了中国女排队员、教练员代表。

10 月 1 日的国庆大典上,主教练郎指导、队长朱珠以及唐菁晶在内的全体女排成员应邀参加阅兵式后的花车游行。当最后一辆名为"祖国万岁"的花车出场时,现场所有人热情地向花车挥手致意,并齐声高喊着:"中国女排,世界第一!""荣耀之师!拼搏之师!不屈之师!"此情此景,一种强烈的民族自豪感油然升起在女排姑娘们心中。

国庆节过后,朱珠与津海女排正式签约。此外,津海女排还签下了美国原国手、著名接应胡克尔。见此,外地媒体啧啧叹道:"津海女排现在的配置太强大啦,再加上国字号新星唐菁晶,朱、唐、胡的梦幻组合,可谓联赛有史以来进攻端最具冲击力的'三叉戟',总冠军谁敢与之争锋?"

然而,高手云集的津海女排却让主帅赵亮犯起愁来:朱珠是顶级大腕,一旦根据战术需要,队里让她给小师妹当配角,人家能听吗?再有,来个胡克尔,我培养的接应该往哪儿放?二传陶梦又如何给三个强力攻手分配球?

知其心绪惶恐、左右为难,杨絮鼓励道:"林庭之所以请来这样的内外援,就是想打破咱原有的格局。如何调动好手中的这盘棋,将考验我们的执教水平和指挥智慧！"

赵亮道："别把自己拔得太高，能平安度过这一赛季，不出大错就算不错。明年就是东京奥运会了，眼下的朱珠比大熊猫都金贵，万一在咱这儿有何闪失，对上无法交代不说，全国球迷还不嚼了我？"

揣着如履薄冰的小心又小心，新赛季排超开始后，赵亮虽表现得比以往任何时候都迟疑谨慎，但以朱珠、唐菁晶为首的津海队却横扫千军如卷席，从小组赛到交叉赛五战五胜，且一局未失。捷报频传，赵亮依旧放不下提着的心。

12月初的世俱杯已迫在眉睫，其水准之高与亚俱杯不可同日而语。因日常少有机会与外国球队切磋交流，不单赵亮从未经历过这类国际赛事，国内各地方队教练都难免坐井观天。为此，体育局去年特意安排赵亮前往欧洲参观学习，但由于缺乏大视野，赵亮并未从中偷学到什么真经。

为帮赵亮缓解压力，津海队又从军旅队引进了一名国手副攻。

津海队参加世俱杯的名单列出后，球迷皆认为这阵容既有强度又有厚度，战斗力不亚于郎指导的国家队。球队兵强马壮，有了底气的赵亮在记者面前放出豪言："这个赛季，津海女排网上实力明显强于过去，我会责无旁贷地率队在世俱杯赛场上夺取最佳战绩。"

开赛首日，津海女排面对的是意大利诺瓦拉俱乐部。因埃格努、巴奇两名主力转会，实力直线下降的诺瓦拉队水准不过欧洲二流。津海队凭超强攻击力，很快连下两局。

见津海队势不可当，对方教练及时变阵，并让队员发球找人，加强冲击性。而赵亮重视进攻忽视保障，致使球队攻防严重失衡，兵败北汽队时一传满天飞的惨象重现。"弹药"输送不顺畅，"三叉戟"的进攻皆受到遏制。局势一波动，赵亮反应不及，眼看着局势被翻转。2∶3，煮熟的鸭子瞪眼看它飞了。

首役输得窝窝囊囊，队员们还好，不过在私下里埋怨。网上球迷却不管那一套:"这不傻了吗?就别在这儿杵着啦,赶紧卖瓜子去吧!""见过瞎指挥的,没见过不指挥的。"赛后,林庭提醒赵亮要改变战术,将板凳上那一溜儿备用人选灵活地调动起来。赵亮连声允诺,并保证下场定会取胜。

但就像球迷所说,牌面实力是一码事,控牌、出牌、最终赢牌是另一码事。两天后,面对持外卡参赛、小组实力最弱的巴西海滩俱乐部,津海女排本该毫无悬念地轻松拿下。但也是背到家了,刚赢下两局,朱珠右腕旧伤意外复发,让人担心的事还是发生了。见朱珠表情痛苦地被迫离场,赵亮的头立时大了。

趁此机会,海滩队发起反攻,津海队再度陷入被动。杨絮赶忙拽了一下目光呆滞的赵亮,催促其快用保障能力强的接应队员换下胡克尔。这一变,局面才有所改观。由年轻的唐菁晶领军,津海队拼尽全力,3:2险胜巴西海滩队。

打弱旅都这么艰难,随后在朱珠休战的情况下,面对强悍的土耳其瓦基弗银行俱乐部,津海女排不出意外地被暴虐,全场扣球仅得 17 分,不及对手的三分之一。

三战两负,没能进入四强,继而五至八名排位赛又连吃败仗,津海队在参赛的八支球队中排名垫底,落得国内地方队参加世俱杯以来的最差成绩。

津海女排羞辱而归,业内外的愤恨业已达到极点。

林庭承受了上任以来最大的压力。平心而论,赵亮在青训组的工作还是值得肯定的,为津海女排培养出以唐菁晶为代表的诸多希望之星,并靠打造唐菁晶的一点攻斩获一冠一亚,这要是搁其他队还不当神供着?但既然是支王牌球队,津海女排就必须攻必克、战必胜。本届世俱杯津海女排本土作战,更有朱珠助阵,如今竟让人打成这熊样儿,真是丢人现眼。一时间,津海女排被推上风口浪尖,似乎赵亮再不"下课"已天理难容。

不少自觉脸上无光的球迷,利用网络,掀起铺天盖地的冷嘲热讽,但也有不少人替津海女排说话:"体育比赛,特别是竞技体育,有个很重要的词语,叫作资格。没资格走上更高赛场的人,同样没资格笑话更高赛场上的失败者。因为在败给强者前,人家早就把你打败了,人家只是败给了更厉害的高手。"

　　不是输不起球,犯了众怒也不是左右一位金牌教练去留的依据,根源在于赵亮一直被人诟病的行僻而坚。精神不能带动作风,作风不能带动技术,长此下去,津海女排队魂丢矣!

　　或许还想给赵亮留一些空间,上面领导决定暂时雪藏起已带不动队伍的赵亮。主帅临阵交出帅印,球队状态低迷。搞不好,剩下的排超也可能一败涂地,复夺排超冠军的目标也将化为泡影。

　　接替人选至关重要,为此体育局与排管中心紧急商议,大家一致认为,眼下除了"铁帅"章志强,没人能执得动这教鞭,怕只怕章志强不愿再出山。本来嘛,自退居二线,人家生活得舒心又自在。一年前,女儿章楠结婚,最近又喜得大外孙,他这个姥爷当得正有滋有味,此时何苦接手这烂摊子?

　　只有林庭不这么看:"我了解章指,他对津海女排的感情太深了。这两年他一直关注着球队的发展现状,还经常与我沟通想法。值此艰难时刻,相信章指不会袖手旁观的。"

　　林庭说得不错,章志强始终心系津海女排,发现问题后,忍不住了也劝上几句,但执拗的赵亮听不进去呀,章志强干着急也插不上手。如今排超两日后即将打响,他深知形势已是刻不容缓。当林庭找上门时,章志强未假犹疑,毅然第四次临危受命。

　　德高望重的老帅出马,球员和球迷都看到了希望。章志强认为,虽然在国际赛场不堪一击,津海女排整体实力依然超强。"比赛是训练的一面镜子,因为练就是为了赛,球员们需要在比赛中不断成长。为帮助球队体验,我们将采取对攻、模拟等一系列训练考核模式,就是希望以一场实战的强势胜利来提振士气。"章志强说。

代理教练的第三天,章志强便率队客场挑战宿敌姑苏队。"小诸葛"魏兵想趁津海队新败,一举将其击溃,首局全线压上,结果大比分得胜。而老到的章志强处变不惊,仍以唐菁晶为战术核心,捏合不同阵容,打乱对手节奏。思路对了,队伍充分发挥出应有水平,第二局下半程发起反冲锋,津海队一鼓作气连扳三局,实现逆转。

这场关键战役取胜后,津海女排与球迷又在人民体育馆搞了场大型互动。当晚,章志强带领着伤愈复出的朱珠及超级新星唐菁晶出现在体育馆内时,全场沸腾了。晃动着"无逆转,不津海!"的巨幅横标,小山子等球迷带头唱起自己为津海女排编写的队歌——

心中有梦
你就让它插上翅膀
星光璀璨
你就让它有诗有歌有绽放

沐浴星月,追逐太阳
青春无悔,生命闪亮
我在这里开始飞翔

渴饮渤海,举击沧浪
我在这里种下希望

渴饮渤海,举击沧浪
我在这里豪迈成长

渴饮渤海,举击沧浪

我在这里扬帆起航

渴饮渤海,举击沧浪

冠军的旗帜高高飘扬

…………

磅礴的歌曲令津海队全队满血复活,主客场两赢北汽队,一报去年失冠之仇。决赛津海队又三胜沪上队,以整个赛季全胜战绩,再度获得排超冠军,成为联赛的十二冠王。

尾　声

十二次夺冠可喜可贺,但世俱杯的垫底失利也教训深刻。林庭深感津海女排的发展撞上了天花板。球队如何突破瓶颈,由国内霸主提升为世界强队? 眼下急需总结经验,摸索出新路。

为此,林庭特地在排管中心举办了一次专业研讨会,把那些老教练、老队员一一请过来,从技战术到执教理念,找问题、想办法,为津海女排今后发展寻诊把脉。

这天下午,韩珍、马宝昌、徐国祥、李和平、孙红雁、陆月洁、倪鹃、陈静姝、梁胜男等津海女排四代教练、球员重又聚首泊洼体育基地。

大家边走边聊,走进基地主楼。极度兴奋的梁胜男当众宣布,自己已通过考核,成为排球项目的一级裁判员。

"这下'梁大锤'变成'梁大哨'了。""开心果"童妍一句话逗得人们哄堂大笑。

步入会议室,迎面赫然罗列两条横幅,上边是凌副市长题写的"精神永续,青春无敌",下边则是林庭自己的手迹,"拼搏不懈,奋起直追"。见此,有说有笑的众人立时严肃起来。

落座后,林庭开门见山道:"2019年的世俱杯已过去一段时日,回顾加反思,津海女排是教训比经验多。作为东道主,我们大多时候无招架之力,不得不在家门口黯然收场,这个成绩还被人极具嘲讽地唤作'倒冠'。女排是津海体育史上的骄傲,这种荣誉是一代代运动员用汗水和拼搏铸就的。爱之深,责之切。希望大家畅所欲言,献计献策,多提宝贵意见。"

孙红雁、陈静姝几人相继发表意见,分别谈了谈津海女排今后如何能与国际先进水平接轨等看法。

"女排精神不是靠嘴皮子喊出来的,玩投机取巧更没出路。"待到韩珍发言时,她特别强调了青训的重要性,"在世界排坛流行高快打法的当下,我们更不能丢弃小球串联与整体配合打防反的传统,包括接一传技术,从青训抓起,必须苦练下三路的基本功。"

章志强深以为然:"这次世俱杯看得人触目惊心啊,代表中国女排出战的两支球队,在技战术水平上全面落入下风,很多时候甚至毫无招架之力。这说明我们的基层实力很羸弱,与欧美排球强队之间还存在不小差距。着眼球队的长足发展,特别是若想在下届世俱杯上打出好成绩,就得提高整个防反战术体系的组合能力,而不是仅依靠明星队员的个人能力。"

马宝昌虽然上了年纪,说话依旧直炮筒:"别迷信大牌,关键是她能否和球队融为一体。朱珠去年10月才来津海,哪有时间磨合?把老虎脑袋硬粘在羊脖子上,羊也变不成虎。有人只知数落赵亮,可也不想想,凭他的资质和能力敢指挥朱珠吗?指挥得动吗?"

接着,马宝昌又不客气地说道:"对此,排管中心也要深刻反省。这次世俱杯我们太想尽快与世界接轨,好多底下的细功夫没到位,还常常目光短浅夜郎自大,以致急于求成、过犹不及。小餐馆的一流厨师去主勺国宴,不露怯才怪!"

杨絮道:"不能只怪咱们不成熟,排协也存在不少问题。急功近利搞排超,却做不好协调。"

韩珍接过话头道:"所以,必须改进。训练、比赛、管理都要更加科学化。我听说排协最近出台了一个新规,将来青少组联赛不只看比赛结果,个人单项技术水平也会算到球队总分里。"

"这就对了。"章志强感喟道,"我认识一位姓宋的教授,原先对他的观点嗤之以鼻,现在想来,人家的话不但深刻还很有道理。我们的球队太急于求成,太想用成绩来证明自己,导致很多运动员年纪轻轻就出现伤病。我们的体育事业还在成长的初级阶段,缺乏对大众体育的普及和建设。如今,林庭率领下的排管中心,积极将球队带到世俱杯见识大阵仗,去跟真正的世界成熟球队较量,可谓一个新开端,说明我们已经意识到,并正向更高层次迈进。"

…………

大家的发言还在继续,林庭望着会议室外的天空似在走神:津海女排由一支乙级队,成长到多年称雄国内联赛的强队,却在世俱杯上排名垫底,这就是残酷的现实。什么叫失败?摔跤或倒下,为了学会从逆境中站起来,知耻而后勇,去争取新的荣光。但罗马不是一天建成的,沙漠也不可能转眼变绿洲。如何将举国体制的优势与市场机制、职业化道路相结合,尽快缩小自身同欧美强队的差距?如何将自信、科学、创新精神汇入即将成为全国排球运动中心的津海,形成新的符号、新的元素,最终形成一种新的力量?这些无不在提醒我们,今后要走的路,还很长很长……

跋

　　2019 年 6 月一个暖洋洋的夏日午后,为创作一部以天津女排为原型的长篇小说,作家郁子登门对我进行了专题采访。说起天津女排的故事,我如数家珍,一口气讲了三个半小时,直到夕阳落入窗内,才送走满心欢喜的郁子老师。

　　2023 年春节前,郁子老师打来电话,一是说她与作家立民共同创作反映天津女排的长篇小说《咱家有女初长成》(上部"追梦无悔"、下部"青春风暴")即将由百花文艺出版社出版,二是约我为这部小说写一篇跋。思前想后,到底从哪里下笔,怎样评价天津女排和这部"大事不虚、小事不拘"的文学作品? 这让我颇为惶恐。但作为天津女排十七个赛季的转播解说员、四十多年长期关注女排运动的球迷,我又对完成这篇跋信心满满。实话讲,我真心愿意借此说说我眼里的她们。

难忘周总理那期待的目光

　　1997 年我刚刚接触天津女排,就发现主教练赵雪琪非但训练严厉、刻苦,且对排球有着深刻的理解和独到的训练方法。赵教练带队训练量之大全国罕见,却几乎没人受伤,这在今天的排球界也是一种奇迹。

　　给人留下深刻印象的是,赵教练带队虽然无比严格,生活上却极为关心自己的队员。1999 年,为转播比赛我随天津女排去成都,当时运动员们吃的是大桌饭。饭毕,赵教练便悄悄走到空了的饭桌前,仔细察看孩子们吃了多少,她心里就有数了。

除了注意运动员的营养、训练和休息,赵教练平时还特别重视文化课学习。当年,张娜、李珊等一批日后成为天津女排主力的队员还是体校的学生,每天有半天文化课,有时训练累了就不想去上课,赵教练就跑去砸门,愣把她们硬叫起来。

2012 年,赵教练接受我采访时说:"我们打球的那个年代,受过日本排球教练大松博文的训练,运动员的思想相当纯粹,一切都是为国争光。敬爱的周总理特别关注中国女排的训练。后来,我到了国家二队,再后来我担任天津女排教练,脑海中总会回忆起周总理亲临球场观看我们训练的情景。他老人家的目光里,满怀对中国体育振兴的期待。快六十年了,我永远不会忘记总理的眼神,也常常想起贺龙老总那句'三大球不翻身,我死不瞑目'。直到七十多岁,我还会经常在凌晨惊醒——是不是该起床带队训练了?张娜是适合打沙滩排球,还是适合打自由人位置?吕超膝盖有伤,到底应该怎样调整?等我完全清醒后,才会想起来,自己已是退休二十多年的老太太了……"

带病训练的天津爷们儿

提起主教练王宝泉,在天津无人不知,正是这位"铁帅",率领天津女排夺得了一个又一个冠军。

认识王宝泉的时候,他正在国家排球队当陪打教练。在我的印象里,王宝泉是个典型的天津爷们儿。

2004 年全国女排决赛前,天津女排在大港油田封闭集训。我从小生活在大港油田,得知天津女排来了,我们一家三口全体出动,跑到超市,从奶粉、茶叶到饮料、大苹果,给女排的姑娘们买了两推车好吃的。

结账时,听说这些东西是送给天津女排阿姨们的,当时只有两岁的女儿高兴极了,非让我带她去看女排打球不可。在大港油田体育馆女排训练场上,女儿看着女排训练,在场边快乐地奔跑着。

现在，我的女儿已经二十岁了，业余时间，她会在天津女排老队员张晓宇的跆拳道馆学习。女儿说，她要学习天津女排的拼搏精神，即使不能上场比赛为国争光，也要通过体育锻炼来磨炼自己的意志。

还是接着说宝泉教练。

2004年，我去国家体育总局天坛公寓，采访当时国家排球队的领队，请他讲讲王宝泉教练当年患病的事。

我万没想到，这个话题刚一提出，领队立刻哽咽了："我们对不起宝泉！他当时在国家队病了，那么严重的病，可他不告诉我们。后来，我的一个朋友看见宝泉走路往一边歪，赶紧提醒我，宝泉的身体有大问题，因为这个朋友家里就有这样的病人。必须让宝泉赶紧停止训练！必须火速让他住院！"

说到这里，领队泪如雨下。

过了好久，他哽咽着对我说："我和宝泉是好兄弟、好战友，我作为领队，工作有失误，没照顾好他，我对不起他！"

他哽咽得再也说不下去了。

成长壮大的女排队伍

2000年9月，悉尼奥运会，我在央视解说沙滩排球比赛。当时安排给我解说的一场比赛，恰巧是张静坤、田佳两名天津籍运动员对战德国选手的比赛。

天啊！真是太巧了，她们的分站赛、她们的技术特点和战术打法，我太熟悉不过了。甚至就在大赛前，静坤还告诉我，悉尼邦迪海滩的沙子比较软，不利于弹跳。正是提前有了这些了解，那场比赛我解说得得心应手。

记得二十世纪九十年代中期，天津女排的赵雪琪教练就力主天津要大力发展沙滩排球，而在短短几年后，她的弟子就打进了奥运会。后来，张静坤成了天津少年排球队教练。

今天，那批 2013 年由陈友泉教练和张静坤教练在蓟州区封闭训练的孩子里，成长出了陈馨彤、王媛媛、王宁、刘立雯、杨艺、于鋆伟等，后来都成为天津女排的希望之星。2013 年 3 月，我援藏前解说了最后几场青年女排比赛，场边满脸"婴儿肥"的短发小球童，已经成长为中国女排的大将——李盈莹！近二十年来，天津女排为中国女排贡献了七位世界冠军。

小说结尾部分写到了 2017—2018 赛季天津女排和上海女排七战功成的比赛，使我回想起当时上海卢湾体育馆里的情景。赛前热身的杨艺见到我，兴奋地说："王喆叔，您来了太好了！您解说的比赛我们拿了九次联赛冠军和全运会三连冠，这一次也一定行！"这句话，被随队记者报道出来。于是，网络上"吉祥王大爷"的名号不胫而走。

可以肯定的是，天津女排的拼搏精神是中国女排拼搏精神的组成部分。天津女排，丰富发展了和丰富发展着中国女排的拼搏精神！

掩卷长思，小说兼具思想性、艺术性、故事性，在以天津女排近三十年辉煌历程为蓝本的基础上，反映出在中国改革开放滚滚大潮中，天津这座渤海明珠城市惊涛拍岸、九万里风鹏正举的气魄与气概。体育战线，特别是天津女排，思想上彻底得到了解放，从名不见经传，到今天的十五冠王……

回首往事，二十五年来，作为一名体育评论员，我在传统媒体和自媒体中，讲述着一代又一代天津女排教练员、运动员的故事。通过我的讲述，更多的人被打动。作为一名高校教师，在播音主持艺术专业的课堂教学中，我努力讲好中国女排拼搏精神的思政课程。

太多的五局逆转，太多的拼搏故事，历历在目，仿佛就在昨天。

我相信，你已和我一起看到——

什么叫"锐意进取"？那就是天津女排的赵雪琪带领全队卧薪尝胆，从原来的全国排名三十名以外，三年打入全国甲级队行列！

什么叫"迎难而上"？那就是天津女排的张静坤丢下刚满月的儿子，远离家乡，苦练高原，为天津女排培养出过硬的后备力量！

什么叫"顽强拼搏"? 那就是天津女排的王宝泉身患重病, 为了不影响国家队训练, 一声不吭地坚持, 再坚持!

什么叫"争创第一"? 那就是一代又一代的天津女排人, 用一场又一场荡气回肠的比赛告诉我们: 只要比赛没有结束, 那就要拼尽全力, 争取胜利!

这, 就是天津女排!

这, 就是天津女排的精神!

这, 就是天津的精神!

三十年来, 天津女排用她们一场又一场的胜利, 极大地激励了天津人, 提升了天津人的幸福感。生活在这样的城市, 每个人都有一种自豪感。我们热爱天津女排! 我们热爱中国天津!

2023 年 1 月 25 日, 我用了一整个白天, 十几个小时, 一口气读完了这部三十五万字的作品。作为女排报道的过来人, 我被书中精准的细节回顾所折服; 作为女排依旧狂热的粉丝, 我被文中经历过和经历着的一个个故事所打动; 作为客居天津二十五年的外地人, 我被小说里充满天津语言特点的文字所感染; 作为正好半百的壮年人, 我被作品浅切平易又热情洋溢的表达所震撼! 这是一部值得一读的好书, 是一部值得珍藏的好书, 更是一部可以传诸后世的好书!

王 喆

写于 2023 年 1 月 25 日

(天津女排首夺全国联赛冠军二十周年纪念日)

王喆, 播音指导, 天津传媒学院特聘教授, 西安石油大学兼职教授, 中国传媒大学访问学者, 全国科普讲解大赛国赛评委, 2008 年北京奥运会火炬手, 天津市第五批宣传文化"五个一批"人才。曾解说报道从 1997 年到 2013 年十七个赛季的全国女排联赛。著有《电视体育解说论纲》。

祖国至上
团结协作
顽强拼搏
永不言败